부머랭 살인사건

애거서 크리스티 추리 문학 27

부머랭 살인사건

신용태 옮김

■ 옮긴이 신용태

전 동국대학교 일문학과 교수.

부머랭 살인사건

초판 발행일	1986년 12월 30일
중판 발행일	2011년 08월 16일
지은이	애거서 크리스티
옮긴이	신 용 태
펴낸이	이 경 선
펴낸곳	해문출판사
주 소	서울시 서초구 서초동 1328-11 도씨에빛 2차 1420호
TEL/FAX	325-4721 / 325-4725
출판등록	1978년 1월 28일 (제3-82호)
가격	6,000원
ISBN	978-89-382-0227-7 04840
	978-89-382-0200-0(세트)

크리스토퍼 맬록에게

차 례

차 례

• 등 장 인 물 •

바비(로버트) 존스— 웨일스 지방의 작은 해안도시인 마치볼트에 사는 교구목사의 넷째 아들로 우연히 추락 사고를 목격한다.

레이디 프랜시스(프랭키)— 마칭턴 백작의 딸로 바비와 어려서부터 한 마을에서 자랐다. 바비와 함께 사건을 파헤치기 시작한다.

알렉스 프리처드— 오랫동안 외국에서 살다가 마치볼트의 절벽에서 추락해 죽는다. 마지막으로 남긴 말이 바비를 위험에 처하게 하는데…….

로저 배싱턴프렌치— 바비와 같이 우연히 사고를 목격한 남자. 타지인으로 바비의 의심을 사게 된다.

헨리 배싱턴프렌치— 로저의 형으로 마약 중독자.

실비아 배싱턴프렌치— 헨리의 아내.

니콜슨 박사— 배싱턴프렌치 가(家)가 살고 있는 곳 근처에서 정신병원을 운영.

모이라 니콜슨— 바비가 반한 사진 속 여인으로 니콜슨 박사의 아내.

배저— 바비의 친구로 하는 일마다 잘 풀리지 않는다.

제1장

사건

바비 존스는 골프공을 티에 올려 놓고 골프채를 가볍게 한번 휘두른 다음 내려서 다시 천천히 거머쥐고는 번개 치듯이 재빨리 휘둘렀다. 공이 페어웨이 (티와 퍼팅 그린 중간의 잔디구역)까지 제대로 날아갔을까? 벙커(모래로 된 장애지 역) 위를 날아가 14번 그린 가까이에 떨어졌을까?

아니, 그렇지 못했다. 윗부분을 맞은 공은 지면을 스치며 날아가서 벙커에 완전히 묻히고 말았던 것이!

실망했다고 아쉬워하는 열렬한 팬은 없었다. 그와 함께 골프를 치는 동료는 조금도 놀라는 기색을 보이지 않았다. 왜냐하면 방금 골프채를 휘두른 사람은 미국 태생의 유명한 골프선수가 아니라, 웨일스 지방(영국의 서부지방)의 작은 해안도시인 마치볼트에 사는 교구목사의 넷째 아들에 불과했기 때문이다.

바비는 상스럽지 못한 소리를 내질렀다. 그는 여덟 살 소년처럼 사근사근해 보이는 스무 살 젊은이였다. 그와 제일 친한 친구라도 그가 잘생겼다고 말할 수는 없을 것이다. 그러나 그는 호감을 주는 얼굴에, 충직한 개의 눈빛처럼 진실함이 담긴 갈색 눈동자를 지니고 있었다.

"날이 갈수록 점점 더 형편없어지는군요." 그가 낙심한 어조로 말했다.

"너무 서둘기 때문일세." 곁에 있는 토머스 박사가 말했다.

토머스 박사는 홍조를 띤 활기찬 얼굴에, 머리가 희끗희끗한 중년 남자였다. 그는 풀 스윙을 한 적이 한 번도 없었다. 항상 짧은 스트레이트 샷을 쳤는데, 기복은 좀 있었으나 그런대로 솜씨만은 괜찮았다.

바비는 니블릭(쇠머리가 달린 골프채의 일종)으로 공을 사납게 후려갈겼다. 이번에는 성공이었다. 그가 친 공은 토머스 박사가 멋진 솜씨로 아이언 샷을 두 번 쳐서 다다른 그린에서 멀지 않은 지점에 떨어졌다.

"선생님이 이겼어요."

그들은 다음 티를 계속했다.

토머스 박사가 먼저 스트레이트 샷을 멋지게 날렸다. 그러나 공은 멀리 가지 못했다.

바비는 한숨을 내쉬며 공을 티에 올려놓았다. 잠시 뒤 공을 다시 티에 놓고 골프채를 한참 동안 휘둘러 본 다음, 단단히 거머쥐고서 눈을 감고 머리를 쳐들고 오른쪽 어깨를 낮추는 등 골프를 칠 때 하면 안 되는 짓을 전부 한 다음, 소리까지 내지르며 코스 한가운데로 공을 쳐서 날렸다. 그러고는 만족한 듯 숨을 크게 들이마셨다. 그의 얼굴에는 유명 골퍼의 찌푸린 표정이 사라지고 기뻐서 어쩔 줄 모르는 표정이 나타났다.

"이제야 뭐가 되는 것 같아요."

그러나, 그의 말투에는 진실이 조금도 담겨 있지 않았다.

완전무결하게 아이언 샷을 휘두른 덕분에 바비의 공은 홀 바로 옆에 떨어졌다. 그는 버디가 넷이었고, 토머스 박사는 하나였다.

바비는 자신만만한 태도로 16번 티로 다가섰다. 그러고는 아까와 마찬가지로 골퍼가 해서는 안 되는 행동들을 또다시 모조리 했다. 그러나 이번에는 기적이 일어나지 않았다. 그 대신 기가 막히게 엄청난 슬라이스를 날렸다. 공이 오른쪽에서 왼쪽으로 비스듬히 자르듯이 날아갔던 것이다.

"똑바로 날아갔더라면—왜!"

"글쎄, 말입니다." 바비가 씁쓸하게 말했다.

"아니, 어디서 비명소리가 들린 것 같은데? 제가 친 공에 누가 맞은 게 아닐까요?"

그는 오른쪽을 살펴보았다. 해가 지고 있는 시각이어서 잘 보이지 않았다. 바다에서는 안개가 피어오르고 있었다. 절벽의 가장자리는 그곳에서 몇백 야드 떨어져 있었다.

"저쪽에 오솔길이 있지만 공이 그렇게 멀리 날아가지는 않았을 거예요. 하지만, 비명을 들은 것 같아요. 선생님도 들으셨어요?"

그러나 토머스 박사는 아무 소리도 듣지 못했다.

바비는 공을 찾으러 갔다. 가까스로 공을 찾긴 했지만 가시금작화 덤불에 들어가 있었기 때문에 도저히 칠 수가 없었다. 그는 덤불을 헤치고 공을 집은 다음 이번 홀을 포기하겠다고 말했다.

다음번 티가 절벽의 오른쪽 끝이었기에 토머스 박사는 바비가 있는 곳으로 다가갔다.

17번 티는 바비에겐 특히 어려운 것이었다. 왜냐하면 지면의 갈라진 틈 위로 공을 쳐서 날려야 하기 때문이었다. 갈라진 틈의 간격은 얼마 되지 않았지만 그 아래 깊이는 가히 무시무시한 것이었다.

그들 두 사람은 절벽 가장자리를 따라 내륙으로 뻗어 있는 오솔길을 가로질렀다. 토머스 박사는 아이언 클럽을 들고 반대쪽으로 공을 쳐 보냈다. 바비도 숨을 깊이 들이마시고는 골프채를 휘둘렀다. 공은 앞으로 날아가 절벽 끝에서 사라졌다.

"매번 너무 세게 친단 말이야." 그는 자신이 못마땅한 듯 중얼거렸다.

"늘 이 모양이니."

바비는 절벽 끝으로 다가가 자세히 살펴보았다. 절벽 아래에는 바다가 빛나고 있었다. 절벽의 윗부분은 가파르지만 아래로 내려갈수록 완만한 경사를 이루고 있어, 이곳으로 날아온 공들은 같은 지점에 떨어져 있지 않았다.

바비는 절벽 가장자리를 따라 천천히 걸었다. 절벽 아래로 쉽게 내려갈 수 있는 곳이 한군데 있다는 것을 그는 알고 있었다. 캐디들이 그곳으로 내려가서 잃어버린 공을 찾아들고 숨을 헐떡이며 자랑스럽게 올라오곤 했었다.

갑자기 바비는 굳어진 목소리로 토머스 박사를 불렀다.

"이쪽으로 와보세요. 저게 대체 뭐죠?"

40피트(약 12m) 가량 아래에 거무스름한 낡은 옷 뭉치 같은 것이 보였다.

토머스 박사가 숨을 죽이며 말했다.

"허, 누군가가 절벽에서 떨어졌군. 저리로 내려가 봐야겠네."

바비가 토머스 박사를 잡아 주면서 두 사람은 절벽 아래로 내려가 검은 물체에 가까이 다가갔다. 그것은 아직 살아 있으나 의식불명인 40대 남자였다.

토머스 박사가 그를 살펴보았다. 팔다리를 만져보고 맥박을 확인해 보고 눈꺼풀을 뒤집어 보았다. 진찰을 끝내고서 그는 어쩔 줄 몰라 하며 서 있는 바비를 쳐다보고는 고개를 천천히 저었다.

"손을 쓸 수가 없네. 불쌍하게도 얼마 남지 않은 것 같군. 척추가 부러졌어. 절벽 부근의 오솔길을 잘 모르는 사람이었던 것 같네. 바다 안개가 피어오를 때 그 길을 걸었던 모양이야. 이곳에 울타리를 쳐야 한다고 내가 시(市)의회에 그렇게 여러 번 말했건만."

토머스 박사는 일어서며 말했다.

"내가 가서 도움을 청하겠네. 이 사람을 위로 끌어올릴 준비를 갖춰 와야겠군. 이제 곧 어두워질 텐데. 자네 여기 있겠나?"

바비는 고개를 끄덕였다.

"이 사람에게 제가 할 일은 없습니까?"

"아무것도 없네. 머지않았어. 맥박이 점차 약해지고 있어. 기껏해야 20분 정도 남았을 걸세. 숨이 끊어지기 전에 의식이 돌아올 수도 있겠지만, 확실히는 모르겠네. 아직—"

"어쨌든 여기 있겠어요. 다녀오세요. 만일 정신을 차린다면 약이라든가 뭐 다른 조치를—?"

토머스 박사는 다시 고개를 저었다.

"고통은 없을걸세. 전혀."

그는 돌아서서 재빨리 절벽을 기어오르기 시작했다. 바비는 그가 절벽 위에 올라가서 손을 흔들고 사라질 때까지 지켜보았다. 그러고는 좁다란 바위턱을 따라 몇 걸음 걸어가 바위가 튀어나온 곳에 앉아 담배를 꺼내어 불을 붙였다. 그는 무척 놀란 상태였다. 이제까지 한 번도 누가 아프거나 죽는 것을 본 적이 없었기 때문이었다.

끔찍이도 운이 나쁜 사람이야! 안개 서린 이런 저녁에 발을 잘못 디뎌 인생이 끝나고 말다니. 저렇게 건강해 보이는 남자가—아마 자기 인생이 이렇게 끝날 줄은 꿈에도 몰랐으리라. 죽음이 다가오는 창백한 육체였지만, 햇볕에 검게 탄 피부는 숨길 수 없었다. 주로 바깥세상—아마도 외국에서 생활한 남자 같았다.

바비는 가까이 다가가 그를 살펴보았다. 관자놀이 부분만 약간 희끗희끗한 갈색 고수머리, 커다란 코, 고집이 세어 보이는 턱, 약간 벌어진 입술 사이로 살짝 보이는 하얀 치아, 딱 벌어진 어깨와 억센 손, 두 다리는 묘한 형태로 비틀려 있었다.

　바비는 그 모습을 보며 몸을 한번 떨고 다시 그의 얼굴로 눈을 돌렸다. 호감이 가는 얼굴이었다. 유머와 재치가 있어 보였고, 결단력도 깃들어 있었다. 눈동자는 아마 푸른색이었겠지—.

　그렇게 생각하는 바로 그 순간, 그 남자가 갑자기 눈을 떴다.

　푸른 눈동자—맑고 깊은 푸른 눈동자였다. 그 눈동자가 바비를 똑바로 바라보았다. 흐릿하거나 몽롱하지 않은 분명한 의식을 지닌 눈빛이었다.

　바비는 얼른 일어나 그에게 다가갔다. 미처 가까이 가기도 전에 그 남자가 말했다.

　"왜 그들은 에반스를 부르지 않았을까?"

　약한 전율이 그의 몸을 스쳐가고 눈꺼풀이 덮이면서 턱이 처졌다……

　그 남자는 죽은 것이다.

제2장

걱정 많은 아버지

바비는 그 남자 곁에 쭈그리고 앉았다. 의심할 여지없이 그는 죽은 것이다. 의식이 돌아온 마지막 순간에 내뱉은 갑작스러운 물음, 그러고는—끝이었다.

바비는 약간 미안한 감을 느끼며 죽은 남자의 주머니에 손을 넣어 실크 손수건을 꺼내서 경건한 마음으로 얼굴에 덮어 주었다. 더 이상 할 일이 없었다.

그런데 손수건을 꺼낼 때 다른 것도 함께 주머니 밖으로 삐져나온 것이 눈에 띄었다. 그것은 한 장의 사진이었다. 바비는 그것을 주머니에 다시 넣어 주며 사진 속 얼굴을 흘끗 보았다.

어떤 여자의 얼굴이었다. 눈이 크고 아름다운 여자였다. 처녀티를 갓 벗어난 서른 살 미만의 여자 같았다. 바비의 마음을 사로잡은 것은 그녀의 아름다움이 아니라 그녀가 지닌 독특한 분위기였다. 쉽게 잊히지 않을 그런 얼굴이라는 생각이 들었다.

그는 살며시, 그리고 경건하게 사진을 주머니 속에 도로 넣고 다시 앉아 토머스 박사를 기다렸다.

시간은 무척 느리게 지나갔다. 아마 기다리고 있는 젊은이에게는 더욱 그렇게 느껴졌을 것이다. 그는 갑자기 약속이 떠올랐다. 여섯 시 저녁예배 시간에 오르간을 치기로 아버지와 약속을 해두었는데, 지금 시각이 10분 전 여섯 시였던 것이다. 아버지는 이런 상황을 이해해 주시겠지만, 그래도 미리 의사 선생님을 통해서 연락할 걸 그랬다고 생각했다. 바비의 아버지인 토머스 존스 목사는 극단적으로 소심한 성격을 지니고 있었다. 두 손 들 정도의 안달복달형으로, 조바심을 낼 때는 소화기관에까지 이상이 생겨서 고통을 당하곤 했다. 바비는 그런 아버지에게 연민을 느끼면서도 결코 좋아할 수가 없었다. 그러나 목사는 넷째 아들에게 유별난 정을 느끼고 있어서 아들의 장래를 위해 지나칠 정도로 조바심을 내며 염려하고 있었다.

'불쌍한 아버지. 지금쯤 예배를 시작해야 할지 말아야 할지 결정을 못 하고 이리저리 뛰어다니시겠지. 속이 쓰릴 때까지 그러시다가 결국 저녁식사도 못 드실 거야. 나도 어쩔 수 없는 상황이 아니라면 굳이 아버지를 상심시키지 않을 거라는 생각은 왜 못 하실까? 도대체 왜 그러실까? 쉰 살이 넘은 사람들은 도대체 판단력이 없어. 하잘것없는 일로 그렇게 숨이 넘어갈 듯 걱정을 하다니. 성장과정에 이상이 있기 때문이야. 그러니, 지금에 와서야 어쩔 도리가 없는 거지. 닭보다 못한 판단력을 갖고 계신 불쌍한 우리 아버지!'

바비는 애정과 분노가 뒤섞인 감정으로 아버지를 생각하며 앉아 있었다. 집에 있는 동안 자신의 인생은, 아버지의 유별난 계획 때문에 여지없이 희생당하고 있는 것만 같았다. 그러나 존스 씨 역시 그 기간 동안 아버지인 자신이 희생당하는 것으로 여기고 있었다. 젊은 세대에게 이해받지도 감사받지도 못한 채. 하긴, 같은 대상에 관한 생각이 서로 다를 수도 있는 것이지만.

'토머스 박사는 왜 이렇게 늦을까? 지금쯤이면 분명히 돌아왔을 시간인데.'

바비는 일어나서 초조하게 발을 굴렀다. 그때 절벽 위에서 무슨 소리가 나서 그는 위를 쳐다보았다. 고맙게도 이젠 더 이상 혼자 있을 필요가 없겠구나.

그러나 그것은 토머스 박사가 아니라 골프용 반바지 차림의 낯선 남자였다.

"여보세요." 낯선 남자가 말했다.

"무슨 일입니까? 사고가 생겼습니까? 도울 일은 없습니까?"

듣기 좋은 테너 목소리의 키가 큰 남자였다. 어둠이 깔리는 시각이어서 얼굴은 분명하게 볼 수 없었다.

바비가 자초지종을 설명하는 동안 그는 간간이 놀라움을 나타냈다.

"내가 도울 일은 없습니까?" 그가 다시 물었다.

바비는 다른 사람이 도움을 청하러 갔다고 말하고, 누군가 오고 있는 것이 보이지 않는가를 물었다.

"아무도 보이지 않습니다."

"사실 저는 여섯 시에 약속이 있어요." 바비가 말했다.

"그런데 그곳을 떠나고 싶지 않다는—."

"아닙니다. 그게 아니라 제 말은 이 사람은 이미 죽었고 달리 할 일도 없고 해서—"

그는 잠시 말을 멈추고는 언제나 그렇듯이 혼란한 감정을 말로 표현하기가 참으로 어렵다는 생각을 했다. 그러나 낯선 남자는 바비의 말을 알아들은 것 같았다.

"알겠소. 내가 그리로 내려가지요. 제대로 내려갈 수 있을지 모르겠는데—다른 사람들이 올 때까지 내가 거기 있겠습니다."

"아, 그래 주시겠어요?" 바비는 반갑게 말했다.

"우리 아버지 때문이죠. 아버지는 좋은 분이지만, 제가 늦으면 무척 조바심을 내실 겁니다. 내려오는 길이 잘 보입니까? 약간 왼쪽으로, 그리고 오른쪽으로, 됐습니다. 힘들지는 않죠?"

바비는 그와 얼굴을 마주 보고 설 때까지 그가 절벽을 쉽게 내려오도록 방향을 살펴 주었다. 그 남자는 서른다섯 살가량 된 다소 우유부단해 보이는 얼굴을 하고 있었다. 외알 안경을 쓰고 콧수염을 약간 기른다면 훨씬 나아 보일 것 같았다.

"나는 이곳엔 처음 왔습니다. 배싱턴프렌치라고 합니다. 집을 보러 이곳에 왔죠. 정말 끔찍한 일이군요. 이 사람, 절벽에서 떨어졌습니까?"

바비가 고개를 끄덕거렸다.

"안개가 끼어 있었고 저 위는 위험한 오솔길이에요. 아, 이젠 가야겠군요. 정말 고맙습니다. 서둘러야겠네요. 대단히 고맙습니다."

"천만에, 누구라도 그렇게 해야지요. 이런 사람을 두고 그냥 갈 수는 없지 않습니까. 당연한 일이죠."

바비는 가파른 길을 기어 올라갔다. 위에 다다르자 그는 아래에 있는 사람에게 손을 흔들고는 기운차게 들판을 가로질러 뛰어갔다. 시간을 절약하기 위해 그는 교회 정문 쪽으로 돌아가는 대신 울타리를 뛰어넘었다. 예배실 창을 통해 목사가 보았다면 분명히 못마땅하게 생각했을 것이다.

여섯 시 5분인데도 교회종은 계속 울리고 있었다.

바비의 해명과 아버지의 꾸지람은 예배 뒤로 보류했다. 바비는 숨이 턱에 차서 오르간 의자에 앉아 음전(音栓)을 조절했다. 사고연상 작용에 의해서 바비의 손가락은 쇼팽의 장송곡을 연주했다.

예배가 끝나자 목사는 화를 내기보다는 슬픈 얼굴로 아들을 꾸짖었다.

"일을 완벽하게 해낼 수 없다면 차라리 시작하지 않는 게 낫다. 너와 같은 젊은이들에게 시간관념이 없다는 것은 잘 알고 있다만, 이 세상에서 우리가 기다리게 해서는 안 될 분이 단 한 분 계시다. 오르간을 치겠다고 한 건 너였지, 내가 강요한 건 아니잖니. 그런데도 너는 마치 장난하듯이ー."

바비는 아버지의 말이 더 길어지기 전에 해명해야겠다고 생각했다.

"죄송해요, 아버지."

무슨 일에나 그렇듯 그는 쾌활한 태도로 재빨리 말해 나갔다.

"하지만 이번에는 제 잘못이 아니에요. 저는 시체를 지키고 있었거든요."

"아니, 뭐라고?"

"절벽 아래로 떨어져 죽은 어떤 맹추 같은 사람의 시체를 지키고 있었다고요. 17번 티 옆에 절벽 틈이 벌어진 곳 있잖아요. 안개가 잔뜩 끼어 있었기 때문에 그리로 떨어졌을 거예요."

"저런, 끔찍한 일이구나!" 목사가 소리쳤다.

"그 사람 즉사했니?"

"아뇨, 의식을 잃고 있었어요. 토머스 박사가 간 직후에 숨을 거두었어요. 저는 거기 시체 곁에 앉아서 지켜 주는 게 도리라고 생각했죠. 그냥 내버려 두고 올 수는 없잖아요. 조금 뒤에 어떤 남자가 왔길래 상주(喪主)자리를 그 사람한테 넘겨주고 가능한 한 빨리 달려온 거예요."

목사가 한숨을 내쉬며 말했다.

"바비야, 너는 어떤 일에도 슬픔을 느끼지 못할 정도로 그렇게 냉담하니? 나는 말도 못하게 마음이 아프구나. 죽음을, 그것도 갑작스러운 죽음을 바로 눈앞에서 보고도 농담을 하다니! 넌 도대체 감정도 없는 거냐? 진지한 것이나 신성한 것까지도 너희 세대에게는 그저 농담밖에 안 되는구나."

너무 끔찍한 느낌을 받았을 때 오히려 농담을 하게 된다는 것을 아버지는 모르시는 거야. 참 어쩔 수 없군! 이런 느낌은 말로 설명할 수 있는 게 아니야. 죽음과 비극 앞에서는 입을 굳게 다물고 있어야 해.

도대체 어떤 행동을 기대하시는지 알 수가 없어. 쉰 살이 넘은 사람들은 아무것도 이해하지 못해. 엉뚱한 생각이나 하면서.

전쟁 때문일 거야. 전쟁이 저 세대를 절망에 빠뜨렸어. 그래서 다시는 확신을 하고 살지 못하는 거야.

그는 아버지가 부끄럽게 여겨지는 동시에 안됐다는 생각도 들었다.

"죄송해요, 아버지."

바비는 더 이상의 설명은 소용없다고 느끼며 말했다.

목사는 아들이 불쌍한 생각이 들었다. 아들은 무안해하고 있는 것 같았다. 또한 목사도 아들이 부끄럽게 여겨졌다. 이 아이는 산다는 것이 얼마나 심각한 일인지 모르고 있다. 사과하는 태도조차 저렇게 경망스럽고, 뉘우치는 기색이라곤 하나도 없으니.

그들 부자(父子)는 서로에게 할 적절한 말을 찾기 위해 고심하며 목사관으로 걸음을 옮겼다.

목사는 '이 애가 언제쯤 자기가 할 일을 찾을지……?'라는 생각을 했고, 바비는 '내가 집에서 얼마나 더 견딜 수 있을지……?'라는 생각을 했다.

그러나 두 사람은 서로에게 깊은 애정을 느끼고 있었다.

제3장

철도여행

바비는 그 사고가 그 뒤에 어떻게 되었는지 직접 듣지는 못했다. 다음 날 그는 런던으로 가서 친구를 만났다. 그 친구는 자동차 수리공장을 시작하려고 준비 중이었는데, 바비와의 동업이 큰 도움이 될 거라는 생각을 하고 있었다.

이틀 동안 런던에서의 일을 마무리 짓고 그는 집으로 돌아가기 위해 11시 30분 기차를 탔다. 그는 말 그대로 기차를 잡아탔다. 11시 28분 패딩턴 역(런던 서쪽에 있는 정거장)에 도착해서 지하도를 통해 쏜살같이 3번 플랫폼으로 나왔을 때 기차는 막 떠나고 있었다. 그는 앞을 스쳐가는 기차 칸에 잽싸게 뛰어올랐다. 그의 행동을 보고 놀란 짐꾼과 개찰원들이 뒤로 멀어져 갔다.

기차의 객실 문을 홱 잡아당겨 열면서 그는 손과 무릎을 바닥에 대고 앞으로 엎어졌다. 그가 일어났을 때 등 뒤에서 어떤 짐꾼이 문을 닫았다. 바비는 그 객실에 앉아 있는 승객 한 사람에게로 눈길이 쏠렸다.

그 객차는 일등실이었는데, 한쪽 구석에 우울한 표정의 처녀가 담배를 피우며 앉아 있었다. 그녀는 빨간색 치마에 짧은 초록빛 재킷과 화사한 푸른 베레모를 쓰고 있었다. 그 모습은 마치 원숭이처럼 꼬부리고 앉아 있는 오르간 연주자와 비슷했지만(그녀는 우울한 검은 눈동자에 얼굴을 잔뜩 찌푸리고 있었다) 그래도 상당히 매력적으로 보였다.

바비는 미안하다는 말을 하다가 갑자기 말을 멈추었다.

"아니, 이게 누구야, 프랭키! 정말 오랜만이구나."

"몇 년은 됐지? 이리 와 앉아."

바비는 싱긋 웃음을 지었다.

"난 일등실 표를 사지 않았어."

"괜찮아." 프랭키가 말했다.

"내가 차액을 물어 줄게."

"남자로서 자존심 문젠데. 숙녀에게 돈을 내게 할 수야 없지."

"우리가 예전에 잘 지냈던 것에 대한 보답이야."

"아니야, 차액은 내가 내겠어."

바비는 푸른 제복의 건장한 남자가 복도를 지나 문 앞에 나타나자 과장된 태도로 말했다.

"내가 알아서 할게." 프랭키가 말했다.

그녀는 집찰계원에게 우아한 미소를 지어 보였다. 그는 가볍게 거수경례를 하고 그녀가 내민 기차표에 구멍을 뚫었다.

"존스 씨는 나와 이야기를 하려고 조금 전에 여기 왔어요. 괜찮겠죠?"

"괜찮습니다, 아가씨. 손님께서 오래 머물지는 않으시겠죠?"

이렇게 말하고는 그는 한두 번 헛기침했다. 그러고는, "브리스톨 역에 도착할 때까지는 다시 표 검사를 하지 않습니다."라는 의미심장한 말을 덧붙였다.

"미소 짓는데 어쩌겠어." 집찰계원이 사라진 뒤 바비가 말했다.

레이디(귀족의 부인이나 딸에게 붙이는 경칭) 프랜시스 더웬트는 고개를 저으며 말했다.

"미소 때문이 아닐 거야. 아마 여행할 때마다 누구에게나 5실링의 팁을 주시는 우리 아버지의 습관 때문이겠지."

"난 네가 웨일스 지방엔 영원히 돌아오지 않을 거라고 생각했는데, 프랭키."

프랜시스는 한숨을 쉬었다.

"너도 잘 알잖아, 부모님들이 얼마나 따분한지. 그분들과 함께 있으면 아무 하는 일도 없고, 만나는 사람도 없이 지내게 돼. 요즘에는 시골에 와서 지내는 사람들이 없잖아. 부모님들은 절약을 위해서라지만 그래도 끔찍한걸."

바비는 그녀의 입장을 이해하며 고개를 끄덕였다.

"그런데, 어젯밤 파티가 끝났을 때 나는 차라리 집에 와서 지내는 게 낫다고 생각했어."

"파티가 어땠는데?"

"별 볼일 없었어. 다른 파티와 마찬가지였으니까. 여덟 시 반에 사보이 호텔에서 시작되었는데, 우리 일행은 아홉 시 15분쯤에 도착해서 사람들과 어울렸어. 그러다가 열 시쯤 나와서 저녁을 먹고 잠시 뒤에 마리오네트로 갔지. 경찰이 급습할 거라는 소문이 있었지만 아무 일도 없었어. 시시했지. 그래서 몇 잔씩 마시고 불링에 갔는데 거긴 더 시시했어. 그다음 노상 커피숍에 들렀다가 생선튀김을 파는 곳에 갔어. 그러고는 안젤라가 자기 삼촌 집에 아침을 먹으러 가자고 했어. 그분이 얼마나 놀랄지 보고 싶었는데 별로 놀라는 기색도 없었어. 우릴 그냥 지겨워만 하는 거 있지? 그래서 맥없이 집으로 돌아왔어. 정말 별볼일없는 짓이었어."

"그렇게 생각되지 않는걸." 바비는 불 같은 시기심을 억누르며 말했다.

그는 아무리 허황한 꿈일지라도 자기가 마리오네트나 불링의 회원이 된다는 것은 상상조차 할 수 없는 처지였기 때문이었다.

그와 프랭키의 친분관계는 특별한 것이었다.

어렸을 때 바비의 형제들은 성(城)에 사는 귀족인 프랭키의 형제들과 함께 놀았다. 어른이 된 지금은 서로 만나는 일조차 드물었다. 프랭키가 집에 머무는 동안 바비와 형들이 성에 가서 테니스를 치는 정도였다. 그러나 프랭키와 그녀의 남자형제들을 목사관에 초대한 적은 한 번도 없었다. 그것은 아마도 목사관이 그들에겐 즐겁지 않으리라는 생각 때문이었을 것이다. 더웬트 가(家)의 아이들은 존스 가(家)의 아이들과 자신들이 '아무런 차이도 없다'라는 것을 보여 주기라도 하는 것처럼 필요 이상의 친근감을 나타냈고, 존스 가의 아이들은 더웬트 가의 아이들에게서 의식적인 친근감 이상의 것을 단호히 거절하겠다는 듯이 매우 형식적인 태도를 보였었다. 두 집안의 아이들은 이제 어린 시절에 함께 지냈던 약간의 추억 외에는 공유(共有)하는 것이 전혀 없었다. 그렇지만 바비는 프랭키를 무척 좋아했고, 드물게나마 함께 지내는 시간이 언제나 즐거웠다.

"매사에 싫증이 났어." 프랭키가 지친 목소리로 말했다.

"넌 어때?"

바비는 잠시 생각한 다음 말했다.

"아니, 난 그렇지 않아."

"얼마나 좋을까."

"그렇다고 의욕적이란 뜻은 아니야."

표정을 밝게 하려고 애쓰며 바비가 말했다.

"난 턱없이 의욕적인 사람들은 참을 수 없어."

프랭키는 바비의 말에 동의하듯 몸을 움츠려 보였다.

"나도 그래. 그런 사람들은 정말 싫어." 그녀가 중얼거리듯 말했다.

그들은 연민이 어린 눈길로 서로를 바라보았다.

"그런데―." 프랭키가 갑자기 말했다.

"절벽에서 떨어진 사람은 어떻게 된 거니?"

"토머스 박사와 내가 발견했어. 넌 그 사건을 어떻게 알았지?"

"신문에 났어. 이것 봐."

그녀는 '안개 긴 바다에서 발생한 불운한 사고'라는 제목의 신문 기사를 손가락으로 가리켰다.

'마치볼트에서 발생한 비극의 희생자는 그가 지니고 있던 사진에 의해 어젯밤 늦게 신분이 확인되었다. 그 사진의 인물은 리오 케이먼 부인으로 밝혀졌다. 케이먼 부인은 연락을 받은 즉시 마치볼트로 와서, 죽은 사람이 그녀의 오빠인 알렉스 프리처드임을 확인했다. 죽은 프리처드 씨는 최근에 시암(태국의 옛 이름)에서 돌아왔다. 그는 10년 동안 영국을 떠나 있다가 돌아온 뒤 도보여행을 막 시작한 참이었다. 검시는 내일 마치볼트에서 있을 예정이다.'

바비는 문득 이상하게도 잊히지 않는 그 사진 속 얼굴이 떠올랐다.

"검시에 가서 증언해야겠어."

"스릴이 넘치겠구나. 나도 가야지."

"스릴 같은 건 없어. 우연히 그 사람을 발견했을 뿐이니까."

"그 사람 죽어 있었니?"

"아니, 우리가 발견한 지 15분 뒤에 죽었어. 난 거기 혼자 있었어."

그는 잠시 말을 멈추었다.

"무서웠겠구나."

프랭키는 바비의 아버지에게 부족한 즉각적인 이해력을 지니고 말했다.

"그 사람은 아무것도 느끼지 못했어―."

"전혀?"

"그런데도 마치 살아 있는 사람 같았어. 그렇게 생긴 사람이(끔찍한 종말이야) 안개 낀 절벽에서 떨어지다니."

"이해할 수 있어, 네 말을."

프랭키의 이 한마디 말에는 연민과 이해심이 듬뿍 담겨 있었다.

"그 사람의 여동생을 봤니?" 그녀가 물었다.

"아니, 난 이틀 동안 런던에 있었어. 새로 시작할 예정인 자동차 수리공장 일 때문에 친구를 만나야 했거든. 너도 기억할 거야. 배저 비든 말이야."

"글쎄."

"너도 알 거야, 마음씨 좋은 배저를. 그 애는 사팔뜨기야."

프랭키는 양미간을 찡그렸다.

"웃음소리가 꽤나 이상하자―호오! 호오! 호오! 이렇게 웃어."

바비는 열심히 설명했다. 그래도 프랭키는 기억나지 않는 듯 눈썹을 모으고 있었다.

"어렸을 때 조랑말에서 떨어진 적이 있었어. 머리를 진흙에 처박고 떨어져서 우리가 그 녀석 다리를 잡고 끌어냈잖아."

"아!" 프랭키는 그제야 기억난다는 듯 소리쳤다.

"알겠어. 그 애는 말을 더듬었지?"

"아직도 더듬어." 바비는 의기양양하게 말했다.

"양계장을 하다가 망했다지?"

"맞아."

"그다음엔 증권사무실에 취직했다가 한 달 만에 쫓겨났고?"

"그랬어."

"그 뒤에 오스트레일리아에 갔다가 돌아왔지?"

"응."

"바비, 너 그 사업에 돈을 투자하는 건 아니겠지?"

"그럴 돈이 없는걸."

"잘했어."

"배저는 자기 사업에 돈을 투자할 사람을 찾고 있지만 쉽지 않아."

"너는 가까운 주변 사람들이 아무런 악의도 없다고 믿을지 모르지만 절대로 그렇지 않아."

이 말은 바비에겐 충격적이었다.

"아니야, 프랭키. 배저는 친한 친구야. 제일 친한 친구라고"

"그 사람들은 전부 마찬가지야."

"누구?"

"오스트레일리아에 갔다가 온 사람들 말이야. 그 애는 사업을 시작할 돈이 어디서 생겼지?"

"친척 아주머닌가 누가 돌아가시면서 배저에게 위층에 방이 셋 있고 아래층에 차가 여섯 대가 들어갈 수 있는 차고를 남겨 주었대. 그래서 가족들이 중고차를 사라고 1백 파운드를 주었나 봐. 중고차 값이 얼마나 싼지 알면 너도 놀랄 거야."

"나도 사 본 적이 있어. 재미없는 얘기야. 우리 다른 얘기나 해, 응. 넌 왜 해군에서 나왔니? 설마 쫓겨난 건 아니겠지. 나이도 문제가 없었을 텐데."

바비의 얼굴이 달아올랐다.

"눈 때문이야." 그는 불만스레 말했다.

"넌 언제나 눈이 문제였지. 기억이 나."

"맞아. 입대할 때에는 간신히 통과했지. 외국에서 복무했는데 햇빛이 너무 강해서 눈에 이상이 생겼어. 그래서 제대할 수밖에 없었어."

"안됐구나." 그녀는 창밖을 내다보며 말했다.

잠시 침묵이 흘렀다.

"언제나 그 모양이야. 창피한 일이지." 바비가 큰소리로 말했다.

"사실 내 눈은 그렇게 나쁘진 않아. 의사도 더 이상은 나빠지지 않을 거라고 했어. 군 복무를 잘할 수 있었는데."

"보기엔 아무렇지도 않은데."

이렇게 말하며 프랭키는 바비의 갈색 눈동자를 똑바로 응시하며 말했다.

"나는 배저하고 함께 일할 거야."

프랭키가 고개를 끄덕였다.

그때 여객안내원이 문을 열고 말했다.

"점심식사 시간입니다."

"함께 갈까?" 프랭키가 물었다.

그들은 식당차로 갔다.

식사를 끝내고 바비는 집찰계원이 올 시간에 잠시 전략상 후퇴했다.

"그 사람의 직업적인 성실성을 건드리면 좋지 않아." 바비가 말했다.

그러나 프랭키는 그들에게 성실성이 있다고는 생각지 않는다고 말했다.

그들이 마치볼트로 가는 정거장인 사일햄에 도착한 것은 다섯 시 직후였다.

"차가 기다리고 있어. 태워다 줄게." 프랭키가 말했다.

"고마워. 이 힘든 짐을 2마일이나 들고 가는 고생은 안 해도 되겠구나."

그는 경멸하듯 자기 가방을 발로 걷어찼다.

"2마일이 아니라 3마일이야."

"골프장으로 통하는 오솔길로 가면 2마일이거든."

"죽은 그 사람아ー."

"맞아. 절벽에서 떨어져 죽은 그 사람이 갔던 길이야."

"누가 그 사람을 뒤에서 밀지는 않았을까?"

프랭키가 옷가방을 하녀에게 건네주며 말했다.

"밀다니? 맙소사, 아니야. 왜 그런 생각을?"

"글쎄, 그랬다면 훨씬 흥미진진했을 텐데. 안 그러니?"

제4장

검시 심문

알렉스 프리처드의 검시 심문이 다음 날 이루어졌다. 토머스 박사가 시체를 발견하게 된 경위를 진술했다.

"발견 당시에 이미 사망했던가요?" 검시관이 물었다.

"숨이 끊어지진 않았었습니다. 하지만 회복될 가망은 없었지요. 그러니까ㅡ."

이때부터 토머스 박사의 설명은 완전히 전문적이었다.

검시관이 배심원들을 위해 이렇게 말했다.

"그러니까 쉽게 말해서 그 남자의 척추가 부러졌다는 뜻입니까?"

"그렇게 표현할 수 있겠죠"

토머스 박사가 시큰둥하게 대답했다. 이어 그는 죽어가는 사람을 바비에게 맡기고 도움을 청하러 갔던 이야기를 했다.

"이 사고가 일어난 원인에 대해 어떤 의견을 갖고 계십니까, 토머스 박사?"

"여러 가지 점으로 미루어 볼 때(사망자의 심리적 상태는 제외하고), 그는 절벽 위에서 실족한 것 같습니다. 당시에는 바다 안개가 피어오르고 있었거든요. 그가 실족한 지점은 오솔길이 갑자기 내륙 쪽으로 꺾이는 곳이었습니다. 아마 안갯속을 걷고 있다가 그 지점의 위험을 알아차리지 못하고 발을 헛디뎠을 겁니다. 그럴 경우, 두 걸음만 헛디디면 아래로 떨어지게 되는 거지요"

"폭행의 흔적은 없었습니까? 말하자면 제삼자에 의해 폭행을 당했다던가?"

"부상은 50~60피트(9~12m) 아래 바위에 부딪쳐 생긴 것이라고 말할 수밖에 없습니다."

"자살의 여지는?"

"그랬을 가능성도 있겠지요. 발을 잘못 디딘 것인지 자살할 의도로 몸을 내던진 것인지 그 점에 관해서는 내가 말할 수 없는 것이지요"

로버트 존스—즉, 바비가 호출되었다.

바비는 토머스 박사와 골프를 치던 중 자신이 슬라이스를 쳐서 공이 바다 쪽으로 날아간 것과 마침 안개가 끼어 있어서 주위가 잘 보이지 않았다는 것을 설명했다. 그리고 비명소리를 들은 것 같았는데, 오솔길을 걷던 누군가가 자신이 친 공에 맞은 게 아닐까 하는 생각을 했다는 것과, 공이 그렇게 멀리 날아가지는 않았으리라고 생각했다는 것을 말했다.

"공은 찾았습니까?"

"예, 오솔길에서 1백 야드(90m) 정도 떨어진 곳에 있었습니다."

그러고 나서 그는 다음 티를 어떻게 했으며, 어찌어찌해서 절벽의 갈라진 틈까지 가게 되었는지를 얘기해 나갔다. 그러자, 그의 진술이 토머스 박사의 진술과 똑같았으므로 검시관이 그의 말을 중지시켰다. 검시관은 그가 비명소리를 실제로 들었는지, 들은 것 같았는지에 관해 질문했다.

"단순한 비명소리였습니다."

"도와 달라는 소리 같았습니까?"

"아, 아닙니다. 그저 외침이었습니다. 사실은 제가 실제로 들었는지도 잘 모르겠습니다."

"깜짝 놀라서 지르는 비명이었습니까?"

"그런 것 같았습니다. 예기치 않게 공을 맞았을 때 지르는 소리였습니다."

바비는 시원스레 대답했다.

"지면일 것이라 생각하고 발을 내디뎠는데 그곳이 허공이었다면 지를 수 있는 소리였습니까?"

"예."

그다음 의사가 도움을 청하러 가고 나서 5분 만에 그가 죽었다는 것을 설명한 뒤에야 바비의 힘든 역할은 끝났다.

검시관은 일을 매우 정확하고 간단하게 처리하려고 애쓰고 있었다.

리오 케이먼 부인이 호출되었다.

그녀를 보았을 때 바비는 깊은 실망을 감출 수가 없었다. 죽은 남자의 주머니에서 삐져나왔던 사진 속 얼굴은 어디로 간 것일까? 사진은 지독한 사기꾼

이야. 그는 경멸하듯 속으로 중얼거렸다.

그 사진은 몇 년 전에 찍은 것이 분명할 텐데, 그렇게도 눈이 큰 매력적인 미인이 그 사이 저렇듯 뻣뻣한 눈썹과 하얗게 센 머리카락의 철판 같은 얼굴을 지닌 여인이 되었다고는 도저히 믿어지지 않았다. 문득, 세월이란 참 무서운 것이라는 생각이 들었다. 20년 뒤에 프랭키는 어떤 모습이 될까?

런던의 패딩턴구(區) 세인트 레너드 가든즈 17번지에 사는 아밀리아 케이먼이 진술을 시작했다.

사망한 사람은 그녀의 하나뿐인 오빠 알렉산더 프리처드였다. 그녀가 그를 마지막으로 본 것은 사고가 있기 전날, 그가 웨일스 지방으로 도보여행을 떠난다고 했을 때였다. 그녀의 오빠는 최근에 동남아시아에서 돌아왔었다.

"평소와 같이 즐거워 보였습니까?"

"예, 그랬어요. 알렉스 오빠는 항상 유쾌했어요."

"무슨 걱정거리가 있어 보이지는 않았나요?"

"아뇨, 그런 기색은 조금도 없었어요. 그냥 여행을 한다는 생각으로 기대에 부풀어 있었지요."

"경제적인 문제라든가, 아니면 최근 그분의 신상에 어떤 문제가 있지는 않았습니까?"

"글쎄요. 그 점에 관해서는 뭐라 말할 수가 없군요. 오빠는 귀국한 지 얼마 되지 않았고, 또 우린 10년 동안 헤어져 있었으니까요. 편지를 자주 쓰는 편도 아니었고요. 하지만, 오빠가 저를 런던에 있는 극장에도 데려갔고, 점심도 사주고, 선물도 사준 것으로 미루어 볼 때 오빠가 경제적으로 곤란했다고는 생각지 않아요. 무척 유쾌했던 걸로 봐서 무슨 고민이 있었던 것 같지도 않고요."

"오빠의 직업은 무엇이었습니까, 케이먼 부인?"

그 질문에 그녀는 약간 난처해하는 것 같았다.

"사실 정확히는 몰라요. 유망한 사업이라고 듣기는 했습니다만, 오빠는 영국에 있었던 적이 거의 없었거든요."

"삶을 포기할 수밖에 없는 이유가 있었던 건 아닐까요?"

"아니에요. 그럴 리가 없어요. 절대로 그럴 리가 없어요. 그건 분명히 사고였을 거예요."

"당신의 오빠가 아무런 짐이나 배낭조차 지니고 있지 않았다는 사실에 대해서는 어떻게 생각하십니까?"

"오빠는 배낭을 메고 다니는 걸 좋아하지 않았어요. 그래서 양말 같은 빨랫거리들을 소포로 보내왔어요. 주소는 덴비셔가 아니라 더비셔라고 썼더군요. 그 소포가 오늘 도착했어요."

"아! 그렇다면 의심스러웠던 점이 한 가지 해결되는군요."

이어서 케이먼 부인은 오빠가 가지고 있던 사진에 적힌 이름을 통해서 연락을 받게 된 경위를 설명했다. 그러고는 남편과 함께 마치볼트에 와서 죽은 남자가 자기 오빠임을 대번에 확인했다고 말했다. 진술이 거의 끝날 무렵 그녀는 훌쩍거리기 시작하더니 끝내 울음을 터뜨리고 말았다.

검시관은 몇 마디 말로 그녀를 위로하고는 자리로 물러가도록 했다.

그런 다음 검시관은 배심원들의 의견을 요구했다. 그들이 할 일은 그 남자가 죽게 된 경위를 결론짓는 것이었다. 다행스럽게도 그 일은 매우 간단했다.

프리처드 씨에게는 생명을 내던질 만한 걱정거리가 있거나 정신적인 압박을 받고 있다는 것을 나타내 주는 점은 전혀 없었다. 오히려 그 반대로 그는 신체적으로나 정신적으로 건강했고, 여행에 대한 기대에 가득 차 있었다. 절벽가의 오솔길이 바다 안개가 끼어 있을 때는 매우 위험하다는 것이 이 사고의 유감스러운 점이었고, 동시에 그 지점에 어떤 대비책을 세워야 한다고 의견을 모았다.

배심원의 평결은 즉시 이루어졌다.

"우리는 사망한 사람이 자신의 부주의로 죽음에 이르렀다는 것을 알게 되었습니다. 그리고 시의회는 절벽의 갈라진 틈이 있는 오솔길 주변에 울타리나 철책을 세우는 조치를 즉시 강구해야 한다는 우리의 의견을 추가조항에 넣고자 합니다."

검시관은 이에 동의하는 의미로 고개를 끄덕였다.

이로써 검시 심문은 끝났다.

제5장

케이먼 부부

반 시간 뒤 목사관에 돌아온 바비는 자신과 알렉스 프리처드의 죽음과의 연관이 아직 완전히 끝나지 않았음을 알게 되었다. 케이먼 부부가 그를 만나러 와서 아버지와 함께 서재에 있다는 말을 들었던 것이다. 서재로 간 그는 아버지가 결코 즐겁지 않은 역할을 담당하느라고 적당한 대화를 이어나가기 위해 고심하는 것을 보았다.

"아!" 아버지는 그를 보자 일종의 구원을 얻은 듯, "바비가 왔군요" 하고 말했다.

케이먼 씨가 일어나 손을 내밀고 다가왔다. 그는 혈색이 좋은 건장한 남자였는데, 제법 예의를 차리려는 듯한 태도였지만 냉정하면서도 수상쩍은 눈초리는 그 예의가 믿을 만한 것이 못 된다는 것을 보여 주고 있었다. 대담하지만 다소 단정치 못한 옷차림을 하고 있는 케이먼 부인은 매력적으로 보일지는 모르지만 사진에서 본 그녀의 옛날 모습과 같은 점은 거의 없었고, 깊은 생각에 잠긴 듯한 그 표정은 전혀 흔적도 없었다. 그녀 자신 외에 아무도 사진 속 여자가 그녀라는 것을 알아보지 못할 것이라는 생각조차 들었다.

"아내와 함께 왔소."

케이먼 씨가 악수하는 손에 아플 만치 세게 힘을 주며 말했다.

"보고만 있을 수가 없어서 말이오. 보다시피 아밀리아가 너무 상심하고 있어서."

케이먼 부인이 훌쩍거렸다.

"젊은이를 만나볼까 하고 말이오." 케이먼 씨가 말을 계속했다.

"집사람의 오빠는 말하자면 당신 품에서 죽은 거나 마찬가지 아니겠소? 그래서 집사람은 오빠의 임종에 관해 듣고 싶어 한답니다."

"당연하죠." 바비는 내키지 않게 대답했다.

"당연히 그러시겠죠." 하고 다시 힘주어 말하며 싱긋 웃다가 그는 아버지가 기독교인의 체념 섞인 한숨을 내쉬는 소리를 들었다.

"불쌍한 알렉스 오빠." 케이먼 부인은 손수건을 눈으로 가져가며 말했다.

"정말 안됐습니다." 바비가 말했다.

그는 어쩔 줄 몰라 안절부절못하고 있었다.

"혹시 오빠가 마지막으로 무슨 말을 하지는 않았는지 알고 싶군요."

케이먼 부인이 기대에 가득 찬 눈초리로 바비를 바라보며 말했다.

"예, 그러시겠죠. 하지만, 아무 말씀도 안 하셨습니다."

"전혀 아무 말도 없었나요?"

케이먼 부인은 믿기지 않는다는 듯 실망한 눈치였다. 바비는 미안한 느낌이 들었다.

"예, 정말 아무 말씀도 없었습니다."

"오히려 잘 된 일이지." 케이먼 씨가 진지하게 말했다.

"의식이 없이 고통을 느끼지 않고 가는 것만도 자비로운 일이라고 생각해야 해, 아밀리아."

"그래야겠군요. 당신이 보기에 아무런 고통도 느끼지 않는 것 같던가요?"

"예, 그건 확실합니다." 바비가 대답했다.

케이먼 부인은 깊은 한숨을 내쉬었다.

"감사해야 할 일이죠. 나는 알렉스 오빠가 무슨 말이라도 남겼으면 했지만 오히려 잘 됐다고 생각되는군요. 불쌍한 알렉스 오빠. 참 좋은 바깥세상 사람이었는데."

"예, 그래 보였어요."

바비는 죽은 사람의 구릿빛 얼굴과 푸른 눈동자를 떠올리며 말했다.

알렉스 프리처드는 죽음이 가까웠어도 무척 매력적으로 보였었다. 그런 그가 케이먼 부인의 오빠이며 케이먼 씨의 처남이라는 것은 어쩐지 어울리지 않는 것 같았다. 저 사람들보다 더 나은 부류의 사람으로 보였는데. 바비는 그런 생각이 들었다.

"많은 신세를 졌어요." 케이먼 부인이 말했다.

"아, 괜찮습니다. 제 말은, 그러니까, 아무것도 한 일이 없다는……, 아, 저는—." 바비는 그만 더듬거리고 말았다.

"신세는 잊지 않겠습니다." 케이먼 씨가 말했다.

바비는 다시 한 번 고통스러운 악수를 해야 했다. 또한 케이먼 부인의 힘없는 손과도 악수했다. 그의 아버지가 먼저 작별인사를 했고, 바비는 케이먼 부부를 배웅하러 현관까지 나왔다.

"그런데 젊은이는 지금 무슨 일을 하고 있소?" 케이먼 씨가 물었다.

"집에 머물면서 뭐라도 준비하고 있소?"

바비는 "직업을 구하고 있는 중입니다."라고 대답하고서 잠시 뒤에, "해군에 있었습니다."라는 말을 덧붙였다.

"고생했겠구먼. 요즘 같은 때는 고생이 심하지."

그는 머리를 끄덕이며 말했다.

"앞으로 잘되길 빌겠소."

"감사합니다." 바비는 예의 바르게 말했다.

그들이 잡초가 무성하게 자란 길까지 내려가는 것을 지켜보며 그는 공상에 잠겼다—온갖 생각들이 머릿속에 뒤범벅된 채.

혼란스러운 영상(사진)—커다란 눈과 꿈같은 머릿결의 그 여자 얼굴. 그리고 10년 내지 15년이 지난 지금의 케이먼 부인. 짙은 화장에 굽은 눈썹, 커다란 눈이 마치 돼지 눈처럼 주름져서 축 처져 있는 모습. 짙은 적갈색으로 물들인 머리카락. 모든 젊음과 순수함이 사라진 모습이었다. 얼마나 불행한 일인가! 그것은 아마도 케이먼 씨 같은 남자와의 결혼생활 때문일 것이다. 만일 그녀가 다른 남자와 결혼했더라면 좀더 곱고 우아하게 늙었을 텐데. 흰머리가 약간 생기더라도 부드럽고 창백한 얼굴에 커다란 눈은 여전했을 텐데. 그러나—.

바비는 한숨지으며 고개를 흔들었다.

"최악의 결혼이야." 그는 우울하게 말했다.

"무슨 뜻이지?"

바비는 깊은 생각에서 깨어났다. 어느새 프랭키가 와 있었던 것이다.

"잘 있었니?"

"응, 그런데 누구의 어떤 결혼을 말하는 거지?"

"일반적인 자연현상의 반영을 말하는 거야."

"말하자면?"

"결혼에 의해 유린당한 결과에 관해서."

"누가 유린당했는데?"

바비는 자신의 생각을 얘기해 주었다. 그러나 프랭키는 동감하지 않는 것 같았다.

"말도 안 돼. 그 여자는 사진에서 본 모습과 똑같아."

"그 여자를 언제 봤는데? 검시 심문에 왔었니?"

"물론 갔었지. 여긴 할 일이 없는 곳이니까. 검시 심문에 간 건 뜻밖의 행운이었어. 그런 곳엔 처음 갔거든. 난 이가 떨릴 정도로 스릴을 느꼈어. 그야 물론 해부학적인 보고서가 제시된, 독약을 투입한 미스터리였다면 훨씬 재미있었겠지만. 하지만, 이런 정도의 재미를 맛볼 기회라도 얻게 된 걸 다행으로 생각해. 살인 같은 범죄의 의혹을 남겼더라면 더 좋았을 텐데. 유감스럽게도 간단하게 끝나고 말았어."

"넌 마치 피에 굶주린 사람 같구나, 프랭키."

"나도 그렇게 생각해. 그건 아마 격세유전(열성 형질이 일대 또는 여러 대를 걸러서 나타나는 유전) 때문일 거야. 이 말이 맞는 건지 모르지만. 그렇게 생각하지 않니? 격세유전이 분명해. 학교에서 내 별명이 원숭이 얼굴이거든."

"원숭이가 살인을 좋아하니?"

그는 정말 그런가를 묻듯이 말했다.

"넌 마치 '선데이' 지(紙)의 독자 투서 같구나. 이 사건에 대한 우리의 생각을 요청받은 모양이지?"

"나는─" 바비는 본래의 화제로 되돌아가 말했다.

"케이먼이란 여자에 대한 내 생각은 너와 달라. 사진에서 본 그 여자는 무척 사랑스럽고 아름다웠어."

"그건 사진을 수정했기 때문이야."

"그렇다면 같은 사람이라고 생각할 수 없을 정도로 많이 수정했을 거야."

"넌 뭘 모르는구나. 그거야 사진사가 기술을 최대한으로 발휘해서 고쳤겠지. 하지만 좀 지나쳤던 모양이지."

"난 그렇게 생각하지 않아." 바비가 냉정하게 말했다.

"그런데 넌 어디서 그 사진을 봤지?"

"'이브닝 에코' 지(紙)에서 봤어."

"사진이 형편없이 인쇄된 채 실렸겠지."

"케이먼같이 얼굴에 덕지덕지 찍어 바른 암캐 때문에 넌 완전히 돌았구나." 프랭키가 심술궂게 말했다.

"프랭키, 너 사람 놀라게 하는구나. 반쯤 신성한 목사관 뜰에서 그런 말을 하다니."

"네가 엉뚱하기 때문이야."

잠시 침묵이 흐른 뒤 프랭키가 누그러진 태도로 말했다.

"뭐가 엉뚱한가 하면, 그따위 여자 때문에 우리가 말다툼한다는 것이 말이야. 사실은 너와 골프를 치려고 왔어. 어때?"

"좋습니다, 두목님." 바비가 신이 나서 말했다.

그들은 사이좋게 골프를 치러 가면서 슬라이스와 풀링, 그린에서 어떻게 하면 칩 샷을 완벽하게 할 수 있는가 등에 관한 이야기를 나누었다.

11번 티에서 동점으로 홀인하기 위해 롱 퍼트를 칠 때쯤 바비의 뇌리 속에는 그 사고에 대한 생각이 완전히 사라져 버렸다. 그러다가 그가 갑자기 소리 쳤다.

"무슨 일이야?"

"별거 아니야. 갑자기 생각난 게 있어서 그래."

"뭔데?"

"케이먼 부부가 그 남자가 죽으면서 마지막으로 한 말이 없었느냐고 물었는데, 내가 아무 말도 없었다고 했거든."

"그런데?"

"그런데, 그 사람이 마지막으로 한 말이 방금 생각났어."

"평소의 너와는 다르구나. 그런 걸 다 잊어버리다니."

"케이먼 부부가 원한 그런 말은 아니었거든. 그래서 생각나지 않았던 거야."

"그 사람이 뭐라고 했는데?" 프랭키가 호기심 어린 눈빛으로 물었다.

"'왜 그들은 에반스를 부르지 않았을까?'라고 말했어."

"참, 우스운 말이구나. 그 밖에 다른 말은?"

"없었어. 눈을 뜨더니 그 말만 했어—갑자기 말이야. 그러고는 죽었어."

"그렇다면 신경 쓸 필요 없을 것 같은데. 별로 중요한 말도 아닌 것 같은데, 뭐."

"그렇긴 하지만, 케이먼 부부에게 그 말을 했어야 하는 건데. 그 사람이 마지막으로 남긴 말이 없다고 했거든."

"어쨌든 마찬가지야. 내 말은 '그레이디스를 영원히 사랑한다고 전해 주시오.'라든가 '유언장은 호두나무 책상서랍에 있소.', 아니면 책에 나오듯이 뭔가 로맨틱한 유언은 아니라는 뜻이야."

"케이먼 부부에게 편지로라도 알려야 하지 않을까?"

"나라면 그러지 않겠다. 별로 중요한 말도 아닌 것 같으니까."

"네 말이 맞아."

그렇게 말하고는 바비는 다시 활기를 되찾아 게임에 몰두했다.

그러나 그 일이 그의 머릿속에서 완전히 사라진 것은 아니었다. 별것 아니었지만 계속 마음속에 남아 있어서 어쩐지 꺼림칙한 느낌이 들었다. 프랭키의 생각이 옳다, 별거 아니야, 잊어버리자. 그러면서도 의식은 자꾸 그 생각에 머물렀다. 죽은 남자가 아무 말도 하지 않았다고 말한 건 사실이 아니야. 사소한 일이고 어리석다고 생각하면서도 마음이 편치 않았다.

결국 그는 그날 저녁 충동적으로 케이먼 씨에게 편지를 쓰기에 이르렀다.

케이먼 씨

당신의 처남이 돌아가시기 직전에 한 말이 방금 생각났습니다. 그 말을 그대로 옮기면 '왜 그들은 에반스를 부르지 않았을까?'입니다. 오늘 아침에 말씀드리지 못한 점을 사과드립니다. 그 말이 중요하다고

생각지 않았기에 제가 기억하지 못했던 것 같습니다.
그럼 이만 줄입니다.

로버트 존스 올림

다음 날 그는 답장을 받았다.

존스 씨
6일에 당신의 편지를 받았소. 처남의 마지막 말이 사소한 것인데도 상
세히 적어 보내 준 것에 깊은 감사를 드리오. 집사람은 뭔가 의미 있
는 마지막 말을 기대했던 것 같소. 어쨌든 당신의 호의에 감사드리오.

리오 케이먼

바비는 어쩐지 우습다는 생각이 들었다.

제6장

피크닉의 결말

다음 날 바비는 전혀 다른 성격의 편지를 한 통 받았다.

모든 것이 준비되었어(배저의 글씨는 비싼 수업료를 내고 공립학교에
다녔다고는 도저히 믿어지지 않을 정도로 엉망으로 휘갈겨 쓴 것이었
다). 어제 15파운드를 내고 중고차를 다섯 대 구입했어. 오스틴 한 대,
모리스 두 대, 로버 두 대. 지금은 시동이 걸리지 않을 정도로 고물이
지만 우리는 잘 고칠 수 있으리라고 생각한다. 결국 차는 차이니까.
차를 산 사람들이 시동이 꺼지지 않고 집에까지만 몰고 갈 수 있으면
되는 거니까 말이야. 다음 주 월요일에 개점할 생각으로 너의 도움을
기다리고 있다. 그러니까 나를 실망시키지 말아다오, 친구여.
케리 아주머니는 돌연변이라고 할 수밖에 없겠어. 아주머니가 키우는
고양이들 때문에 심하게 구는 옆집 남자의 집 창문을 내가 깨뜨렸는데,
아주머니는 그걸 용서하지 않으셔. 매년 크리스마스 때마다 내게 5파
운드를 보내 주시곤 했는데 말이야. 지금은 일이 죄다 그 모양이야.
아무튼 우린 성공할 거야. 불을 보듯 확실해. 내 말은 결국 차는 차에
지나지 않는다는 거야. 돈 한 푼 안 들이고도 할 수 있어. 페인트칠만
조금 하면 속아 넘어가거든. 큰 성공을 할 거야. 잊지 마, 다음 주 월
요일이야. 너만 믿는다.

다정한 친구 배저

바비는 다음 주 월요일에 일자리 때문에 런던으로 가게 되었다는 것을 아
버지에게 알렸다. 목사는 자초지종을 듣고도 조금도 관심을 나타내지 않았다.

배저 비든을 본 적이 있는 목사는 바비에게 어떤 일에 있어서도 옳지 못한 행동은 하지 말라는 당부의 말을 길게 늘어놓았다. 경제 문제나 사업 문제에 대한 전문가가 아닌지라 아버지의 충고는 사실 막연한 것이었지만, 그런대로 그 의미만은 확실했다.

같은 주 수요일에 바비는 또 다른 편지를 받았다. 비스듬한 필체로 쓴 그 편지의 발신지는 외국이었는데, 내용은 놀랄 만한 것이었다. 그것은 부에노스아이레스에 있는 '헨리퀘즈 앤드 달로'라는 회사에서 온 것으로, 바비에게 연봉 천 파운드의 일자리를 제공하겠다는 내용이었다.

순간 그는 꿈을 꾸고 있는 게 아닐까 생각했다. '1년에 천 파운드라니!'

그는 편지를 다시 한 번 찬찬히 읽어 보았다. 해군에 복무한 경험이 있는 사람을 원한다는 것과, 수락 여부를 즉각 알려 달라고 쓰여 있었다. 누군가 이름이 밝혀지지 않은 사람이 바비를 추천한 것으로 되어 있었다. 수락한다면 바비는 그 주 안에 부에노스아이레스로 떠나야 했다.

"이런, 젠장!"

"바비!"

"죄송해요, 아버지. 거기 계신 걸 잊었어요."

존스 목사가 헛기침하며 말했다.

"아무래도 너에게 주의를 줘야겠구나ㅡ."

바비는 긴 연설이 시작될 것을 직감적으로 느끼며 어떻게 하든 막아야겠다고 생각했다. 그는 간단하게 한 마디로 목적을 달성했다.

"어떤 회사에서 연봉 천 파운드의 일자리를 제의해 왔어요."

목사는 할 말을 잊고 벌어진 입을 다물지 못했다.

'아버지의 주의를 딴 데로 돌리는 데 성공했군.'

바비는 만족스럽게 생각했다.

"연봉 천 파운드의 일자리를 제의받았단 말이니? 천 파운드?"

"예, 아버지."

"말도 안 된다."

바비는 아버지의 솔직한 말에 기분이 상하지 않았다. 자기 능력의 금전적인 가치에 대한 바비의 견해도 아버지와 다를 바가 없었기 때문이었다.

"그 사람들은 눈먼 바보들이 분명해요."

그는 진심으로 아버지의 말에 동의했다. 그러고는 아버지에게 편지를 건네 주었다. 목사는 더듬거리며 코안경을 찾아 쓰고서 의혹에 찬 눈으로 편지를 들여다보았다. 그는 결국 편지를 한 번 더 읽고 나서, "놀랍구나, 정말 놀라워." 하고 말했다.

"웃기는 일이죠."

"아니다! 영국인이라는 사실은 대단한 거다. 성실—그게 우리를 상징하고 있지. 우리 해군은 그 이상(理想)을 전 세계에 전파해 왔다. 그건 영국인의 약속이야. 남미의 이 회사는 불변의 성실성과 고용주가 믿을 수 있는 정직함을 지닌 젊은이의 가치를 인식하고 있는 거야. 너는 영국인이라는 사실 하나만으로도 게임을 시작할 수 있다ㅡ."

"그리고 성심껏 일해야지요." 바비가 말했다.

목사는 아들을 미심쩍게 쳐다보았다. 아들이 한 말에는 어쩐지 성실함이 빠져 있는 것 같았다.

그러나 바비는 심각했다.

"별거 아니에요, 아버지. 그런데 왜 저일까요?"

"그게 무슨 뜻이냐. 왜 너라니?"

"영국에는 영국인이 수없이 많아요. 성실하고 정직한 사람들도 무척 많죠. 그런데 왜 저를 선택했을까요?"

"아마 이전의 군대 지휘관이 너를 추천했을 거다."

"그랬을지도 모르죠." 바비는 의심스럽게 말했다.

"어쨌든 상관없어요. 저는 그 제의를 받아들일 수 없으니까요."

"받아들일 수 없다니? 무슨 뜻이냐?"

"아시겠지만 저는 이미 배저와 일하기로 했거든요."

"배저? 배저 비든 말이냐? 말도 안 된다. 이건 신중하게 생각할 문제다."

"무척 어려운 일이에요." 바비는 한숨지으며 말했다.

"비든과 일을 하겠다는 그 어린애 같은 생각은 도무지 미덥지가 못하구나."

"그건 제가 하기에 달렸어요."

"비든이란 아이는 무책임한 애다. 내가 알기로도 그 애는 벌써 골치 아픈 문제로 자기 부모에게 손해를 끼쳤다."

"운이 나빴기 때문이에요. 배저는 믿을 만한 친구예요."

"운—운이라니! 젊은 애들은 최소한의 노력조차 하지 않으려 든다니까."

"천만에요, 아버지. 그 친구는 새벽 다섯 시에 일어나서 그 많은 닭에게 모이를 주곤 했어요. 닭들이 전부 위막성 후두염인지 뭔지에 걸린 건 그 애 잘못이 아니에요."

"나는 그 자동차 수리공장 일에 찬성한 적이 없다. 어리석은 일이야. 그만둬라."

"그럴 수는 없어요. 약속했으니까요. 배저를 실망시킬 순 없어요. 그 친구는 저를 믿고 있거든요."

두 부자(父子)의 대화는 계속되었다. 배저에 대해 선입관을 가진 목사로서는 젊은 아들이 친구와 시작하려는 일은 아무런 장래성도 있을 것 같지 않아 보였다. 가능성이라고는 조금도 없는 친구 녀석과 뜬구름 잡듯 인생을 시작하려는 아들이 고집이 세다고 간주했을 뿐이다. 바비는 '배저를 실망시킬 수 없다'라는 말만 고집스레 계속했다.

결국 목사는 화를 내며 방을 나갔고, 바비는 아버지가 나간 즉시 '헨리퀘즈 앤드 달로' 회사로 거절의 편지를 썼다.

그는 편지를 쓰면서 한숨을 쉬었다. 자신의 일생에 다시없을 기회를 발로 차버리는 것이다. 그러나 다른 선택은 있을 수 없다고 생각했다.

그런 뒤, 골프장에서 바비는 프랭키에게 그 문제에 관한 얘기를 꺼냈다. 그녀는 주의 깊게 듣고 나서 말했다.

"만일 수락했다면 너는 남미에 가야 하는 거니?"

"응."

"선택을 잘했다고 생각하니?"

"응, 왜 그걸 묻지?"

프랭키가 한숨을 내쉬었다.

"어쨌거나 나도 잘 됐다고 생각해."

"배저에게 말이지?"

"맞아."

"오랜 친구를 실망시킬 수는 없잖아. 안 그래?"

"그렇긴 하지만 네가 말하는 그 오랜 친구를 조심하는 게 좋아. 휘말려 들지 않도록."

"물론 조심할 거야. 하지만 염려 없어. 난 가진 게 아무것도 없거든."

"그 말은 어째 우습게 들리는구나."

"왜?"

"이유는 모르겠지만 그 말은 어쩐지 괜찮은 말처럼 들리기도 하고, 한편으론 무책임한 말같이 들리기도 하거든. 나도 가진 게 하나도 없다는 걸 생각하면 그런 기분이 들어. 아버지는 내게 정기적으로 용돈을 주고, 많은 집과 옷, 하녀, 그리고 대대로 내려오는 소름끼치는 유물과 신용거래도 갖고 있지만 그런 것들은 사실 우리 가족 모두에게 주어진 것이지 내 것은 아니야."

"아니야, 그래도—."

"천만에, 전혀 달라. 내가 알아."

"그래, 하긴 전혀 다르지."

바비는 갑자기 기분이 가라앉는 것을 느꼈다. 그들은 다음 티까지 말없이 걸어갔다.

"난 내일 런던에 갈 거야." 바비가 공을 티에 놓을 때 프랭키가 말했다.

"내일? 함께 피크닉을 가려고 했는데."

"그러고 싶지만 어쩔 수 없어. 아버지의 중풍이 다시 재발했거든."

"그렇다면 넌 집에서 아버지를 간호해 드려야 하잖아?"

"아버지는 누가 돌봐 드리는 걸 싫어하셔. 오히려 귀찮아하시는걸. 아버진 하인을 제일 좋아하시지. 그 하인은 인정도 많고, 누가 자기에게 뭘 내던지거나 멍청하다고 말해도 신경 쓰지 않거든."

바비가 친 공이 벙커에 떨어졌다.

"어렵게 됐구나." 하고 말하며 프랭키는 공을 쳐서 벙커 위를 살짝 넘겨 버렸다.

"우린 런던에서 다시 만나게 되겠구나. 언제 갈 거니?"

"월요일에. 하지만 뭐 별로 좋을 것도 없지 뭐."

"무슨 뜻이야. 좋지 않다니?"

"매일 기계나 만지고 있을 테니까."

"그렇더라도 칵테일파티에 가거나 내 친구들을 만날 수는 있을 거야."

바비가 고개를 약간 끄덕였다.

"네가 좋다면 맥주와 소시지를 마련한 파티를 열겠어."

프랭키가 그를 격려하는 투로 말했다.

"그렇지만, 프랭키. 그래서 좋을 게 뭐 있겠어? 네 친구와 나를 섞으려 하지 마. 네 친구와 내 친구는 서로 다른 사람들이야."

"내 친구들도 여러 부류가 섞여 있는 걸."

"이해 못 하는 체하지 마."

"원한다면 배저를 데려와. 너의 우정을 위해서."

"너는 배저를 좋아하지 않는구나."

"그 애가 말을 더듬기 때문이야. 말을 더듬는 사람 앞에서는 나도 말을 더듬게 되거든."

"이봐, 프랭키. 네 생각이 좋지 않다는 건 너도 잘 알잖아. 너와 함께 지내는 건 이곳만으로도 충분해. 할 일도 많지 않은 곳이고, 나 자신을 좀더 나은 녀석으로 생각할 수 있거든. 내 말뜻은 네가 항상 나에게 잘해 준다는 거야. 난 그걸 고맙게 생각하고 있어. 그렇지만 내가 별볼일없는 녀석이라는 건 잘 알고 있어―나는……."

"열등감일랑 그만두고." 프랭키가 냉정하게 말했다.

"퍼터 대신 니블릭으로 벙커에 떨어진 공이나 구해 내지그래."

"아니, 이런 젠장!" 그는 가방에 퍼터를 집어넣고 니블릭을 꺼냈다.

프랭키는 심술궂은 만족을 느끼면서 그가 다섯 번이나 계속해서 공을 헛치는 모습을 바라보았다.

그들 주위에 모래먼지가 뽀얗게 피어올랐다.

"네가 이겼어." 바비가 공을 집으며 말했다.

"그런 것 같구나. 모두 네 덕분이야."

"마지막으로 한 게임 더 할까?"

"안 돼. 할 일이 있어."

"그러시겠지."

그들은 클럽 하우스까지 말없이 걸어갔다.

"그럼—." 프랭키가 손을 내밀며 말했다.

"잘 가. 여기 있는 동안 심심했는데 너와 함께 지낼 수 있어서 참 좋았어. 다음에 내가 할 일이 없고 심심하면 또 만나게 되겠지."

"프랭키—."

"네가 겸손해진다면 내가 여는 떠돌이 잡동사니들의 파티에 오겠지. 울워스에 가면 진주 단추를 아주 싸게 살 수 있을 거야."

"이봐, 프랭키—."

그가 하는 말은 프랭키가 탄 벤틀리 차의 엔진 소리에 묻히고 말았다. 그녀는 손을 흔들며 차를 몰고 사라졌다.

"제기랄!" 그는 신음하듯 소리쳤다.

프랭키는 무척 화가 난 것 같았다. 아마 그가 주변머리 없이 말을 한 탓이리라. 그러나 자신이 말한 건 엄연한 사실이 아닌가.

그래도 굳이 말로 표현할 필요까지는 없었는데.

그 일이 있은 뒤 마치 영원과도 같은 사흘이 지나갔다.

목사는 속삭이듯 말해야 할 정도로 목이 아팠기 때문에 말을 거의 하지 않고 지내면서, 기독교인으로서 넷째 아들의 태도를 꾹 참고 지냈다. 그는 유혹이란 주제에 대해 효과를 주기 위해 셰익스피어의 말을 인용했다.

토요일에 바비는 집에서 느끼는 압박감을 도저히 견딜 수 없는 기분이었다. 그는 남편과 함께 목사관 일을 돌보는 로버츠 부인에게 샌드위치를 만들어 달라고 해서 마치볼트에서 사온 맥주를 한 병 가지고 혼자 피크닉을 나갔다.

지난 며칠 동안 그는 프랭키가 무척 보고 싶었다. 이곳의 나이 든 사람들에겐 진저리가 난다……지루하게 같은 말만 되풀이하고…….

그는 고사리가 자란 둑 위에 누워 점심을 먹을까, 아니면 한숨 자고 나서 나중에 먹을까 하고 생각하고 있었다.

그러나 생각을 하는 도중에 문제는 저절로 해결되었다. 자신도 모르게 잠이 들어 버렸던 것이다.

그가 깨어난 때는 세 시 반이었다. 바비는 자기가 하루를 이렇게 보내고 있다는 것에 대해 아버지가 어떻게 생각하고 계실까를 생각하며 싱긋 웃었다. 시골길을 12마일 정도 걷는다는 것은 건강한 젊은이라면 해볼 만한 일이 아닌가. 그 결과는 필연적으로 저 유명한 말이 된다. '그러니까 이제 나는 점심을 먹을 자격이 있다.'

"얼간이." 그는 자신에게 말했다.

"하고 싶지도 않은 산책을 한 것이 왜 점심 먹을 자격이 되지? 그래서 얻는 게 뭐냐? 만일 산책을 즐겼다면 그건 방종이고, 즐기지 못했다면 너는 바보 같은 짓을 한 거야."

그는 먹을 자격이 없는 점심을 꺼내어 맛있게 먹었다. 샌드위치를 다 먹고 만족한 숨을 내쉬며 맥주병을 열었다. 맥주 맛은 평소보다 쓴 것 같았지만 무척 상쾌했다……

그는 다시 누워 빈 맥주병을 히드 숲에 던져 버렸다.

바비는 마치 신(神)과 같은 한가로움을 느꼈다. '세상은 저 발밑에 있다.' 단순한 구절이지만 참으로 괜찮은 구절이라고 생각했다. 마음만 먹는다면 무슨 일이나 다 할 수 있을 것 같았다!

멋진 계획과 대담무쌍하고 진취적인 생각이 그의 머릿속에서 빛을 발하며 스쳐갔다.

그리고 또다시 무기력이 전신을 휩싸며 졸음이 왔다.

그는 잠이 들었다……

마비된 것처럼 깊은 잠 속으로……

제7장

죽음으로부터의 탈출

프랭키는 현관문 위에 '세인트 아사프'라고 새겨진 크고 오래된 건물 앞 도로변에 몰고 온 녹색 벤틀리를 세웠다.

그녀는 백합을 한 다발 들고 차에서 뛰어내려 초인종을 눌렀다. 간호사 차림의 여자가 문을 열었다.

"존스 씨를 면회할 수 있을까요?"

간호사는 흥미로운 눈초리로 벤틀리와 백합과 프랭키를 차례로 바라보았다.

"성함이 어떻게 되시죠?"

"레이디 프랜시스 더웬트예요."

간호사는 프랭키의 이름을 듣고 흥분한 듯 어쩔 줄 몰라 했다. 그녀는 2층의 어떤 방으로 프랭키를 안내했다.

"손님이 오셨어요, 존스 씨. 누군지 알아맞혀 보세요. 굉장히 놀라실걸요."

간호사가 신이 난 태도로 말했다.

"안녕, 바비. 다른 면회자들처럼 나도 꽃을 가져왔어. 무덤을 연상시키는 꽃이지만 이것밖에 살 수가 없었어."

"어머, 그렇지 않아요, 레이디 프랜시스. 무척 아름다워요. 꽃병에 꽂아 두겠어요." 이렇게 말하며 간호사가 방을 나갔다.

"바비, 어떻게 된 일이야?"

"물어볼 줄 알았지. 난 이 병원을 떠들썩하게 만들었어. 내가 0.5g의 모르핀을 마셨거든. 의사들은 란셋과 BMJ에다 나에 대한 보고서를 올릴 모양이야."

"BMJ가 뭔데?"

"영국 의학 잡지야."

"좋아. 계속해봐. 처음부터 자세하게."

"0.03g의 모르핀이면 치명적인 양이란 걸 알고 있나? 나는 열여섯 번 죽었던 거나 마찬가지야. 1g을 마시고도 살아남은 경우가 있긴 하지만, 0.5g이라도 엄청난 양이야. 난 여기서 영웅대접을 받고 있어. 이 병원에는 나 같은 환자가 처음이거든."

"신났겠구나."

"다른 환자들에게 이야깃거리를 제공한 거지."

그때 간호사가 백합을 꽂은 꽃병을 들고 들어왔다.

"내 말이 사실이죠, 간호사? 나 같은 환자는 처음이죠?"

"아! 맞아요. 살아 있을 수도 없었죠. 지금쯤 무덤에 누워 있었을 거예요. 하긴 젊어서 죽는 게 좋다는 사람들도 있긴 하지만."

간호사는 익살스러운 농담을 하고 다시 방을 나갔다.

"아마 나는 전국적으로 유명해질 거야."

바비는 말을 계속했다. 이전에 보이던 열등감은 흔적도 없이 사라진 것 같았다. 사건을 자세하게 설명하고 있는 그의 태도에는 자아도취에 빠진 모습이 나타나 있었다.

"그만하면 됐어. 위(胃)세척에 대해서는 정말 듣고 싶지 않아. 독약을 먹은 사람이 이 세상에 너밖에 없는 것 같이 말하는구나."

"0.5g의 모르핀을 마시고도 살아남은 사람은 거의 없어. 넌 어째 별로 놀라는 것 같지 않은데."

"너한테 모르핀을 먹인 사람들은 정말 끔찍한 사람들이구나."

"맞아. 괜히 많은 모르핀만 낭비한 셈이지."

"모르핀은 맥주에 들어 있었니?"

"그래. 어떤 사람이 죽은 듯이 자고 있는 나를 발견했어. 나를 흔들어 깨웠는데도 일어나질 않더라는 거야. 그래서 그 사람은 깜짝 놀라 나를 농장에 데려다 놓고 의사를 불렀는데―"

"그다음은 나도 잘 알아." 프랭키가 얼른 말했다.

"그 사람은 처음엔 내가 음독자살을 한 줄 알았다는 거야. 그런데, 내가 깨어나서 아니라고 말하자 맥주병을 찾으러 갔지. 내가 버린 곳에서 빈 맥주병을 찾아내서 검사해 본 결과 사실이 분명해진 거야."

"모르핀을 어떻게 맥주병에 주입해 놓았는지 단서도 없어?"

"없어. 내가 그 맥주를 산 가게에 가서 다른 병들을 열고 검사해 보았지만 아무 이상도 없었대."

"네가 잠든 사이에 누군가가 병에다 모르핀을 넣었구나."

"바로 그거야. 병을 씌운 종이가 제대로 붙어 있지 않았던 게 기억나."

프랭키는 뭔가 골똘히 생각하는 표정으로 고개를 끄덕거렸다.

"그러니까 내가 전에 기차 안에서 한 말이 맞아."

"무슨 말을 했었는데?"

"그 남자—프리처드라는 사람을 누군가가 절벽 아래로 밀었다는 말."

"그 말은 기차 안에서 한 게 아니라 정거장에서 했었어."

"그게 그거야."

"그런데 왜—?"

"이것 봐—그건 분명한 일이야. 어째서 널 죽이려고 했을까? 넌 많은 유산을 물려받을 상속자도 아니잖아."

"그건 모르지. 내가 잘 모르는 뉴질랜드나 어딘가에 사는 어떤 돈 많은 친척이 내게 유산을 잔뜩 물려줄지도 모르니까."

"말도 안 돼. 너를 알지도 못하는 친척이 그럴 리 없어. 너를 잘 모른다면 왜 넷째 아들에게 유산을 물려주겠어? 목사일지라도 넷째 아들까지 있으면 살기 어려운 이런 세상에! 네가 죽어서 이익이 되는 사람은 아무도 없어. 그러니까 유산 문제는 아니라는 게 분명해. 그렇다면 원한 관계일 거야. 너 혹시 약제사 딸을 건드린 거 아니야?"

"그런 기억은 없는데." 바비는 짐짓 점잖게 대답했다.

"하도 많이 건드려서 기억조차 못 하겠지. 아니야, 네가 아무도 건드린 적이 없다는 건 내가 장담할 수 있어."

"고마워, 프랭키. 그런데 왜 하필이면 약제사의 딸인지 모르겠구나."

"모르핀을 쉽게 구할 수 있을 테니까. 모르핀을 구하기란 그리 쉽지 않거든."

"어쨌든 난 약제사의 딸을 건드린 적은 없어."

"그렇다면 너의 적(敵)이 될 만한 사람은 없니?"

바비가 고개를 저었다.

"이제 알았다." 프랭키는 의기양양하게 말했다.

"죽은 그 남자를 절벽에서 밀어뜨린 사람이 분명해. 경찰은 이 사건에 대해 어떻게 생각하고 있지?"

"정신이상자의 짓이라고 보고 있어."

"천만에! 정신이상자라면 그렇게 많은 양의 모르핀을 가지고 맥주병을 찾아 돌아다니지는 않아. 맞아, 누군가가 프리처드를 절벽 아래로 밀었어. 그런데 네가 몇 분 뒤에 그곳에 갔기 때문에 그 사람은 자기가 한 짓을 네가 보았다고 생각한 거야. 그래서 널 없애기로 마음먹은 거야."

"그건 논리에 맞지 않아."

"왜?"

"왜냐하면 난 아무것도 못 봤으니까."

"하지만 그 사람은 그 사실을 모를 수도 있어."

"내가 뭔가를 봤다면 검시 심문에서 말했을 거야."

"그건 그래." 프랭키가 마지못해 말했다.

그리고 잠시 생각하더니, "어쩌면 너는 별거 아니라고 생각하지만, 사실은 아주 중요한 것을 네가 봤다고 그 사람이 생각하는지도 몰라. 내 말이 좀 이상한 것 같은데, 무슨 뜻인지 알겠지?"

바비가 고개를 끄덕였다.

"알겠어. 하지만 그것도 아닌 것 같아."

"아니야. 이 사건은 절벽 사건과 분명히 관련이 있어. 넌 지금 감시당하는 거야. 그곳에 간 첫 번째 사람이니까."

"토머스 박사도 함께 있었어." 바비가 말했다.

"그런데, 의사 선생님에게 독약을 먹이려고 한 사람은 없잖아."

"그럴 예정인지도 몰라. 아니면 이미 시도했는데 실패했을지도 모르지."

프랭키가 자못 자신만만하게 말했다.

"그건 이치에 닿지 않아."

"난 아주 논리적이라고 생각해. 네가 만일 여기 이 마치볼트 같은 고리타분한 지역에서 일어나는 일들을 생각하는 방식에서 탈피해서 두 사건을—잠깐, 세 번째로 이상한 점이 있어."

"뭔데?"

"네게 제의해 온 일자리. 물론 대수롭지 않게 넘길 수도 있겠지만 어딘가 이상하잖아. 외국인 회사가 평범한 해군 출신을 구한다는 말은 처음 들어."

"너 지금 평범하다고 말했니?"

"넌 아직 BMJ에 실린 것도 아니잖아. 내 말의 의미를 알겠지? 너는 보려고 하진 않았겠지만, 틀림없이 뭔가를 본 거야. 아니면, 범인들이 그렇게 생각하고 있거나. 그래서 처음에는 외국에 있는 직장을 제의해서 너를 국외로 내보내려고 했던 거야. 그런데 실패하자 너를 완전히 없애버리려고 한 거지."

"그건 너무 위험한 행동이 아닐까? 꽤나 어려운 모험이라고 생각하지 않니?"

"아니야. 살인범들은 항상 서두르거든. 또 살인을 하면 할수록 더하고 싶어지는 거야."

"《제삼의 핏자국》 처럼." 바비는 자기가 좋아하는 소설을 떠올리며 말했다.

"그렇지. 소설뿐 아니라 실제로도 그런 거야."

"그럼, 프랭키, 나는 도대체 뭘 봤을까?"

"바로 그게 문제야. 그건 어쩌면 절벽에서 사람을 밀어뜨린 행위 자체가 아니라, 죽은 사람에 대한 어떤 것인지도 몰라."

"넌 마치 손다이크 박사 같구나. 알겠어. 하지만 그건 아니야. 왜냐하면 내가 그런 것을 봤다면 경찰도 봤을 테니까."

"그렇구나. 내 추리는 엉터리야. 이건 정말 어려운 문제구나."

"재미있는 추리지. 내가 무척 중요한 인물처럼 느껴지는 걸. 하지만 그건 단순한 추리에 불과해. 그 이상은 아니야."

"그렇지만 내 생각이 옳다고 확신해." 프랭키가 일어났다.

"이젠 가야겠어. 내일 또 와도 되겠니?"

"물론이지. 간호사들의 말장난에는 신물이 났어. 그런데 이제 보니 너 런던에서 무척 빨리 돌아왔구나."

"네 소식을 듣자마자 쏜살같이 날아왔지. 낭만적으로 독약을 마시게 된 친구가 있다는 건 무척 흥분할 만한 일이잖니."

"모르핀이 그렇게 낭만적인 건지 몰랐는데."

"그럼, 내일 다시 올게. 키스해도 될까?"

"난 지금 전염병을 앓는 건 아니야." 바비가 그녀에게 말했다.

"그렇다면 아픈 사람에게 해야 할 도리는 다해야겠지."

그녀는 바비에게 가볍게 키스했다.

"내일 봐."

그녀가 간 다음 간호사가 바비가 마실 차를 들고 들어왔다.

"그 아가씨를 신문에서 많이 봤어요. 그런데 신문에서 본 것과는 다르더군요. 운전하는 모습도 지켜봤어요. 그렇게 가까이에서 본 적이 없었어요. 거만한 분은 아닌가요?"

"천만에요! 프랭키는 조금도 거만하지 않아요."

"저도 수녀님께 그렇게 말씀드렸죠. 꾸밈이 없고 거만한 티가 하나도 없다는 것과, 우리 같은 사람들과 마찬가지라는 것도 말씀드렸어요."

간호사의 마지막 말에 바비가 아무 대꾸도 하지 않자 그녀는 실망한 듯 방을 나가 버렸다.

바비는 방에 혼자 남아 생각에 잠겼다.

그는 차를 마시고 나서 프랭키가 말한 놀랄 만한 추리의 가능성을 생각해 보다가 결국 그렇진 않을 거라는 결론을 내렸다. 그러고는 기분 전환거리를 찾았다. 바비의 시선이 백합꽃에 머물렀다. 고맙게도 꽃을 가져오다니. 물론 아름다운 꽃이긴 하지만 추리소설 책을 갖다 주었더라면 더 좋았을 텐데. 그는 곁에 놓인 테이블 위로 시선을 옮겼다. 쿼다의 소설 한 권과 '존 헬리팍스, 젠틀맨' 지(誌), 그리고 지난주 '마치볼트 위클리 타임스' 지(誌)가 놓여 있었다. 바비는 '존 헬리팍스, 젠틀맨'을 집어들었다.

그러나 5분 만에 그는 책을 도로 놓았다. 《제삼의 핏자국》, 《대공 살인 사건》, 《플로렌틴 데거의 이상한 모험》 등에 맛들인 바비에게는 '존 헬리팍스, 젠틀맨' 지(誌)가 전혀 구미에 맞지 않는 잡지였던 것이다.

그는 한숨을 쉬며 지난주 '마치볼트 위클리 타임스' 지를 집었다. 그리고 조금 뒤에 베개 밑에 있는 벨을 힘껏 눌렀다. 간호사가 뛰어왔다.

"무슨 일이죠, 존스 씨? 어디 아프세요?"

"성(成)에 전화를 걸어 줘요. 레이디 프랜시스 더웬트에게 즉시 이리로 다시 오라고 말해 주세요."

"안 돼요, 존스 씨. 그런 전화를 감히 어떻게."

"왜 안 됩니까? 이 빌어먹을 침대에서 일어날 수 있다면 내가 그런 전화를 할 수 있는지 없는지 알게 될 거예요. 그러니까 어서 전화해요."

"하지만 아직 도착하지 않으셨을 텐데요."

"그건 당신이 벤틀리 차를 몰라서 하는 말이에요."

"차를 드실 시간일지도 몰라요."

"이봐요, 거기 서서 나와 말다툼은 그만하고 어서 전화를 걸어요. 아주 중요한 일이니까 속히 오라고 전해 줘요."

간호사는 바비의 기세에 눌려 마지못해 전화를 걸러 갔다. 그녀는 예의 바르고 완곡하게 부탁하듯 말했다.

"레이디 프랜시스께서 사정이 허락하신다면 다시 오실 수 있으신지 알고 싶다고 하십니다. 존스 씨가 아가씨께 드릴 말씀이 있답니다. 물론 서두르실 필요는 없습니다."

레이디 프랜시스는 즉시 오겠다고 짧게 말하고 전화를 끊었다.

"그걸 보면 그 아가씨는 존스 씨에게 빠져 버린 게 분명해!"

간호사가 다른 동료에게 말했다.

프랭키가 급히 도착했다.

"도대체 웬 비상호출이지?"

바비는 양볼에 홍조를 띠고 침대에 앉아 손에 든 '마치볼트 위클리 타임스' 지를 흔들어 보였다.

"이걸 봐, 프랭키."

"뭔데?"

"이건 수정한 케이먼 부인의 얼굴이 분명하다고 네가 말했던 그 사진이야."

바비는 약간 흐릿하게 실린 사진을 손가락으로 가리켰다. 사진 아래에는 이렇게 쓰여 있었다.

'사망자에게서 발견된 사진. 이 사진에 의해 그의 신원이 밝혀짐. 사망자의 누이동생인 아밀리아 케이먼 부인'

"내가 그렇게 말한 건 사실이야. 그런데 뭐가 잘못됐니?"

"잘못된 건 없어."

"그럼─."

"알아. 하지만, 프랭키(바비의 목소리가 극적으로 들렸다). 이 사진은 그때 내가 본 사진이 아니란 말이야……."

그들은 얼굴을 마주 보았다.

"그렇다면─." 프랭키가 천천히 말했다.

"사진이 두 장이었던자─."

"서로 다른 사진?"

"아니면─."

그들은 말을 멈추었다.

"그 사람 이름이 뭐였지?" 프랭키가 물었다.

"배싱턴프렌치!"

"이젠 확실히 알겠다!"

제8장

수수께끼의 사진

그들은 뒤바뀐 상황을 이해하려고 애쓰면서 서로 응시했다.

"다른 사람은 그랬을 수가 없어. 사진을 바꿀 기회를 가진 사람은 그 사람뿐이었어." 바비가 말했다.

"그러나 만일 사진이 두 장 있었다면."

"그럴 리가 없다는 건 잘 알잖아. 만일 그랬다면 두 장의 사진으로 그 사람의 신원을 알아보려고 했을 테니까. 한 장만으로 신원을 확인했을 리 없거든."

"그 문제는 쉽게 알아볼 수 있어." 프랭키가 말했다.

"경찰에 가서 물어보면 되니까. 사진이 한 장뿐이었다고 가정한다면 네가 봤던 그 사진이어야 해. 그런데, 네가 그곳에 있었을 때는 그 사진이 있었는데 경찰이 도착했을 때는 없어졌단 말이야. 그러니까, 그 사진을 없애고 다른 사진을 주머니에 넣을 수 있는 사람은 배싱턴프렌치뿐이야. 그 남자 어떻게 생겼니, 바비?"

바비는 기억을 되살리려고 양미간을 좁혔다.

"별 특징이 없었어. 밝은 목소리의 평범한 남자였는데, 사실 난 그를 유심히 보지 않았어. 이 지방에 처음 왔다고 말했고, 집을 구한다는 말도 했던 것 같아."

"그것도 알아볼 수 있어." 프랭키가 말했다.

"이 지역에 부동산업자는 '휠러 앤드 오언' 사(社)밖에 없으니까."

말을 끝내며 프랭키는 갑자기 몸을 떨었다.

"바비, 이런 생각을 해봤니? 만일 누군가가 프리처드를 밀었다면……, 그건 분명히 배싱턴프렌치일 거라는—."

"그건 아니야. 그 남자는 무척 선량하고 괜찮은 사람같이 보였어. 그리고 누군가가 프리처드를 떠밀었다는 것도 확신할 수 없잖아. 넌 처음부터 그렇게만 생각하려 드는구나."

"아니야. 그렇기를 바랄 뿐이지. 그래야만 더 흥미로우니까. 그리고 이제 증명이 되고 있잖아. 그게 살인이었다면 모든 것이 들어맞아. 예기치 않은 순간에 네가 나타났기 때문에 살인범의 계획이 어긋났던 거야. 네가 사진을 봤기 때문에 너를 없앨 필요가 생긴 거지."

"너의 추리에는 허점이 있어." 바비가 말했다.

"어떤 허점? 이봐, 넌 사진을 본 유일한 사람이야. 배싱턴프렌치는 혼자 남게 되자 즉시 네가 본 사진을 다른 사진과 바꿔치기한 거야."

바비는 계속 고개를 저었다.

"아니야. 만일 그 사진이 아주 중요한 것이었기에 네 말대로 나를 '해치워야 한다.'라고 가정해 보자. 불합리한 가정이지만, 그래도 그럴 가능성은 있다고 생각되니까. 그렇다면 즉시 나를 해치웠어야지. 내가 런던에 간 것과 '마치 볼트 위클리'나 다른 신문들을 미처 보지 않았다는 건 그들에게 좋은 기회였을 테니까. 내가 신문을 봤다면 그 즉시, '이건 내가 본 사진이 아니다.'라고 말했을 거야. 그런데 왜 그들은 검시 심문이 끝나고 사건이 잘 처리될 때까지 기다렸을까?"

"그게 문제야." 프랭키도 동의했다.

"그리고 또 하나, 물론 확신할 수는 없지만, 내가 사진을 보고 나서 죽은 남자의 주머니에 도로 넣을 때 배싱턴프렌치는 그 주변에 없었다고 생각해. 그는 5분 내지 10분 뒤에 왔거든."

"어디선가 계속 너를 지켜보고 있었는지도 모르잖아."

프랭키가 반박했다.

"그럴 수는 없어." 바비가 천천히 말했다.

"내가 있던 장소를 내려다볼 수 있는 곳은 딱 한 군데밖에 없거든. 절벽 윗부분은 둥글게 튀어나와 있고, 아래는 움푹 들어가 있기 때문에 다른 곳에서는 나를 내려다볼 수가 없게 되어 있어. 그 지점으로 배싱턴프렌치가 왔을 때 내가 금방 알 수 있었어. 발걸음 소리가 들렸거든. 그가 어디 가까운 곳에 있었는지는 모르지만, 내가 인기척을 느낀 그때까지는 아래쪽을 볼 수 없었어.

맹세할 수 있어."

"그러니까 네가 그 사진을 보았는지를 그 사람은 알 수 없다는 거지?"

"맞아."

"그런데 너는 그 사건이 살인사건이라고는 생각지 않는 것 같구나. 마치 다른 이유가 있는 것처럼."

"나도 모르겠어."

"검시 심문이 끝난 뒤에 그 사람들은 뭔가 알게 된 거야. 내가 왜 '그 사람들'이라고 말하는지 모르겠네."

"당연하지. 케이먼 부부도 관련이 있는 거야. 어쩌면 갱단일지도 몰라. 그렇다면 무척 흥미가 있을 텐데."

"넌 수준이 낮은 취미를 가졌구나. 단독 살인이 훨씬 수준 높은 거야. 참, 바비!"

"왜 그래?"

"프리처드라는 사람이 무슨 말을 했지—죽기 직전에? 지난번 골프장에서 말했잖아. 좀 웃기는 말이었지?"

"'왜 그들은 에반스를 부르지 않았을까?'"

"맞아. 혹시 그 말에 중요한 의미가 있는 건 아닐까?"

"그럴 리가 없어."

"그럴지도 몰라, 바비. 그럴 거야. 아, 아니야. 나도 참 바보같아—케이먼 부부에게 그 말을 하지 않았다고 했지?"

"아니, 했어." 바비가 천천히 말했다.

"그랬어?"

"그날 저녁에 편지에 써서 보냈어. 물론 별로 중요한 말은 아닌 것 같다는 말도 썼지."

"그래서?"

"그랬더니 케이먼 씨가 답장을 보내왔더군. 내가 적어 보낸 말이 별로 중요하지 않다는 것과, 수고를 끼쳐서 미안하다는 뜻을 전해 왔어. 약간 우습다는 생각이 들었어."

"그리고 이틀 뒤에 낯선 회사에서 너를 남미로 유혹하는 편지를 받았지?"

"맞아."

"이제 분명히 알 것 같아. 그들은 처음엔 너를 국외로 유혹했던 거야. 그런데 넌 거절했어. 그래서, 너를 지켜보고 있다가 네가 마실 맥주병에 모르핀을 주입할 기회를 노렸던 거야."

"그렇다면 케이먼 부부가 관련되어 있다는 뜻이니?"

"물론이지!"

"그래, 만일 네 말이 옳다면 그 사람들도 분명히 관련이 있어. 우리가 이제까지 종합한 이론에 의하면 사건은 이렇게 된 거야. 죽은 남자 X는 누군가에 의해서 절벽에서 떨어졌다. 추측건대 배싱턴프렌치에 의해서. X의 신원이 사실대로 확인되면 안 된다는 점이 아주 중요한 거야. 그래서 케이먼 부인의 사진이 죽은 남자의 주머니에 넣어지고 내가 봤던 사진은 제거되었다. 그 사진의 여자는 과연 누구일까?"

"요점에서 벗어나지 마." 프랭키가 단호히 말했다.

"케이먼 부인은 사진이 발견되기를 기다렸다가 슬픔에 잠긴 누이동생이 되어 나타나서, X가 외국에서 갓 돌아온 자기 오빠라고 증언했다."

"너는 그 남자가 그녀의 오빠라는 걸 믿지 않는 것 같던데?"

"절대로 믿지 않아! 처음부터 그 점이 나를 혼란스럽게 만들었어. 케이먼 부부는 전혀 다른 부류의 사람들인 것 같았어. 죽은 남자는 그들과 달리 진짜 신사같이 보였거든."

"그런데, 케이먼 부부는 조금도 그렇게 보이지 않았단 말이지?"

"그래."

"그러니까 케이먼 부부 입장에서 보면 모든 일이 잘되어갔겠구나. 시체는 성공적으로 신원이 확인됐고, 우연한 사고로 인한 죽음이라고 배심원들도 평결을 내렸어. 그런데 네가 나타나서 일을 망쳐놓은 거야."

프랭키가 생각에 잠기며 말했다.

"'왜 그들은 에반스를 부르지 않았을까?'"

바비도 생각에 잠겨 다시 그 구절을 반복했다.

"이 말 때문에 누군가가 겁을 집어먹을 이유가 뭘까? 도무지 알 수 없어."

"아, 그건 네가 모르기 때문이야. 이건 낱말풀이 같은 거야. 네가 낱말퀴즈를 내는 사람이라면, 너는 힌트가 되는 말 하나를 쓰면서 아주 쉽다고 생각할 거야. 누구든지 알아맞힐 쉬운 문제라고 생각하겠지. 그런데 다른 사람들이 그걸 쉽게 맞추지 못하는 걸 보면 넌 무척 놀라게 될걸. '왜 그들은 에반스를 부르지 않았을까?'라는 말도 그들에게는 대단히 중요한 의미가 있는 것일 거야. 그렇지만 그 말이 너에겐 아무런 의미도 없다는 사실을 그들은 모르는 거야."

"꽤나 멍청한 사람들이군."

"맞아. 하지만 이렇게 생각하고 있을지도 몰라. '프리처드는 그 말뿐만 아니라 다른 말도 했을 것이다. 머지않아 네가 그것까지도 기억하게 될 것이다.' 이렇게 판단하고 있을지도 모르는 일이야. 어쨌거나 그들은 모험을 할 생각은 없었을 거야. 너는 그래도 안전한 편이었어."

"그들은 이미 엄청난 모험을 저지른 거야. 왜 다시 한 번 우연한 사고를 꾸미지 않았을까?"

"그건 어리석은 짓이거든. 한 주일에 두 번이나 우연한 사고가 일어나게 꾸민다는 건 어리석은 짓이야. 그렇게 되면 두 사건에 어떤 관련이 있다는 의미가 되고, 사람들은 첫 번째 사고에 대해서도 의혹을 품게 될 테니까. 빈틈없는 범죄에도 어딘가 허점은 있게 마련이거든."

"넌 아까 모르핀을 구하기는 어렵다고 말했잖아."

"그래, 독약을 구입할 때는 신원을 밝혀야만 해. 아! 힌트가 있어. 모르핀을 아주 쉽게 구할 수 있는 사람이 누구겠니?"

"의사, 간호사, 그리고 약국 주인."

"난 마약 밀매단을 생각했는데."

"넌 너무 여러 가지 범죄를 뒤섞고 있구나." 바비가 말했다.

"그런데 제일 중요한 점은 동기가 없다는 거야. 네가 죽어서 이익이 될 사람이 없어. 경찰은 어떻게 생각하지?"

"정신이상자의 짓이라고 생각하고 있어."

"아니야. 그건 아니야."

바비가 갑자기 웃음을 터뜨렸다.

"뭐가 우습지?"

"그들이 얼마나 실망했을까를 생각해 봤어. 대여섯 사람도 죽일 수 있는 그 많은 양의 모르핀을 마시고도 난 이렇게 생생하게 살아 있으니까 말이야."

"인생의 아이러니 중 하나는 우리가 앞일을 미리 알 수 없다는 거야."

"그러니까 문제는 이제부터 우리가 어떻게 해야 하는가 그거야."

바비가 말했다.

"아! 할 일이 많아." 프랭키가 즉시 대답했다.

"예를 들면……?"

"사진을 찾아내는 일—사진은 한 장뿐이었으니까. 또, 집을 사러왔다는 배싱턴프렌치라는 사람을 추적하는 일."

"배싱턴프렌치에 관해서라면 아무런 의심도 할 수 없을 정도로 완벽할 거야."

"왜 그렇게 생각하지?"

"생각해봐, 프랭키. 배싱턴프렌치는 혐의에서 완전히 제외될 거야. 사건이 발생하면 누구나 '사건 주변의 의심이 가는 낯선 사람'에 관해서 철저하게 조사하기 마련이야. 그러니까 그는 그것에 대비하기 위해 완벽한 준비를 해놓았을 거야. 이곳에 집을 구하러 왔다는 말은 즉석에서 꾸민 구실일지도 모르지만, 그것 말고도 타당해 보이는 구실이 마련되어 있을 거야. 그리고 죽은 남자와는 아무런 관련이 없다는 것도 명백하게 했을 것이고 내 생각에 배싱턴프렌치는 그의 본명이 틀림없어. 그러니까 그는 혐의 대상에서 제외될 사람이 분명해."

"좋아, 아주 그럴 듯한 생각이야. 배싱턴프렌치와 알렉스 프리처드 사이에는 아무 관련이 없을 거야. 죽은 남자의 진짜 신원을 알면 좋겠는데—."

"그렇게 된다면 문제가 달라질 텐데."

"죽은 사람의 신원이 사실대로 밝혀지면 안 된다는 건 아주 중대한 문제였을 거야. 그래서 케이먼이 위장한 거지. 그들로선 무척 위험한 모험이었어."

"너는 케이먼 부인이 그럴 수 없을 정도로 빨리 달려와 신원을 확인했다는 사실을 잊고 있어. 보통 사람들은 신문에 실린 흐릿한 사진을 보면서 그저 '이 사람은 누구누구와 많이 닮았군.' 하고만 말했을 거야."

"그 이상일 거야." 프랭키가 날카로운 눈빛을 띠며 말했다.

"X라는 사람은 쉽게 실종 신고가 되는 사람이 아니었을 거야. 내 말은, 그 사람의 아내나 친척들이 즉시 경찰에 달려와서 행방불명되었다고 신고하는 그런 사람이 아닐 거라는 뜻이야."

"맞아. 그는 그때 막 외국으로 간다든가 막 돌아온 사람이 분명해. 그 사람 피부가 햇볕에 그을어 있었거든. 그리고 그 사람의 행적을 전부 알고 있는 가까운 인척이 없었을 거야."

"그럴 듯한 추리가 되어가는구나. 잘못된 추리가 아니었으면 좋겠어."

"그럴지도 몰라. 하지만 이제까지는 아주 그럴 듯해―우리의 추리가 사실과 전혀 다르다고 생각해 보자."

프랭키는 손을 내저으며 사실과 다르다는 바비의 말을 반박했다.

"문제는 이제부터 사건이 어떻게 전개될 것인가 하는 거야. 우린 세 방면에서 공격을 받게 될 것 같아."

"계속해봐, 셜록 탐정."

"첫 번째는 너야. 그들은 너를 해치우려는 시도를 한 번 했어. 아마 또다시 시도할 거야. 이번에는 우리가 그들을 알아내야 해. 너를 미끼로 그들을 유인한다는 뜻이야."

"난 사양하겠어. 이번에는 운이 좋았지만, 그들이 더 극단적인 방법을 사용한다면 운이 좋지 못할 테니까. 앞으로는 단단히 몸조심을 해야겠어. 날 미끼로 이용하려는 생각은 버렸으면 좋겠어."

"그럴 줄 알았어." 프랭키가 한숨을 쉬며 말했다.

"요즘 젊은이들은 퇴보하고 있다고 아버지께서 말씀하셨지. 불편하거나 위험한 일, 또는 불쾌한 일은 조금도 참아내려고 하지 않아. 슬픈 일이야."

"무척이나 슬프지." 바비가 확고하게 말했다.

"우리의 다음 계획은 뭐지?"

"'왜 그들은 에반스를 부르지 않았을까?'라는 힌트에서부터 시작하는 거야."

프랭키가 말했다.

"죽은 남자가 에반스라는 사람을 만나러 이곳에 왔다고 가정해 보자. 우리가 에반스를 찾아낼 수 있다면—"

"마치볼트에 에반스란 성을 가진 사람이 몇 명쯤 될까?"

"700명쯤 될걸."

"그 방법은 고려해 볼 수는 있겠지만, 믿을 수는 없을 것 같구나."

"에반스란 성을 가진 사람을 전부 적어놓고 우리가 찾는 사람일 것 같은 에반스를 찾아가는 거야."

"찾아가서는 무슨 말을 하지?"

"그게 문제야."

"좀더 생각해 봐야겠어. 세 번째는 뭐지?"

"배싱턴프렌치야. 그 사람을 추적할 수 있는 명백한 근거가 있어. 그 성(姓)은 흔치 않은 것이야. 아버지한테 물어봐야지. 아버지는 이 군(郡)의 모든 성(姓)과 파생된 성까지 알고 계시거든."

"그래, 넌 그걸 알아보고 그 방향으로 시도해봐."

"무슨 일이 있어도 우린 이 사건에 관한 추적을 계속하는 거지?"

"물론이지. 넌 내가 0.5g의 모르핀에 당하고도 가만있을 거라고 생각하니?"

"그 정신 좋았어."

"그것뿐만 아니라 위세척을 당한 모욕도 가만있을 수 없는 일이야."

"그만하면 됐어. 내가 말리지 않으면 넌 병적으로 되겠구나."

"넌 정말 여자다운 동정심도 없는 것 같구나." 바비가 말했다.

제9장

배싱턴프렌치에 관하여

프랭키는 당장 일에 착수했다. 그녀는 그날 저녁 아버지에게 물었다.

"배싱턴프렌치란 성을 아세요?"

정치기사를 읽던 마칭턴 경은 딸의 물음에 깊은 관심을 보이지 않은 채 딴 소리만 했다.

"미국인이나 프랑스인이나 모두 마찬가지야. 이 모든 어리석은 협약들─국 가적으로 돈과 시간의 낭비야."

프랭키는 익숙한 노선을 따라 달리는 기차 같은 마칭턴 경이 정거장에서 멈출 때까지 기다리며 서 있었다.

"배싱턴프렌치라는 성 말씀이에요." 그녀가 다시 말했다.

"그 사람들이 어쨌다고?"

프랭키는 그 사람들이 어쨌는지 아는 바가 없었다. 아버지가 반문하는 것을 즐긴다는 사실을 잘 아는 프랭키는 앞질러 말했다.

"요크셔 가문이죠?"

"천만에─햄프셔다. 거기서 스롭셔 가문이 파생되어 나왔고 아이리시 가문 에도 섞여 있지. 네 친구는 어느 가문이냐?"

"잘 모르겠어요."

"모르다니? 무슨 소리냐, 그럴 수가 있니?"

"요즘 사람들은 너무 뒤섞여 있어서요."

"섞이고 또 섞이고─요즘엔 모두 그 모양이지. 우리 때만 해도 사람들에게 출신 가문을 물어보면 햄프셔 출신이라든가 하는 식으로 대답했었는데. 네 할 머니는 내 육촌과 결혼했다. 그래서 두 가문에 인연이 맺어졌지."

"무척 미묘했겠군요. 하지만 요즘엔 가계(家系)나 지역에 대해 살펴볼 시간이 없는걸요."

"그게 아니라 해로운 칵테일이나 마실 시간밖에 없는 거겠지."

이렇게 말하며 마칭턴 경은 중풍에 걸린 다리를 움직이면서 고통스러운 소리를 질렀다.

"그 사람들 잘 지내고 있나요?"

"배싱턴프렌치 가문 말이냐? 그런 것 같지 않더라. 스롭셔 가문의 운명은 타격을 받았지—사망하거나 이런저런 일로. 햄프셔 가문 중 한 사람은 잘사는 미국인 상속녀와 결혼했고"

"그중 한 사람이 이곳에 왔었어요. 집을 구하러 왔었는데요."

"우습구나. 뭣 때문에 이런 곳에다 집을 마련하려는 건지 모르겠다."

그녀도 그게 문제라고 생각했다.

다음 날 프랭키는 부동산 사무실인 '휠러 앤드 오언'사로 찾아갔다.

오언 씨는 벌떡 일어나서 그녀를 맞이했다. 그녀는 우아하게 미소를 지으며 의자에 앉았다.

"아가씨를 위해 우리가 해 드릴 일은 무엇인지요, 레이디 프랜시스? 설마 성(城)을 팔려는 생각은 아니시겠죠? 하! 하!"

오언 씨는 자기가 한 농담이 우습다는 듯 큰 소리로 웃었다.

"그럴 수 있다면 얼마나 좋겠어요. 실은 며칠 전에 제가 아는 분이 여기 왔었다는 소식을 들었어요. 이름은 배싱턴프렌치예요. 집을 구하러 왔다고 하던데요."

"아! 맞습니다. 그 이름을 확실히 기억하고 있어요. 프렌치에 소문자 'f'가 둘이었거든요."

"맞아요."

"그분은 팔려고 내놓은 소규모 부동산에 관해 묻더군요. 다음 날 런던으로 돌아가야 했기 때문에 많은 집을 구경할 수가 없었죠. 보기에는 별로 바쁜 것 같지도 않더구먼. 그분이 떠난 다음 날 적당한 매물이 나왔기에 특별히 연락까지 했는데 회답이 없군요."

"편지를 런던으로 보내셨나요, 아니면 지방 주소로 보내셨나요?"

"어디 살펴볼까요." 그는 직원을 불렀다.

"프랭크, 배싱턴프렌치 씨의 주소를 알려 주게."

"로저 배싱턴프렌치 씨. 햄프셔 군의 스태벌리, 메로웨이 코트 저택입니다." 직원이 단숨에 말했다.

"아! 그렇다면 그분은 내가 찾는 배싱턴프렌치 씨가 아니군요. 그 사람의 사촌일 거예요. 이곳까지 와서도 제게 연락을 하지 않아서 이상하게 여겼었죠."

"정말 그렇군요." 오언 씨는 충분히 이해가 된다는 투로 말했다.

"그분은 수요일에 여기 오셨었죠?"

"그렇습니다. 여섯 시 30분 바로 전이었죠. 우리는 여섯 시 30분에 문을 닫습니다. 그 사고가 일어난 날이었기 때문에 잘 기억하고 있습니다. 어떤 남자가 절벽에서 떨어져 죽은 사고 말입니다. 배싱턴프렌치 씨가 경찰이 도착할 때까지 그 시체를 지키고 있었다더군요. 우리 사무실에 왔을 때 그분 안색이 무척 안 좋았었죠. 참으로 슬픈 비극이죠. 그 오솔길에 안전한 설치를 진작 했어야 하는 건데. 그래서 시의회가 신랄한 비판을 받았죠. 레디 프랜시스 정말 위험한 곳이죠. 빈번하게 사고가 일어나지 않은 게 오히려 이상할 정도죠."

프랭키는 생각에 잠겨 사무실을 나왔다.

바비가 예측한 대로 배싱턴프렌치의 행적에는 아무런 이상이 없었고, 혐의를 둘 만한 점도 없었다. 그는 햄프셔 가문의 배싱턴프렌치이며, 자신의 주소를 알렸고, 부동산업자에게 그 사고에서 자신이 한 일까지 말했던 것이다. 그렇다면 배싱턴프렌치는 결백한 것일까?

프랭키는 일말의 의혹을 느꼈으나 곧 아니라고 생각했다.

"아니야." 그녀는 혼잣말을 했다.

"의심의 여지가 있어. 집을 사려는 사람이라면 그보다 일찍 이곳에 왔거나 다음 날까지 머물렀을 거야. 저녁 여섯 시 반에 부동산 사무실에 갔다가 다음 날 런던으로 가야 할 정도로 바쁜 사람이라면 여기까지 올 것도 없이 편지로 알아볼 수도 있었을 텐데 말이야. 그래, 배싱턴프렌치에게는 혐의가 있어."

그다음 프랭키는 경찰서로 갔다. 그녀는 윌리엄스 경위와는 구면이었다. 허위 신원증명서를 갖고 프랭키의 보석을 훔쳐 달아난 하녀를 추적해서 잡아준 일이 있었기 때문이다.

"안녕하세요, 경위님."

"어서 오세요, 아가씨. 별고없으시죠?"

"아직은 별일 없어요. 하지만 머지않아 은행을 털어야겠어요. 돈이 바닥났거든요."

경위는 프랭키의 재치 있는 농담을 알아듣고 큰 웃음을 터뜨렸다.

"사실은요, 순수한 호기심 때문에 몇 가지 여쭐 말씀이 있어서 왔어요."

"그러시죠, 뭔데요?"

"절벽에서 떨어진 사람, 프리처드란 이름이었던가ㅡ."

"맞습니다."

"그 사람이 지닌 사진이 한 장뿐이었나요? 누가 그러는 데 사진을 석 장이나 가지고 있었다던데요."

"한 장뿐이었어요. 그 남자의 누이동생 사진이었죠. 그녀가 와서 신원을 확인했어요."

"석 장이라니, 말도 안 되는 소리였군요!"

"그런 말이 있을 수도 있죠, 아가씨. 신문기자들이란 엉뚱하게 과장을 해서 일을 그르치는 것쯤은 예사로 여기거든요."

"저도 알고 있어요. 그 사고에 관해서 여러 가지를 들었는데요."

프랭키는 잠시 말을 멈추고 상상력을 총동원해서 이야기를 계속했다.

"그 남자의 주머니에서 볼셰비키 당원이라는 증명서가 나왔다는 말도 들었어요. 또, 마약이 주머니 가득 들어 있었다는 얘기, 그리고 또 다른 얘기는 위조지폐가 잔뜩 들어 있었다는 거예요."

경위는, "참 그럴 듯한 얘기들이로군." 하며 웃었다.

"아마 평범한 소지품들이 나왔겠죠?"

"물론이죠. 그것도 몇 가지밖에 없었어요. 이름이 새겨져 있지 않은 손수건 한 장, 동전 몇 개, 담배 한 갑, 지폐 몇 장뿐이었죠. 증명서는 없었고요. 그 사진이 없었더라면 신원확인에 애를 먹었을 겁니다. 운이 좋았죠."

"그렇군요."

이렇게 말하며 프랭키는 운이 좋다는 표현은 전혀 어울리지 않는다고 생각했다.

그녀는 화제를 바꿔 말했다.

"어제 목사님 아들인 존스 씨를 만나러 갔었어요. 모르핀을 마신 사람 말이에요. 정말 드문 사건이죠?"

"아! 그건 정말 희귀한 사건입니다. 지금까지 그런 사건이 있었다는 말은 들어보지 못했거든요. 이 세상에 적(敵)이라곤 하나도 없을 괜찮은 젊은이던데 말입니다. 괴상한 녀석들이 돌아다니며 그런 일을 저지르는 겁니다. 어쨌든 그런 방법을 사용하는 살인광이 있다는 말은 처음 들었습니다."

"누구 짓인지 짐작할 만한 단서가 없나요?"

프랭키가 눈을 크게 뜨고 물었다. 그리고, "제겐 무척 흥미로운 사건이에요."라고 덧붙였다.

경위는 백작의 딸과 친근한 대화를 나누고 있다는 사실만으로도 가슴이 뿌듯했다. 레이디 프랜시스는 거만한 티가 조금도 없었다.

"이 근처에서 차가 한 대 지나가는 것이 목격되었죠. 짙은 청색 톨버트 살롱이었어요. 록스 코너에 있는 어떤 남자가 차번호가 GG8282인 톨버트 살롱이 세인트 버톨프 쪽으로 갔다고 신고했지요."

"경위님께서는 그 사실을 어떻게 보고 계세요?"

"GG8282는 버톨프 주교님 차의 번호인걸요."

프랭키는 잠시 목사의 아들을 제물로 바치는 살인 주교에 관한 생각을 하다가 한숨을 내쉬며 그 생각을 떨쳐 버렸다.

"주교님을 의심하고 계신 건 아니시겠죠?"

"그날 오후에 주교님 차는 주교 관저(官邸)의 차고를 떠난 적이 없다는 사실을 밝혀냈어요."

"그렇다면 가짜 번호였군요."

"그렇습니다."

감사하다는 말을 남기고 프랭키는 경찰서를 나왔다. 낙심이 되는 건 아니었지만, 영국 내에는 수많은 짙은 청색 톨버트가 있을 거라는 생각이 들었다.

집에 돌아온 그녀는 서재의 책상 위에 놓인 마치볼트의 전화번호부를 자기 방에 옮겨 놓고 몇 시간 동안 살펴보았다.

결과는 만족스럽지 못했다. 마치볼트에는 에반스란 성을 가진 사람이 무려 482명이나 있었다.

"이런 젠장!"

그녀는 다음 계획을 세웠다.

제10장

계획적인 사고의 준비

그로부터 1주일 뒤, 바비는 런던의 배저에게 갔다. 그는 프랭키로부터 수수께끼 같은 연락을 몇 번 받았는데, 그 대부분은 읽기도 어려울 정도로 휘갈겨 쓴 것이어서 그 의미를 추측할 수밖에 없었다. 어쨌든 그 내용은 프랭키가 뭔가 계획을 준비하고 있다는 것과, 그녀한테 직접 들을 때까지 바비는 그저 가만히 있으라는 것이었다. 또한 바비로서도 다른 일을 할 시간이 없었다. 왜냐하면 운수 사나운 배저는 벌써 온갖 어려움에 빠져서 바비는 친구가 처한 곤경을 해결하느라 정신없이 바빴기 때문이었다.

그러는 동안에도 바비는 자신에 대한 경계를 게을리하지 않았다. 0.5g의 모르핀 덕분에 그는 먹는 음식과 음료수에 대해 철저한 의심을 하게 됐고, 런던에서 군용 리볼버 권총을 구입하기에까지 이르렀던 것이다. 그 권총은 지니고 다니기에 꽤나 불편한 것이었다.

바비가 자신에게 일어났던 일이 끔찍한 악몽이었다고 생각하기 시작했을 때, 프랭키가 벤틀리를 몰고 수리공장에 나타났다. 바비는 기름투성이의 작업복을 입은 채 그녀를 맞이했다. 프랭키의 운전석 곁에는 약간 우울한 분위기의 청년이 앉아 있었다.

"안녕, 바비. 이쪽은 조지 아버스낫이야. 의사지. 우리에게 이분의 도움이 필요하게 될 거야."

바비는 조지 아버스낫과 눈인사를 주고받다가 잠시 주춤했다.

"우리에게 정말 의사가 필요하니? 넌 약간 비관적인 생각을 하고 있는 것 같은데?"

"너 때문에 의사가 필요한 게 아니야. 내가 세운 계획에 필요한 거야. 그런데, 잠시 이야기를 나눌 장소가 없을까?"

바비는 미심쩍게 주위를 돌아보며, "내 침실이 어떨까?" 하고 말했다.

"좋아."

그들은 바비를 따라 바깥채에 있는 조그만 방으로 들어갔다.

"앉을 만한 자리가 있을지 모르겠는데."

바비가 방을 둘러보며 우물쭈물했다.

정말이지 앉을 자리가 없었다. 하나뿐인 의자 위에는 바비의 옷가지가 잔뜩 쌓여 있었다.

"침대 위가 좋겠어." 프랭키가 말했다.

그녀가 침대에 털썩 주저앉고 조지 아버스낫까지 앉자마자 침대는 항의하듯 삐걱거렸다.

"완전한 계획을 세웠어." 프랭키가 말을 시작했다.

"우선 차가 필요해. 너희 공장에 있는 차 가운데 하나면 될 거야."

"우리 중고차를 한 대 산다는 뜻이니?"

"그래."

"정말 고마워, 프랭키." 바비는 진심으로 감사하는 투로 말했다.

"하지만 그렇게까지 할 필요는 없어. 내 친구들에게까지 폐를 끼치고 싶진 않으니까."

"넌 지금 오해하고 있어. 그런 뜻이 아니야. 넌 이제 막 양품점을 시작한 친구에게 마음에 들지도 않는 옷이나 모자를 사주는 것처럼 알고 있는데, 그런 일은 정말이지 성가시고 난처하지. 하지만 이건 그것과는 전혀 달라. 정말 차가 필요해서 사는 거야."

"벤틀리는 어떡하고?"

"벤틀리는 좋지 않아."

"프랭키, 너 미쳤구나."

"미치지 않았어. 벤틀리는 내 계획에 맞지 않는다는 뜻이야. 차가 부서질 거야."

바비는 손을 이마에 대며 신음하듯 말했다.

"오늘 아침엔 어쩐지 기분이 좋지 않은걸."

이때 조지 아버스낫이 처음으로 말문을 열었다. 그의 목소리는 깊고 우울하게 들렸다.

"프랭키 말은, 그녀가 사고를 당하게 된다는 뜻이오."

"그걸 어떻게 미리 압니까?" 바비가 놀라서 물었다.

프랭키는 답답하다는 듯 한숨을 몰아쉬었다.

"아무래도 우리가 시작부터 잘못한 것 같구나. 바비, 이제부터 잠자코 내가 하는 말을 들어봐. 그냥 듣기만 하란 말이야. 네 머리가 좋지 않은 건 알지만 집중해서 들으면 이해가 될 거야."

그녀는 잠시 뒤 다시 말을 계속했다.

"나는 지금 배싱턴프렌치를 추적하는 중이야."

"듣고 있어. 열심히 듣고 있어."

"배싱턴프렌치, 우리가 찾고 있는 배싱턴프렌치는 햄프셔 군에 있는 스태벌리의 메로웨이 코트라는 저택에 살고 있어. 메로웨이 코트는 배싱턴프렌치의 형 소유인데, 그곳에서 형과 그의 아내와 함께 살고 있어."

"누구의 아내?"

"형의 아내. 그건 중요하지 않아. 중요한 건 너 아니면 나, 또는 우리 두 사람이 어떻게 그 집에 들어가는가 하는 거야. 내가 그곳을 답사했는데, 스태벌리는 작은 고장이기 때문에 낯선 사람은 금방 눈에 띌 거야. 그래서 문제가 쉽지 않아. 그러니까 내 계획은 이런 것이야. 부주의하게 운전을 하던 레이디 프랜시스 더웬트가 메로웨이 코트 저택의 정문에 가까운 담벼락에 차를 부딪치는 사고를 내게 된다. 차는 완전히 부서지고 레이디 프랜시스는 약간만 다친다. 그녀는 사고의 충격과 부상으로 인해서 절대로 움직이면 안 되는 상태가 되어서 그 저택으로 옮겨진다."

"누가 그렇게 말하게 되지?"

"조지가 하는 거야. 이제 조지의 역할을 알겠지? 내 몸에 아무 이상이 없다고 진단하는 낯선 의사가 끼어들거나, 참견하기 좋아하는 어떤 사람이 지나가다가 쓰러진 나를 병원으로 옮기게 되면 안 돼. 그러니까 조지가 차를 타고(따라서 너는 차를 한 대 더 팔게 되는 거야) 지나가다가 사고를 목격하고 내게 달려와서는, '나는 의사요. 자, 모두 뒤로 물러서요(물론 뒤로 물러설 구경꾼이 있을 경우에). 이 아가씨를 저 집으로 옮겨야겠군요. 저 집은? 메로웨이 코트 저택이라고요? 잘 됐군요. 거기서 이 아가씨를 치료할 수 있겠군요.' 그래서 나는 그 저택에서 제일 좋은 손님용 침실로 옮겨지고, 배싱턴프렌치 가족들은 우호적인 태도로 맞이하거나, 안 된다고 거절하겠지. 하지만 조지가 우기는 거야. 조지는 나를 진찰하고 나서 그들에게 이렇게 말하면 돼. '다행히도 생각보다 심각하지는 않군요. 뼈가 부러지지는 않았어요. 그러나 충격에 따른 위험이 있으므로 2~3일 동안 움직이면 안 됩니다.' 그 뒤에 나는 런던으로 돌아오는 거야. 조지는 그 집에서 나오고, 나는 그 집 식구들의 환심을 사는 거지."

"난 언제 등장하지?" 바비가 물었다.

"넌 등장하지 않아."

"아나—."

"이봐, 바비. 배싱턴프렌치가 너를 안다는 사실을 기억해. 하지만 나는 전혀 모르잖아. 그리고 난 아주 확실한 신분이야. 내게는 귀족이란 칭호가 있으니까. 너도 그 칭호가 얼마나 쓸모 있는 건지 알게 될 거야. 나는 수상한 목적으로 그 집에 들어가려는 떠돌이가 아니란 말이야. 난 백작의 딸이니까 상당한 우대를 받게 될 거야. 게다가, 조지도 진짜 의사이니까 우린 조금도 의심받지 않을 거야."

"그건 그렇겠구나." 바비는 시무룩하게 말했다.

"내가 생각해도 기가 막힌 계획이야." 프랭키는 의기양양해서 말했다.

"정말 내가 할 일은 아무것도 없는 거니?" 바비는 기분이 상했다. 마치 생각지도 않게 먹던 뼈다귀를 빼앗긴 개처럼.

"이건 내가 관련된 범죄인데, 나는 쫓겨나다니."

"물론 너도 할 일이 있어. 넌 이제부터 콧수염을 길러야 해."

"뭐! 콧수염을 기르라고?"

"그래. 얼마나 걸릴까?"

"2~3주면 될 거야."

"세상에! 그렇게 오래 걸릴 줄은 몰랐어. 좀더 빨리 자라게 할 수는 없니?"

"안 돼. 가짜 콧수염을 붙이면 안 될까?"

"그건 너무 쉽게 드러나. 게다가, 비뚤어지기도 하고, 잘못하면 떨어지거나 접착제 냄새도 나거든. 잠깐, 털을 하나하나 심을 순 있을 거야. 그러면 알아채지 못할 것 같은데. 연극 분장사라면 잘 해주겠지?"

"그 사람은 내가 도망 다니는 범인인 줄 알겠다."

"그 사람이 어떻게 생각하건 상관없어."

"일단 콧수염을 달고 나면 그다음엔 뭘 하지?"

"운전사 복장을 하고 벤틀리를 몰고 스태벌리로 오는 거야."

"알았어." 바비의 얼굴이 상기되었다.

"내 생각은 이런 거야. 아무도 운전사를 자세히 눈여겨보지는 않아. 배싱턴 프렌치는 너를 잠깐 동안 보았을 뿐이야. 그는 사진을 제때에 바꿔치기하려고 꽤나 정신이 없었을 테니까 너를 자세히 보진 못했을 거야. 골프복을 입은 젊은이 정도로만 생각했겠지. 너와 마주 앉아서 이야기를 주고받으면서 너를 요리조리 살펴본 케이먼 부부와는 달라. 콧수염 없이 운전사복만 입어도 배싱턴 프렌치는 널 못 알아볼 거야. 어때, 내 계획이?"

바비는 잠시 생각하는 체하더니 "솔직히 말해서 굉장히 훌륭해."라고 인심 좋게 말해 주었다.

"그렇다면ㅡ." 프랭키가 기운차게 일어서며 말했다.

"이제 자동차를 사야겠어. 그런데 조지가 네 침대를 부서뜨린 것 같구나."

"상관없어. 어차피 좋은 침대는 아니었으니까." 바비는 관대하게 말했다.

그들은 수리공장으로 갔다. 공장 안에는 별나게 턱이 짧고 소심한 표정의 젊은이가 호의적인 미소를 띠고 낮게, "호오! 호오! 호오!"라고 웃으며 그들을 맞이했다. 가운데로 쏠려 있는 두 눈동자 때문에 전반적인 인상이 그리 좋지 않았다.

"이봐, 배저. 너 프랭키를 알지?"

배저는 그녀를 전혀 기억하지 못하면서도 계속, "호오! 호오!"라고 웃으며 상냥한 태도를 보였다.

"내가 널 마지막으로 봤을 때 넌 진흙에 머리를 박고 있었어. 그래서 우리가 네 두 다리를 잡고 끌어냈었지."

"그래? 아, 그렇다면 그건 웨, 웨, 웨일스에서였을 거야."

"맞아, 그랬어." 프랭키가 말했다.

"나는 혀, 혀, 형편없는 기수(騎手)였어. 지, 지, 지금도 마, 마찬가지야."

"프랭키가 차를 한 대 사겠다는구나." 바비가 말했다.

"아니, 두 대야. 조지도 차가 필요해. 조지는 얼마 전에 자기 차를 망가뜨렸
거든."

"빌려줄 수도 있어." 바비가 말했다.

"그럼 차, 차, 차고에 가서 구경해봐."

"아주 멋있어 보이는데."

프랭키는 진홍색과 연두색을 칠한 차를 눈이 부신 듯 바라보며 말했다.

"보기에는 그럴듯하지." 바비가 중얼거렸다.

"중고치고는 정말 괘, 괘, 괜찮은 크라이슬러야."

"아니야. 저건 좋지 않아. 프랭키가 살 차는 적어도 40마일은 가야 해."라고
바비가 말하자 배저는 그를 원망하는 눈초리로 흘겨보았다.

"저 스탠다드는 고물이긴 하지만 너를 그곳까지는 데려다 줄 거야. 에식스
까지도 갈 수 있을 거야. 완전히 고물이 되기 전까지 적어도 200마일은 갈 테
니까."

"좋아, 스탠다드를 사겠어."

배저가 바비를 곁으로 잡아당겼다.

"가, 가, 값은 어, 떻게 하지? 네 친구에게 너무 야박하게 할 수는 없잖아.
10파운드면 어떨까?"

"10파운드면 괜찮겠어. 지금 낼게."

프랭키가 두 사람 사이로 끼어들며 말했다.

"저 여자가 정말 누구지?" 배저가 약간 큰 소리로 속삭였다.

"혀, 혀, 현금을 가진 귀, 귀족은 처, 처, 처음 본다."

배저의 말에는 존경심이 담겨 있는 것 같았다.

바비는 벤틀리가 있는 곳까지 그들을 따라나왔다.

"사고는 언제 발생할 예정이지?"

"빠를수록 좋아." 프랭키가 대답했다.

"내일 오후에 할 예정이야."

"나도 현장에 가면 안 될까? 턱수염을 달고 가면 되잖아."

"턱수염은 절대로 안 돼. 결정적인 순간에 수염이 떨어져서 일을 망치고 말 거야. 그렇지만 오토바이를 타고 오면 괜찮겠지. 헬멧과 안경을 쓰면 되니까. 어떻게 생각해요, 조지?"

조지 아버스낫이 두 번째로 입을 열었다.

"좋겠지. 사람이 많을수록 더 재미있을 테니까."

그의 목소리는 이전보다 더 우울하게 들렸다.

제11장

사고 발생하다

이들의 랑데부는 앤도버로 향하는 간선도로에서 스태벌리로 갈라진 도로에서 이루어졌다. 그곳은 스태벌리에서 1마일가량 떨어진 지점이었다.

프랭키가 몰고 온 스탠다드는 오르막길에서 덜컹거리며 노쇠한 징후를 보이긴 했지만 어쨌든 그들 셋은 그곳에 안전하게 도착했다.

사고 발생 시각은 한 시로 정해졌다.

"일을 진행하는 동안 방해를 받으면 안 될 텐데. 이곳은 인적이 드물어. 점심시간에는 안전할 거야."

프랭키가 말했다.

그들이 샛길을 통해 반 마일 가량 더 갔을 때 프랭키가 사고를 일으킬 선택 지점을 가리켰다.

"저곳보다 더 좋은 지점은 없을 것 같아. 이 언덕배기에서 똑바로 내려가면 도로가 꺾여지는데, 그 지점에 담벼락이 약간 튀어나와 있어. 그게 바로 메로웨이 코트 저택의 담벼락이야. 차를 여기서 출발시켜 언덕을 내려가도록 내버려두면 저 담장에 곧바로 부딪치게 되고, 그러면 아주 그럴 듯한 사고가 발생하는 거야."

"그렇겠군. 하지만 커브길에서 이쪽으로 오는 차량이 없는가를 누군가가 지켜봐야 하겠는데." 바비가 말했다.

"그렇지. 우리 일과 무관한 사람이 끼어들어 다치게 할 수는 없지. 조지가 차를 몰고 가서 반대방향에서 달려오는 것처럼 하는 거야. 그때 손수건을 흔들면 그쪽에 아무도 없다는 걸 알리는 신호가 되는 거야."

"프랭키, 너 무척 창백해 보이는데, 괜찮니?" 바비가 걱정스레 물었다.

"창백하게 보이는 화장을 했거든. 기절한 체해야 하니까. 발그레하게 건강한 얼굴빛을 한 채 저 집으로 옮겨질 수는 없잖아."

"여자들이란 참 기막히게 영리한 데가 있어."

바비가 감탄했다는 듯이 말했다.

"넌 진짜 병든 원숭이 같구나."

"너무 무례한 말이라고 생각하지 않니? 이제 내가 가서 메로웨이 코트 저택의 출입문을 살펴볼게. 다행스럽게도 수위실은 없어. 조지와 내가 손수건을 흔들면 너는 차를 출발시키는 거야."

"좋아. 내가 차를 몰고 가다가 속도가 빨라지면 차에서 뛰어내릴게."

"다치지 않도록 조심해, 바비."

"아무 일 없도록 조심할게. 가짜 사고인데 진짜 사고가 생기면 곤란하니까."

"자, 출발해요, 조지." 프랭키가 말했다.

조지는 고개를 끄덕이고 두 번째 차에 뛰어올라 언덕을 천천히 내려갔다.

바비와 프랭키는 뒤에서 그가 가는 것을 바라보았다.

"너……, 몸조심해야 해, 프랭키. 알았지?"

바비가 갑자기 쉰 목소리로 말했다.

"내 말은, 다른 엉뚱한 짓은 하지 말라는 거야."

"알았어. 신중하게 행동할게. 그런데 너에게 직접 편지를 보내지 않는 게 좋을 것 같아. 하녀나 조지, 아니면 누군가를 통해서 연락하도록 할게."

"조지가 일을 잘해 낼지 걱정스러워." 바비가 말했다.

"왜 그렇게 생각하지?"

"글쎄, 별로 말도 없고 어쩐지 솜씨 좋게 해내지 못할 것 같아."

"잘할 거야. 자, 이제 나도 출발해야겠어. 네가 벤틀리를 몰고 와야 할 때를 연락할게."

"난 열심히 콧수염을 기르고 있을게. 조심해, 프랭키."

그들은 잠시 서로 마주 보았다. 그러고 나서 프랭키는 고개를 까딱하고는 언덕을 따라 내려갔다.

조지는 차를 돌려서 담벼락이 튀어나온 곳에서 후진하고 있었다.

프랭키는 잠시 시야에서 사라졌다가 다시 도로에 나타나 손수건을 흔들었다. 저편 아래에서 거기 대답하는 두 번째 손수건이 흔들렸다.

바비는 차에 올라 삼단 기어를 놓고 시동을 걸었다. 차는 천천히 앞으로 나아갔다. 급경사진 가파른 비탈길에 이르자 차는 속도를 내기 시작했다. 바비는 핸들을 잡고 있다가 결정적인 순간에 차에서 뛰어내렸다.

자동차는 운전사 없이 혼자 언덕을 내려가다가 막강한 위력을 안고 담장에 부딪쳤다. 사고가 성공적으로 이루어진 것이다.

바비는 프랭키가 재빨리 현장으로 달려가 부서진 차 속으로 들어가는 것을 보았다. 이어서 조지가 탄 차가 커브를 돌아 나타나는 것이 보였다.

바비는 그제야 안도의 숨을 내쉬고서 오토바이에 올라타고 런던으로 향했다.

사고 현장은 부산했다.

"길에 몸을 굴려서 흙먼지를 묻혀야겠죠?" 프랭키가 조지에게 물었다.

"그러는 게 좋겠지. 그리고 모자를 이리 줘."

조지가 프랭키의 모자를 받아들고 마구 구겨서 찌그러뜨리자 프랭키가 낮게 소리 질렀다.

"이래야 충돌한 것 같잖아." 조지가 해명했다.

"자, 이제 그 자리에 꼼짝 말고 누워 있어. 어디서 자전거 벨소리가 들린 것 같은데."

그때 열일곱 살가량의 소년이 자전거를 타고 휘파람을 불며 모퉁이를 돌아 나왔다. 그는 눈앞에 펼쳐진 광경을 보고 얼른 멈추었다.

"아니! 사고가 났나요?" 그가 소리를 질렀다.

"아니야." 조지가 빈정거리는 어조로 말했다.

"이 젊은 아가씨가 차를 일부러 담장에 돌진시켰을 뿐이야."

조지의 빈정거리는 듯한 말이 오히려 효력이 있었는지 소년은 더욱 흥미진진한 듯 물었다.

"많이 다친 것 같은데요. 죽었나요?"

"아직 죽지는 않았다. 빨리 어디로 옮겨야겠는데. 나는 의사야. 이 저택은 뭐지?"

"메로웨이 코트 저택이에요. 배싱턴프렌치 씨네 집이죠. 그분은 이 지방 치안판사를 지냈었어요."

"이 아가씨를 어서 이 집으로 옮겨야겠다." 조지는 명령하듯 말했다.

"자전거를 거기 두고 나를 도와다오."

소년은 신이 난 듯 자전거를 담장에 기대놓고 달려왔다. 조지와 소년은 깨끗하고 고색창연한 영주의 저택 같은 집 쪽으로 프랭키를 들어 옮겼다.

그들이 다가오는 것을 본 나이 든 집사가 그들을 맞으러 나왔다.

"사고가 났습니다. 이 아가씨를 옮겨 누일 방이 없겠습니까? 얼른 침대에 뉘여야 합니다." 조지가 명령투로 말했다.

집사는 어쩔 줄 몰라 하며 현관으로 들어갔다. 조지와 소년은 프랭키의 팔다리를 잡고 그를 바짝 뒤쫓아갔다. 집사가 왼쪽에 있는 어떤 방으로 들어가자 조금 있다가 그 방에서 한 여인이 나왔다. 붉은 머리에 키가 큰 서른 살 정도의 여자였다. 그녀의 눈동자는 맑고 빛나는 푸른색이었다.

그 여자는 사태에 신속하게 대처했다.

"저쪽에 손님용 침실이 있습니다. 그 방으로 데려가세요. 의사를 불러야겠죠?"

"제가 의사입니다. 차를 타고 가다 사고를 목격했죠." 조지가 대답했다.

"아! 천만다행이군요. 이쪽으로 따라오세요."

그녀는 정원을 향해 창문이 나 있는 깨끗한 침실로 그들을 안내했다.

"많이 다쳤나요?" 그녀가 물었다.

"아직은 모르겠습니다."

배싱턴프렌치 부인은 그 말의 의미를 알아듣고 방을 나갔다. 소년도 그녀와 함께 방을 나가서 마치 사고를 직접 목격한 것처럼 열심히 설명하기 시작했다.

"담장에 정면충돌했어요. 차는 왕창 찌그러졌고요. 모자는 엉망으로 구겨져 있었고, 저 아가씨는 땅에 뒹굴고 있었어요. 저 사람이 차를 타고 지나가다가—."

그는 반 크라운을 받고 나갈 때까지 신나게 떠들어댔다.

그동안 프랭키와 조지는 조심스레 낮은 목소리로 말을 주고받았다.

"조지, 이 일 때문에 당신 경력에 지장이 생기는 건 아니겠죠? 면허가 취소된다거나 하는 일은 없겠죠?"

"그럴지도 모르지. 만일 사실이 드러난다면 말이야."

조지가 약간 침울하게 말했다.

"그런 일은 생기지 않을 거예요. 걱정하지 마요, 조지. 아무 일도 없도록 내가 손을 쓸게요." 프랭키가 심각하게 말했다.

"참 잘해 냈어요. 당신이 그렇게 많은 말을 하는 건 처음 봤어요."

조지는 한숨을 내쉬며 손목시계를 보았다.

"3분 뒤에 진찰 결과를 말해야 해."

"차는 어떻게 하죠?"

"차는 수리공장에 연락할게."

"고마워요."

조지는 계속 시계를 보다가 마침내 한숨을 놓았다는 듯, "시간이 됐어."라고 말했다.

"조지, 당신은 구원의 천사예요. 그런데, 당신이 왜 이 일에 가담할 마음을 먹었는지 모르겠어요."

"다시는 안 할 거야. 바보 같은 짓이야."라고 말하며 조지는 프랭키에게 작별인사를 했다.

"잘 있어. 즐겁게 지내."

"그럴 수 있을지 모르겠네요."라고 대답하며 그녀는 조금 전에 들었던 미국식 악센트가 섞인 침착하고 감정이 드러나지 않은 목소리를 생각했다.

조지는 집주인을 만나러 나왔다. 그녀는 거실에서 그를 기다리고 있었다.

조지가 불쑥 말을 시작했다.

"걱정했던 것만큼 상태가 나쁘지 않아 다행입니다. 충격을 약간 받았지만 이젠 괜찮습니다. 그러나 하루 이틀 정도 움직이지 않고 가만히 있어야 합니다."

조지는 말을 잠시 중단하고 있다가, "저 아가씨는 레이디 프랜시스 더웬트 양인 것 같더군요."라고 덧붙였다.

"어머, 그래요? 저는 그녀의 사촌을 잘 알고 있어요. 드레이코츠 씨 가족이죠."

"저 아가씨가 이곳에 머물러도 폐가 되지 않을까요?" 조지가 말했다.

"하루 이틀쯤이면……."

"아, 천만에요. 괜찮아요, 미스터—?"

"아버스낫입니다. 저는 이제 차를 처리하러 가야겠습니다. 수리공장에 알려야겠습니다."

"고마운 일이군요, 아버스낫 씨. 마침 사고가 난 곳에 계셨다니 얼마나 다행인지 모르겠군요. 제 생각에 내일 의사 선생님을 모셔와서 저 아가씨 상태가 나아지고 있는지 검진을 받도록 해야 할 것 같은데요."

"그렇게 하지 않으셔도 될 겁니다. 조용히 쉬기만 하면 되니까요."

"하지만, 그래야 제 마음이 놓일 것 같아요. 또 그녀의 가족에게도 알려야겠네요."

"그건 제가 연락하겠습니다. 그리고 의사의 검진 문제는—제가 보기에 저 아가씨는 크리스천 사이언스 신자인 것 같더군요. 그러니까 의사에게 검진받으려 하지 않을 겁니다. 제가 진찰하는 것도 별로 내키지 않아 하더군요."

"저런!"

"하지만 괜찮아질 겁니다." 조지가 안심시키듯 말했다.

"제 말씀을 믿으셔도 됩니다."

"그렇게 말씀하신다면."

배싱턴프렌치 부인은 마음이 놓이지 않는다는 듯 말했다.

"염려 마십시오. 그럼 안녕히 계세요. 아, 침실에 뭘 두고 왔군요."

그는 재빨리 방으로 들어가 침대로 다가갔다.

"프랭키, 넌 이제부터 크리스천 사이언스 신자야. 잊지 마."

"아니 왜요?"

"그렇게 말할 수밖에 없었어."

"알았어요, 기억할게요."

제12장

적의 소굴에서

'자, 이제 난 여기 들어왔어. 적의 소굴에 안전하게 들어온 거야. 이제부터는 내게 달렸어.'라고 프랭키는 생각했다.

노크 소리가 나고 배싱턴프렌치 부인이 들어왔다.

프랭키는 고개를 약간 들었다.

"정말 죄송합니다." 그녀는 기운 없는 목소리로 말했다.

"이렇게 폐를 끼치게 되어서."

"별말씀을." 배싱턴프렌치 부인이 말했다.

프랭키는 미국식 악센트가 섞인 침착하고 매력적인 느린 말투의 목소리를 다시 들으며, 햄프셔 가문의 배싱턴프렌치 사람 중 하나가 미국인 상속녀와 결혼했다는 아버지의 말이 생각났다.

"아버스낫 의사 선생님의 말씀으로는 하루 이틀 정도 조용히 쉬면 좋아질 거라고 하시더군요."

그 순간 프랭키는 '잘못'이라든가 '운명'이라는 말을 해야 할 것 같은 느낌이 들었다. 그러나 잘못된 말이라는 것을 깨닫고 깜짝 놀라 이렇게 말했다.

"그분은 참 좋은 분이신 것 같았어요. 아주 친절하시더군요."

"예, 실력 있는 젊은 의사 같아 보이더군요. 사고가 났을 때 그분이 곁을 지나가게 된 건 정말 다행이었어요."

"예, 정말 그랬어요. 그분이 필요한 상황이었어요."

"말을 많이 하지 마세요. 하녀를 시켜서 필요한 걸 보내 드리겠어요. 그러면 침대에 누워 있기 편할 거예요."

"정말 감사합니다."

"천만에요."

그녀가 방을 나간 뒤 프랭키는 잠깐 양심의 가책을 느꼈다.

'아주 친절한데. 그리고 고맙게도 조금도 의심하지 않고.'

그녀는 처음으로 자신이 비열한 잔꾀를 부리고 있다는 생각이 들었다. 그녀는 무고한 사람을 절벽 아래로 밀어뜨려 숨지게 한 살인자 배싱턴프렌치의 생각에만 사로잡혀 있었기 때문에 다른 생각은 전혀 하지 않았던 것이다.

'어떻든 좋아, 이제부터 그걸 밝혀내는 거야.'

프랭키는 지루하게 오후를 보내고 저녁에는 어두운 방에 누워 있었다. 배싱턴프렌치 부인은 한두 번 그녀의 상태를 살피러 왔지만 오래 머물지는 않았다.

다음 날, 누군가 곁에 있었으면 좋겠다는 말을 하자 안주인은 잠시 앉아서 말동무가 되어 주었다. 그들은 이야기를 나누며 서로 통하는 점이 많다는 것을 느꼈고, 저녁때에는 벌써 친한 친구처럼 되었다. 프랭키는 그녀와 친구가 되자 다시 일말의 가책을 느꼈다.

배싱턴프렌치 부인은 남편과 어린 아들 토미에 대해 말했다. 그녀는 가정에 애착을 지니고 사는 단순한 여자인 것 같았다. 그러면서도 어딘가 행복하지만은 않은 점이 있어 보였다. 때때로 평온한 마음과는 달리 다른 어떤 근심스런 기색이 그녀의 눈빛을 스쳐갔다.

사흘째 되던 날 프랭키는 자리에서 일어나 저택의 주인과 인사를 나누었다.

그는 아래턱이 고집 세어 보이는 건장한 남자로, 친절하긴 했으나 어딘지 멍한 데가 있어 보였다. 그는 거의 온종일 서재에서 지내는 것 같았다. 자기 아내와 성격이나 취미는 전혀 달랐지만 아내를 무척 사랑하는 듯했다. 일곱 살 된 토미는 장난치기 좋아하는 건강한 사내아이였다. 실비아 배싱턴프렌치는 아들 토미를 무척 사랑했다.

"여기서 지내는 게 좋아요." 정원의 긴 의자에 누워서 프랭키가 말했다.

"머리를 부딪쳐서 그런지는 잘 모르겠지만 왠지 움직이고 싶지 않아요. 며칠이고 여기 이렇게 누워 있었으면 좋겠어요."

"그렇게 해요." 실비아는 침착한 어조로 말했다.

"진심이에요. 서둘러 떠나려 하지 말아요. 당신이 여기 있는 게 얼마나 즐거운지 모를 거예요. 당신은 명랑하고 재미있는 분이에요. 덕분에 기운이 나는걸요."

'그러니까 이 여자는 기운이 날 필요가 있는 상황에 부닥쳐 있군.'

프랭키의 마음속으로 얼핏 그런 생각이 스쳐갔다. 동시에 그런 생각을 한 자신이 미안하기도 했다.

"우린 정말 친한 친구가 된 것 같아요." 실비아가 말했다.

'내가 하고 있는 행동은 비열한 짓이야—비열, 비열해. 그래, 포기할 수도 있어! 지금이라도 이 집을 나가 런던으로 돌아간다면—.'

실비아가 다시 말했다.

"여기 있더라도 따분하지는 않을 거예요. 내일 시동생이 돌아온답니다. 아마 좋아하게 될 거예요. 누구나 로저를 좋아하거든요."

"그분도 여기 함께 사시나요?"

"이따금요. 시동생은 한곳에 오래 머물지 못하는 성격이에요. 그래서 자신을 떠돌이라고 부르죠. 어쩌면 사실인지도 몰라요. 한 가지 직업을 오래 가져 본 적이 없고, 앞으로도 어떤 실제적인 일을 할 것 같지 않아요. 그런 사람은 어디나 있게 마련이죠—특히 오랜 전통을 지닌 가문 중에는 더욱 그래요. 그런 사람들은 대체로 상냥하고 예의 바르죠. 로저는 인정도 많아요. 지난봄에 토미가 다쳤을 때 시동생이 없었더라면 큰일 날 뻔했을 거예요."

"토미가 왜 다쳤어요?"

"그네를 타다가 떨어졌어요. 그네를 썩은 나뭇가지에 매달아서 나뭇가지가 부러졌지 뭐예요. 그때 로저가 토미의 그네를 밀어주고 있었기 때문에 시동생은 어쩔 줄 몰라 했어요. 아이가 좋아하니까 힘껏 밀어서 높이 올라가게 했거든요. 우린 토미의 척추가 부러진 줄 알았어요. 그런데 다행스럽게도 약간 다치기만 했죠. 지금은 다 나았어요."

"예, 건강해 보이더군요."

프랭키는 저쪽 어디선가 아이가 깔깔거리며 놀고 있는 소리를 들으며 미소를 지었다.

"예, 지금은 아주 건강해요. 정말 다행이에요. 큰일 날 뻔한 적이 또 있었어요. 작년 겨울에는 물에 빠져 죽을 뻔했거든요."

"어머, 그런 일이 있었어요?" 하고 말하며 프랭키는 생각에 잠겼다.

그녀는 더 이상 런던으로 돌아갈 생각을 하지 않았다. 기책도 느껴지시 않았다.

'사고!'

프랭키는 로저 배싱턴프렌치가 토미의 사고에서 어떤 역할을 한 건 아닐까—하는 생각을 했다.

"정말 괜찮으시다면 여기에 좀더 있으면 좋겠어요. 그러나 남편께서 어떻게 생각하실지."

"헨리요?" 실비아의 입술이 야릇한 표정을 띠었다.

"헨리는 상관하지 않아요. 어떤 일에도 신경 쓰지 않아요—요즘에는."

프랭키는 그녀를 주의 깊게 바라보았다.

'이 여자가 나와 더욱 친해지면 좀더 많은 말을 할 것 같은데. 내가 보기에 이 집안에는 이상한 일들이 일어나는 것 같아.'

프랭키는 속으로 그런 생각을 했다.

헨리 배싱턴프렌치는 그들과 함께 차를 마셨다. 프랭키는 그를 가까이서 찬찬히 살펴보았다. 그에게는 뭔가 이상한 점이 있었다. 겉으로 보기에는 쾌활하고 스포츠를 좋아하는 평범한 시골의 신사 타입이었다. 그런데 그는 신경질적으로 몸을 씰룩거리며 자신도 어쩔 수 없는 뭔가에 휘둘리고 있었다. 묻는 말마다 자조적이고 비아냥거리는 투로 대답했다. 그러나 항상 그런 것은 아니었다. 그날 저녁식사 때는 전혀 다른 사람이 되어 나타났다. 농담을 하고 떠들썩하게 웃으며 이야기를 했다. 그럴 때 그는 상당히 재기가 넘치는 사람이었다. 프랭키는 어쩐지 정도가 지나치다는 느낌을 받았다. 그의 재치는 별로 자연스럽지 못했고, 그가 지닌 본래의 성격과도 다른 것 같았다.

'저 사람은 열에 들뜬 것 같은 이상한 눈초리를 하고 있어. 두렵기조차 한걸. 헨리 배싱턴프렌치는 의심하지 않아도 될까? 하지만, 사건이 있었던 날 마치볼트에 있었던 사람은 저 사람이 아니라 저 사람 동생이야.'

프랭키는 한시바삐 그의 동생을 만나보고 싶었다. 바비와 그녀의 판단에 의하면 그는 살인자였다. 바야흐로 그녀는 살인범과 대면하게 되는 것이었다.

그녀는 순간 덜컥 겁이 났다.

'아냐, 그 남자가 어떻게 눈치를 채겠어? 내가 성공적으로 꾸민 이 일을 그가 어떻게 알겠어? 넌 지금 쓸데없는 걱정을 하고 있는 거야.'

프랭키는 자신에게 말했다.

로저 배싱턴프렌치는 다음 날 오후에 차 마시는 시간 전에 도착했다. 프랭키는 차를 마시기 전까지 그를 만나지 못했다. 그녀는 아직도 자기 침실에서 쉬고 있어야 했기 때문이었다.

프랭키가 침실을 나와서 찻잔이 놓여 있는 잔디밭으로 다가갔을 때 실비아가 미소를 지으며 말했다.

"우리의 환자가 오시는군요. 자, 이쪽은 시동생이에요. 이쪽은 레이디 프랜시스 더웬트."

프랭키는 날씬하고 키가 큰 서른 살이 넘어 보이는 남자의 상냥한 눈빛을 마주했다. 바비가 표현한 대로 외알 안경과 콧수염을 기를 필요가 있어 보이는 얼굴이었지만, 그녀는 그의 강렬한 푸른 눈동자에 더욱 시선이 끌렸다. 그들은 악수했다.

"정원 담장을 무너뜨리려 했다는 이야기를 들었습니다." 그가 먼저 말했다.

"예, 제가 세상에서 제일 형편없는 운전사라는 점은 인정해요. 하지만 형편없이 낡은 고물차를 몰고 있었다는 사실을 아셔야 해요. 제 차가 고장이 나서 값싼 중고차를 샀거든요."

"아주 잘생긴 젊은 의사 덕분에 재난을 면했어요." 실비아가 말했다.

"상냥하고 친절한 분이더군요." 프랭키가 거들었다.

그때 토미가 기쁜 소리를 외치며 달려와 삼촌의 무릎에 뛰어올랐다.

"혼비 기차를 사왔어요? 그런다고 했잖아요, 약속했잖아요."

"안 돼, 토미! 그렇게 조르면 못 써요." 실비아가 말했다.

"괜찮아요, 형수님. 약속했는걸요. 장난감 기차를 사왔단다, 토미."

그는 형수를 바라보며 "형님은 차를 마시러 나오지 않나요?" 하고 무심하게 물었다.

"안 오실 거예요. 오늘은 기분이 좋지 않으신가 봐요."

이렇게 대답하는 실비아의 목소리에서 거북함이 느껴졌다. 그러더니 그녀가 불쑥 말했다.

"로저, 돌아와서 정말 기뻐요."

로저는 잠시 형수의 팔에다 손을 얹었다.

"나도 그렇습니다, 형수님."

차를 마신 뒤 로저는 토미와 기차놀이를 했다.

그들을 지켜보며 프랭키는 일종의 혼란스러움을 느꼈다.

저 남자는 절벽에서 사람을 밀어뜨려 죽일 수 있는 그런 남자가 분명히 아니야! 저렇게 매력적인 남자가 냉혹한 살인자일 리가 없어!

바비와 나는 처음부터 잘못 판단했던 거야. 적어도 저 사람에 관해서는 잘못한 거야.

프랭키는 프리처드를 죽인 사람이 로저 배싱턴프렌치가 아니라고 확신했다.

그렇다면 누굴까?

그녀는 아직도 그 사고가 살인사건이라는 생각은 버리지 않았다. 누가 그랬을까? 그리고 누가 바비의 맥주병에 모르핀을 넣었을까?

생각이 모르핀에 이르자 헨리 배싱턴프렌치의 극도로 수축한 동공과 이상한 눈빛이 떠올랐다. 프랭키는 그 이유를 알 것 같았다.

헨리 배싱턴프렌치는 마약 중독자가 아닐까?

제13장

앨런 카스테어즈

그 다음 날 프랭키는 묘하게도 자기의 생각을 확인할 수 있었다. 그것은 바로 로저에 의해서였다.

그들은 테니스를 치고 나서 시원한 음료수를 마시며 앉아 있었다.

두 사람은 여러 가지 이야기를 나누었고, 프랭키는 로저처럼 온 세계를 여행한 사람이 풍기는 매력에 이끌리고 있었다. 그는 침울하고 심각해 보이는 자기 형과는 완전히 대조적인 사람이었다.

이런 생각이 프랭키의 마음을 오가는 가운데 잠시 침묵이 흘렀다. 그때 평소와는 다른 어조로 침묵을 깬 것은 로저였다.

"레이디 프랜시스, 나는 지금 아주 특별한 일을 할 예정입니다. 당신을 알게 된 것은 스물네 시간도 미처 안 됐지만 나는 당신이 조언해 줄 수 있는 분이란 것을 직감적으로 느꼈습니다."

"조언이라고요?" 프랭키가 놀라서 물었다.

"예, 나는 전혀 다른 두 가지의 방법 중 어느 것을 택해야 할지 마음을 정하지 못하고 있거든요."

그는 몸을 앞으로 내밀고 라켓을 무릎 사이에 놓고 흔들며 이맛살을 찌푸린 채로 잠시 머뭇거렸다. 무척 고민하고 있는 태도였다.

"우리 형님에 관한 일입니다, 레이디 프랜시스."

"그러세요?"

"형님은 마약을 복용하고 있습니다. 확실합니다."

"왜 그렇게 생각하시죠?"

"모든 점이 그렇습니다. 그 태도와 별나게 자주 바뀌는 기분, 형님의 눈동자를 눈여겨본 적이 있습니까? 동공이 수축되어 있어요."

"예, 저도 봤어요. 무슨 이유일까요?"

"모르핀이나 다른 종류의 아편 때문인 것 같습니다."

"오래됐나요?"

"약 6개월 전부터 복용한 것 같아요. 그때 형님은 잠을 이루지 못하겠다고 불평을 했거든요. 어떻게 복용하기 시작했는지는 모르겠지만, 그때 이후부터 계속하고 있는 것 같습니다."

"그걸 어떤 방법으로 구입할까요?" 프랭키가 사무적인 태도가 되어 물었다.

"내가 보기엔 우편으로 배달되는 것 같더군요. 어떤 날 차를 마시는 시간에 보면 신경이 무척 날카로워져서 조바심을 내고 있어요. 본 적이 있습니까?"

"예, 그렇더군요."

"그런 날은 약이 다 떨어져서 기다리고 있는 겁니다. 그리고 여섯 시에 우편물이 배달되면 형님은 서재로 들어갔다가 저녁식사 시간에는 완전히 다른 기분이 되어서 나타납니다."

프랭키는 고개를 끄덕였다. 한번 저녁식사 때 그가 부자연스러울 정도로 쾌활하고 재기가 넘치는 대화를 했던 것이 생각났다.

"그런데 그 약은 어디서 부쳐오는 거죠?"

"아, 그건 나도 모르겠어요. 훌륭한 의사가 보낼 리는 없겠죠. 런던에는 엄청난 돈을 주면 그걸 구할 수 있는 곳이 많이 있을 겁니다."

프랭키는 심각하게 고개를 끄덕였다.

그녀는 자기가 바비에게 마약밀수에 대해 말했던 것과, 그가 너무 여러 가지 범죄를 뒤섞고 있다고 그녀에게 말했던 것이 생각났다. 그들이 사건 조사를 시작한 지 얼마 되지도 않아서 이런 단서를 잡게 된 것은 참으로 이상한 일이었다.

또한 그녀가 가장 의심하고 있었던 사람에게서 그것을 알게 된 것은 더욱 묘한 일이었다. 이로 인해서 프랭키는 로저 배싱턴프렌치가 살인과 관계없다는 생각을 더욱 굳히게 되었다.

그러나 사진을 바꿔치기한 문제는 아직 해결되지 않았고, 또한 로저에게 불리한 증거가 아직 남아 있었다. 그에게 혐의가 없다는 것은 그의 인상에 따른 결론에 불과했다. 살인범들은 흔히 매력적인 사람이라고 하지 않는가?

프랭키는 그런 생각을 떨쳐 버리면서 다시 그를 바라보았다.

"그런 문제를 왜 제게 말씀하시는지 알고 싶군요."

그녀는 솔직하게 말했다.

"왜냐하면 형수님께 말해야 할지 어떨지 모르기 때문입니다."

"그분은 모르고 있나요?"

"예, 모르고 있습니다. 얘기해야 할까요?"

"어려운 문제군요."

"정말 그렇습니다. 당신이 나를 도와줄 수 있을 거라고 생각한 이유가 바로 그겁니다. 형수님은 당신을 무척 좋아하더군요. 형수님은 주변의 어떤 특정한 사람에게 여간해선 호감을 느끼지 않아요. 그런데, 당신은 만나자마자 좋아하게 되었다고 하더군요. 내가 어떻게 하면 좋겠습니까, 레이디 프랜시스? 형수님에게 사실을 말하면 형수님 인생에 커다란 괴로움을 안겨 드리는 겁니다."

"실비아가 자신이 남편에게 도움을 줄 수 있다고 생각하게 되면 어떨까요?"

"도움을 주지 못할 겁니다. 마약 중독은 아무도, 제일 가까운 사람이나 제일 사랑하는 사람조차도 도울 수가 없습니다."

"절망적이군요."

"사실이 그렇습니다. 그러나 방법이 전혀 없는 것은 아닙니다. 만일 형님이 치료를 받겠다고 동의만 한다면, 여기서 가까운 곳에 그런 시설이 있습니다. 니콜슨 박사가 운영하는 병원이죠."

"형님께서 동의하실까요?"

"동의할 겁니다. 마약 중독자들은 치료하면 낫는다는 것을 알고 있으면서도 이따금 엉뚱한 자책을 합니다. 형수님이 모르기 때문에 형님은 쉽게 그런 자책감에 빠지는 것 같습니다. 형수님이 알게 되는 것은 형님에겐 큰 위협이거든요. 만일 치료가 성공한다면 굳이 형수님이 알 필요도 없죠."

"치료를 받으려면 집을 떠나야 하나요?"

"내가 말한 곳은 집에서 3마일밖에 안 되는 곳에 있습니다. 이 지역 저편에 있죠. 캐나다인 니콜슨 박사가 운영하고 있습니다. 무척 실력 있는 분인 것 같습니다. 그리고 다행스럽게도 형님은 그 의사를 좋아하죠. 쉿! 형수님이 오는 군요."

배싱턴프렌치 부인이 다가와 그들 곁에 앉았다.

"이젠 기운이 나나요?"

"예, 세 번째 세트까지 했는데 제가 전부 지고 말았어요."

"아주 잘하시던걸요." 로저가 말했다.

"난 테니스 실력이 형편없어요." 실비아가 말했다.

"언제 니콜슨 부부를 초대해야겠군요. 니콜슨 부인은 테니스 게임을 아주 좋아해요. 아니, 왜 그러죠? 무슨 일이죠?"

그녀는 프랭키와 로저가 주고받는 눈짓을 보며 물었다.

"사실은 방금 전에 내가 레이디 프랜시스에게 니콜슨 부부에 대해 말하고 있었기 때문이에요."

"나처럼 프랭키라고 부르세요." 실비아가 로저에게 말했다.

"참 재미있는 일이군요."

"그분들은 캐나다인이세요?" 프랭키가 물었다.

"남편은 캐나다인이지만 부인은 영국인 같기도 하고 잘 모르겠어요. 부인은 몸집이 작고 상당한 미인이에요. 아주 매력적이에요. 그런데 왠지 행복해 보이지가 않아요. 아마 침울한 생활 환경 때문인 것 같더군요."

"일종의 정신병원을 운영하신다고요?"

"예, 신경성 환자와 약물 중독자를 치료하죠. 성공적으로 하고 있는 것 같아요. 인상적인 분이죠."

"그분을 좋아하세요?"

"아뇨." 실비아가 얼른 대답했다.

"좋아하지는 않아요." 그리고 다시 흥분된 목소리로, "조금도 좋아하지 않아요."라고 말했다.

나중에 그녀는 피아노 위에 놓인 어떤 사진을 가리키며 프랭키에게 말했다.

"니콜슨 박사의 아내인 모이라 니콜슨이에요. 매력적이죠? 얼마 전에 친구들과 함께 우리 집에 온 어떤 분이 저 사진에 매료되었었죠. 그녀를 만나고 싫어 하는 눈치였어요."

실비아는 웃으며 이렇게 말했다.

"내일 저녁에 니콜슨 부부를 초대해야겠어요. 당신이 그 사람에 대해 어떻게 생각할지 알고 싶네요."

"그 사람?"

"예, 아까 말한 것처럼 난 그 사람을 싫어해요. 그렇지만 매력적인 면이 있는 사람이긴 해요."

실비아의 어조에서 뭔가 느껴지는 게 있어서 프랭키는 재빨리 그녀를 쳐다보았으나, 그녀는 고개를 돌리고 꽃병에서 꽃을 꺼내고 있었다.

'생각을 정리해야겠어.'

그날 저녁 프랭키는 저녁식사에 나갈 옷을 입을 때 숱 많은 검은 머리를 빗으며 생각했다.

'그리고 몇 가지 실험을 해야 할 때가 된 것 같아.'

"바비와 내가 추측한 대로 로저 배싱턴프렌치는 악한일까, 아닐까?"

그녀와 바비는 범인이 누구이건 간에 바비를 없애려 한 사람은 모르핀을 손에 넣기 쉬운 사람이라는 것에 생각이 일치했다. 그러니까 이제 로저 배싱턴프렌치의 혐의는 짙어진 것이다. 만일 그의 형이 우편을 통해 모르핀을 받고 있다면, 로저가 그 모르핀을 빼내어 자기 목적에 사용하기는 손쉬운 일일 것이다.

프랭키는 종이 위에 써내려갔다.

(1) 바비가 모르핀을 마신 16일에 로저가 어디에 있었는지 밝혀낼 것.

(2) 죽은 남자의 사진을 보여 주고 어떤 반응을 나타내는지 살펴볼 것. 그리고 모르핀 사건이 발생한 날 로저가 마치볼트에 있었는가를 알아낼 것.

프랭키는 두 번째 문제에 대한 해답을 기대하며 약간 흥분되었다. 그것은 곧 범인 색출작업의 시작이었다. 그 사고는 그녀가 사는 고장에서 발생한 것이므로 자연스럽게 언급해야 할 것이다.

그녀는 메모한 종이를 구겨서 태워 버렸다.

첫 번째 문제는 저녁식사 도중에 극히 자연스럽게 말을 꺼냈다.

프랭키는 로저에게 담백한 태도로 말을 걸었다.

"그런데, 어디선가 만난 적이 있는 것 같다는 생각이 제 마음에서 떠나질 않는군요. 그리 오래전인 것 같지는 않아요. 클래이지의 레이디 세인의 파티에서였던가요? 그날이 16일이었어요."

"16일이라면 아니에요." 실비아가 말했다.

"그날은 여기 있었어요. 집에서 아이들을 위한 파티가 있었기 때문에 내가 기억하고 있어요. 로저가 없었다면 난 아무것도 못했을 거예요."

실비아는 감사하는 눈초리로 시동생을 바라보았고, 그는 실비아에게 미소를 지어 보였다.

"나는 당신을 만난 적이 있는 것 같지 않은데요. 만일 그렇다면 분명히 기억하고 있을 겁니다."

그가 진지한 표정으로 프랭키를 보며 말했다.

'한 가지는 해결됐어. 로저는 바비가 사고를 당한 날 웨일스 지방엔 가지 않았어.' 프랭키는 속으로 생각했다.

두 번째 의문도 조금 뒤에 쉽게 풀렸다. 프랭키는 지루한 시골생활에 대해 이야기를 하다가 이따금 일어나는 흥미 있는 일에 관해서 언급했다.

"지난달에 제가 사는 곳에서 어떤 남자가 절벽에서 떨어져 사망한 일이 있었죠. 우린 그 사건에 스릴마저 느꼈답니다. 저도 흥분해서 호기심을 느끼며 검시 심문에 갔었는데, 그것 역시 별로 재미없는 사고에 불과했어요."

"마치볼트라는 곳이었죠?" 갑자기 실비아가 물었다.

프랭키가 고개를 끄덕이며 "제가 사는 더웬트 성(城)은 마치볼트에서 겨우 7마일 떨어져 있어요."라고 설명했다.

"로저, 당신이 본 그 사람이 분명해요." 실비아가 소리쳤다.

프랭키는 어리둥절한 표정으로 로저를 쳐다보았다.

"사실 나는 그 시체 곁에 있었습니다. 경찰이 올 때까지 시체를 지키고 있었죠." 로저가 말했다.

"목사 아들 한 사람이 그곳에 있었다는 말을 들었는데요?"

프랭키가 얼른 말했다.

"그 사람은 오르간인가를 쳐야 한다면서 현장을 떠났어요. 그래서 내가 그 일을 떠맡았죠."

"정말 재미있는 일이군요. 누군가가 그랬다는 말은 들었어도 이름은 몰랐는데 그게 바로 당신이었단 말이군요."

프랭키는 세상이 넓고도 좁다는 말까지 하며 자기가 지금 아주 잘해 내고 있다고 느꼈다.

"아마 그곳 마치볼트에서 나를 본 적이 있는 게 아닙니까?"

로저가 말했다.

"아니에요. 사고가 있었던 날에 나는 그곳에 없었어요. 그 일이 있은 뒤 이틀이 지나서 런던에서 그곳으로 돌아갔거든요. 검시 심문에 출두하셨나요?"

"아니오. 그 다음 날 아침에 런던으로 돌아갔죠."

"로저는 그 고장에다 집을 장만하려는 엉뚱한 생각을 하고 있었어요."

실비아가 말하자, "정말 엉뚱하구나." 하고 헨리 배싱턴프렌치가 끼어들었다.

"그렇지 않아요." 로저가 기분 좋은 투로 말했다.

"너도 너 자신을 잘 알잖니, 로저. 넌 그곳에 집을 사놓고도 금방 또 방랑벽이 발동해서 외국으로 떠날 거다."

"아니에요. 나도 언젠가는 정착해야죠."

"그렇다면 우리와 가까운 곳에다 집을 마련해야죠. 웨일스 지방은 안 돼요."

실비아가 말했다.

로저는 그 말에 웃으면서 프랭키를 바라보았다.

"그 사고에 무슨 흥미로운 점은 없었습니까? 자살이라든가, 뭐 다른 이유는 없다고 밝혀진 것 같던데."

"아, 그런 사건은 아니었어요. 비탄에 잠긴 친척들이 와서 신원을 확인했어요. 그 사람도 도보여행 중이었던 것 같았어요. 정말 불행한 일이죠. 아주 잘생긴 사람이었는데, 신문에 난 사진을 보셨나요?"

"아, 본 것 같아요. 하지만 잘 생각나지 않아요."

실비아가 고개를 갸웃거리며 말했다.

"제가 신문에서 오려낸 사진을 가지고 있어요."

프랭키는 흥분을 느끼며 침실로 뛰어가서 사진 조각을 가져와 실비아에게 건넸다. 로저가 다가와 실비아의 어깨너머로 보았다.

"잘생겼다고 생각하지 않으세요?"

프랭키는 짐짓 철없는 여학생 같은 태도로 말했다.

"그렇군요." 실비아가 말했다.

"그 사람과 많이 닮았어요. 앨런 카스테어즈라는 분 말이에요. 그렇게 생각하지 않아요, 로저? 그때도 내가 그렇게 말했던 게 생각나요."

"이 부분은 약간 비슷하지만 완전히 닮지는 않았어요."

로저의 말이었다.

"신문에 실린 사진으로는 알 수가 없어요."

실비아가 사진을 돌려주며 말했다.

프랭키도 그 말에 동의했다.

그들의 대화는 다른 주제로 넘어갔다.

프랭키는 확증을 얻지 못한 채 잠자리에 들었다. 모두가 지극히 자연스러운 반응을 보였다. 로저가 집을 구하러 그곳에 갔었다는 사실도 모두 아는 일이었다.

한 가지 수확이 있었다면 그것은 이름이었다. 앨런 카스테어즈라는 이름.

제14장

니콜슨 박사

다음 날 프랭키는 실비아에게 접근했다. 그녀는 지나가는 말투로 물었다.

"어제저녁에 말한 남자분 이름이 뭐였죠? 앨런 카스테어즈? 맞아요? 전에 들어본 적이 있는 이름 같아요."

"분명히 들어봤을 거예요. 캐나다인인데 박물학자이고 세계 여러 곳을 두루 돌아다니는 탐험가예요. 그 분야에선 꽤 알려진 사람인 것 같더군요. 우리 친구 중 하나인 리빙턴 부부가 언젠가 그와 함께 우리 집에 와서 점심식사를 했었죠. 무척 인상적인 사람이었어요. 키가 크고 건장하고 햇볕에 그은 피부에 호감이 가는 푸른 눈동자였어요."

"그 사람에 대해 들은 적이 있는 것 같군요."

"그는 영국에 오래 머문 적이 없어요. 작년에는 백만장자인 존 새비지와 함께 아프리카를 여행했죠. 새비지 씨는 그 뒤 자신이 암에 걸렸다고 생각하고서 끔찍한 방법으로 자살했어요. 카스테어즈 씨는 온 세상을 돌아다녔다나 봐요. 동부아프리카, 남아메리카—안 가본 곳이 없을 거예요."

"모험을 무척 즐기는 사람인가 보군요."

"그런 것 같았어요. 상당히 인상적인 사람이었어요."

"재미있군요—마치볼트에서 죽은 남자와 그렇게 닮았다니."

"혹시 쌍둥이 형제가 아닌지 모르겠어요."

그들은 잘 알려진 쌍둥이 형제들에 관해 잠시 이야기를 나누었다. 프랭키는 앨런 카스테어즈에 대해서는 더 이상 언급하지 않으려고 조심했다. 지나친 관심이 오히려 일을 그르칠지도 모른다는 생각이 들었기 때문이다.

그러나 프랭키는 어떤 진척이 이루어지고 있다는 느낌이 들었다. 앨런 카스테어즈가 바로 절벽에서 떨어져 죽은 사람이라는 확신도 느껴졌다. 그는 여러 가지 상황에 들어맞는 사람이었다. 영국 내에 절친한 친구나 친척이 없기 때문에 실종된다 해도 오랫동안 알려지지 않을 것이고, 동부 아프리카와 남미 등 주로 외국으로 나다니는 사람이므로 행방불명이 된다 해도 즉시 신고하지 않을 것이다. 프랭키는 실비아 배싱턴프렌치가 신문에 실린 사진과 그가 닮았다는 말은 했지만, 그가 바로 그 사람이라고 생각하지 않은 점에 주목했다.

그것은 심리학적으로 재미있는 일이었다. 사람들은 주변에서 자주 보거나 만나는 사람이 뉴스에 나온 바로 그 사람이라고는 생각지 않는다.

좋아. 그렇다면 앨런 카스테어즈가 바로 죽은 사람이다. 다음 단계는 그에 관해 더 많은 것을 알아내는 일이다. 그와 배싱턴프렌치 사람들과는 친분이 없는 것 같다. 친구와 함께 우연히 이 집에 오게 된 것이니까. 그 친구란 사람의 이름이 뭐였지? 맞아, 리빙턴. 프랭키는 앞날을 위해 그 이름을 머릿속에 새겨두었다.

그 사람에 관해서 알아내는 일은 가능할 거야. 하지만 서두르지 말고 천천히 해야 해. 그것도 아주 신중하게.

"나도 모르게 극약을 마시게 되거나 머리가 깨지는 일은 당하고 싶지 않으니까." 프랭키는 얼굴을 찡그렸다.

"그들은 바비를 해치는 짓도 거침없이 했으니까—"

갑자기 이 일을 시작한 계기가 되었던 그 알 수 없는 구절이 떠올랐다.

에반식 에반스는 누굴까? 에반스는 이 일과 어떤 관련이 있는 걸까?

"마약 갱단이야." 하고 프랭키는 단정을 내렸다.

카스테어즈의 친척 중 한 사람이 그런 일로 희생되었기에 그는 그들을 밝혀내려고 영국으로 왔는지도 모른다. 에반스는 그 갱단 중 한 놈인데, 그 일에서 손을 떼고 웨일스 지방에서 숨어 살려고 내려왔다. 카스테어즈는 다른 놈들을 처치하기 위해 에반스를 매수했다. 그래서 웨일스 지방으로 에반스를 만나러 갔는데, 누군가가 그를 미행해서 적당한 기회에 죽인 것이다.

그자가 바로 로저 배싱턴프렌치가 아닐까? 아니야, 그런 것 같지는 않아. 케이먼 부부가 갱단의 일원일지도 모른다는 추측도 틀린 것 같다.

그렇다면 그 사진. 그 사진에 대해 설명할 수 있다면 좋겠는데.

그날 저녁 니콜슨 박사와 그의 아내가 저녁식사에 오기로 되어 있었다. 프랭키가 옷을 갈아입을 때 그들이 탄 차가 정문에 도착하는 소리가 들렸다. 그녀는 창문을 통해 내다보았다.

키가 큰 남자가 짙은 청색 톨버트 살롱의 운전석에서 막 내리고 있었다.

프랭키는 창가에서 물러서며 생각했다.

카스테어즈는 캐나다인이었다. 니콜슨 박사도 캐나다인이다. 그리고 니콜슨 박사는 짙은 청색 톨버트 살롱을 가지고 있다. 이 세 가지 사실을 가지고 뭔가를 끼어 맞춘다는 것은 터무니없는 것일지도 모른다. 하지만 뭔가를 어렴풋이 암시하고 있는 건 아닐까?

니콜슨 박사는 대단한 능력을 지닌 사람들에게서 볼 수 있는 그런 태도를 보인 건장한 남자였다. 말수는 적은 편이었지만, 말할 때는 천천히 한 마디 한 마디에 의미를 두는 것처럼 했다. 그는 도수 높은 안경을 쓰고 있었는데, 안경 너머로 엷고 푸른 눈동자가 빛을 발하고 있었다.

그의 아내 모이라 니콜슨은 가냘픈 몸매에 스물일곱 살쯤 되어 보이는 미인이었다. 약간 신경질적인 면이 있어 보였고, 마치 뭔가를 숨기려는 듯 다소 흥분한 상태로 말하고 있었다.

"사고를 당했다는 말을 들었습니다, 레이디 프랜시스"

식탁에서 프랭키의 옆자리에 앉으며 니콜슨 박사가 말했다.

프랭키는 그에게 사고를 설명했다. 그러면서 어쩐지 신경이 예민해지는 자신을 느꼈다. 의사의 태도는 별 꾸밈이 없었고, 그녀가 하는 말에 흥미를 느끼며 듣는 것 같았다. 그런데 그녀는 자신이 실제로 일어나지 않은 일에 대한 변명을 늘어놓고 있는 기분이 들었다. 이 의사에겐 내가 당한 사고를 믿지 못하게 된 어떤 이유가 있는 건 아닐까?

"큰일 날 뻔했군요"

그녀가 반드시 필요하다고 생각되는 자세한 부분까지 설명을 끝내자 그가 말했다.

"이젠 아주 좋아진 것 같습니다."

"우린 이분이 회복되었다는 사실을 인정하지 않고 우리 집에 묶어두고 있어요.” 실비아가 말했다.

의사의 눈길이 실비아에게 향했다. 보일 듯 말 듯한 희미한 미소가 그의 입가에 나타났다가 재빨리 사라지는 것 같았다.

“내가 가능한 한 오랫동안 이분을 당신 곁에 머물도록 만들어야겠군요.”

그가 진지한 투로 말했다.

프랭키는 집주인 헨리 배싱턴프렌치와 니콜슨 박사 사이에 앉아 있었다. 헨리는 기분이 차분히 가라앉아 있었다. 그러나, 그의 손은 경련을 일으키고 있었고, 음식에는 손도 대지 않은 채 대화에도 끼어들지 않았다.

그와 마주 보고 앉은 니콜슨 부인은 그의 태도 때문에 어쩔 줄 몰라 하다가 로저와의 대화로 구원을 얻은 것 같았다. 그녀는 로저와 이따금 이야기를 나누면서도 남편의 얼굴에서 시선을 떼는 적이 거의 없다는 사실을 프랭키는 느낄 수 있었다.

니콜슨 박사는 시골 생활에 대해 이야기하고 있었다.

“배양(培養)에 관해서 아십니까, 레이디 프랜시스?”

“학문을 말씀하시는 건가요?” 프랭키는 약간 당황하며 물었다.

“아닙니다. 배종(胚種)에 관한 겁니다. 배종은 특별히 마련된 혈청 안에서 성장하게 됩니다. 시골도 그것과 비슷하죠. 시골에는 시간과 공간, 그리고 무한한 여가가 있답니다. 그것들이 적절한 환경을 만들어 주지요. 성장을 위한 환경이죠.”

“그 환경이 좋지 않다는 뜻인가요?” 프랭키는 계속 당황하고 있었다.

“그것은 배양되는 배종이 달려 있습니다.”

프랭키는 속으로 웃기는 얘기라고 생각하면서도 어쩐지 오싹하는 기분이 들었다.

그녀는 경박한 투로 말했다.

“저는 좋지 않은 자질만 개발하는 것 같아요.”

그러자 니콜슨 박사가 그녀를 바라보며 조용히 말했다.

“아닙니다. 그렇지 않아요, 레이디 프랜시스. 내 생각에 아가씨는 언제나 법과 질서 쪽에 서 있는 것 같습니다.”

법이라는 낱말에 약간 강세를 두었던가?

갑자기 식탁 건너편의 니콜슨 부인이 말했다.

"우리 남편은 성격 파악에 흥미를 갖고 있어요."

니콜슨 박사가 천천히 고개를 끄덕거렸다.

"맞아, 모이라. 흥미로운 일이거든."

그는 다시 프랭키 쪽으로 얼굴을 돌렸다.

"아가씨가 당한 사고에 대해 잘 들었습니다. 그런데 한 가지 사실이 무척 흥미롭더군요."

"예?" 프랭키의 가슴이 갑자기 뛰기 시작했다.

"당신을 이곳까지 데려다 준 젊은 의사 말입니다."

"그래서요?"

"그 사람은 호기심이 많은 성격이 분명합니다. 당신을 구하러 오기 전에 차를 돌렸을 정도로 호기심이 많은 사람입니다."

"무슨 뜻인지 잘 모르겠군요."

"그렇겠죠. 아가씨는 의식이 없었으니까. 심부름하던 소년이 스태벌리에서 자전거를 타고 사고 현장 쪽으로 가고 있었을 때 소년과 같은 방향으로 지나가는 차는 없었지요. 그런데 모퉁이를 돌면서 사고 현장을 목격했을 때, 그 의사의 차는 소년과 마찬가지로 런던을 향해 서 있었어요. 무슨 뜻인지 아시겠습니까? 의사는 스태벌리에서 온 게 아니라 반대 방향, 즉 언덕길에서 내려온 것이라는 뜻입니다. 그런데도 그의 차는 스태벌리를 향해 서 있지 않았죠. 그러니까 그 사람은 차를 돌린 겁니다."

"만일 그가 스태벌리 쪽에서 온 게 아니라면—." 프랭키가 말했다.

"그렇다면 당신이 차를 타고 언덕을 내려올 때 그 사람의 차가 그곳에 서 있었을 겁니다. 그렇지 않았습니까?"

엷은 푸른색 눈동자가 두꺼운 안경 너머로 그녀를 뚫어지게 바라보았다.

"기억나지 않는군요. 그랬던 것 같진 않은데요." 프랭키가 대답했다.

"마치 탐정 같군요, 재스퍼. 아무것도 아닌 일을 가지고."

니콜슨 부인의 말이었다.

"때로는 사소한 일들이 흥미를 끌기도 하지."라고 말하며 그가 고개를 안주인에게 돌리자 프랭키는 안도의 숨을 내쉬었다.

왜 이 사람은 나에게 그런 문답식의 질문을 한 걸까? 그 사고에 관해 어떻게 그렇듯 잘 알고 있을까? '사소한 일들이 흥미를 끌기도 하지.' 그가 한 말이었다. 무슨 뜻으로 그런 말을 했을까?

프랭키는 다시 짙은 청색 톨버트 살롱을 생각하고 카스테어즈가 캐나다인이라는 사실도 생각했다. 니콜슨 박사는 불길한 사람으로 느껴졌다.

식사 후 프랭키는 상냥하고 연약해 보이는 니콜슨 부인을 주시했다. 그녀는 계속해서 남편에게 눈길을 보내고 있었다. 저 눈초리는 사랑일까, 아니면 두려움일까?

니콜슨 박사는 실비아에게 열중하고 있었다. 열 시 반이 되자 그는 아내의 눈길을 마주 보더니 돌아가려고 일어섰다.

그들이 간 뒤 로저가 말했다.

"어떻습니까, 니콜슨 박사를 만난 소감이? 강한 개성을 지닌 사람이죠?"

"저도 실비아와 마찬가지로 그가 마음에 안 들어요. 오히려 그 사람 부인이 좋던데요."

"미인이긴 하지만 약간 멍청해 보이죠. 남편을 숭배하거나, 아니면 굉장히 두려워하고 있어요. 어느 쪽인지는 모르겠지만." 로저가 말했다.

"저도 그게 의심스러워요."

"난 그가 마음에 들지 않아요." 실비아가 말했다.

"그렇지만 굉장한 능력이 있는 의사라는 사실은 인정해요. 약물중독 환자들을 훌륭하게 치료하고 있는 것 같더군요. 완전히 절망적인 사람들도 마지막 희망을 안고 그 병원에 가서 완치되어서 나온대요."

"그라―." 헨리 배싱턴프렌치가 갑자기 큰 소리로 외쳤다.

"그곳에서 어떤 일이 벌어지고 있는지 알고 있소? 끔찍한 육체적 고통과 정신적 고통을 알고 있는가 말이오. 약물 중독자들을 죽이고 있소. 미친 사람처럼 소리를 지르고 머리를 벽에다 부딪칠 때까지. 그게 바로 그가 하고 있는 일이오. 그 능력 있는 의사가 사람들을 고문하고 있단 말이오. 환자들을 고문

하고—지옥에 떨어뜨리고, 미치게 만드는 거라고……."

그는 몸을 심하게 떨고 있더니 갑자기 일어나 방을 나가 버렸다.

실비아가 무척 놀란 것 같았다.

"헨리가 왜 저럴까요? 기분이 굉장히 상한 것 같아요."

그녀는 알 수 없다는 듯이 말했다.

"저녁 내내 좋지 않으신 것 같아요." 프랭키가 주저하며 말했다.

"예, 그래 보였어요. 요즘 많이 우울해졌어요. 승마를 계속했더라면 좋았을 텐데. 아 참, 니콜슨 박사가 내일 토미를 초대했어요. 하지만 나는 토미를 그곳에 보내는 게 내키지 않아요. 그런 환자들이 있는 곳이라서."

"그분은 토미를 환자들 가까이에 가지 않게 할 겁니다. 그분은 아이들을 좋아하는 것 같더군요." 로저가 말했다.

"그런데 아기가 없어서 안됐군요. 낙심하고 있을 거예요. 부인도 그렇겠죠. 그녀는 슬퍼 보여요. 아주 예민해 보이기도 하고요."

"슬픈 마돈나 같아요." 프랭키가 말했다.

"맞아요. 그 표현이 잘 어울리는군요."

"니콜슨 박사가 아이들을 좋아하는 사람이라면 아이들 파티에도 왔겠군요?"

프랭키가 무심하게 물었다.

"유감스럽게도 오지 못했어요. 그때 하루 이틀 동안 회의 때문에 런던에 갔었다나 봐요."

"그랬군요."

그들은 각자 침실로 갔다. 잠들기 전에 프랭키는 바비에게 편지를 썼다.

제15장

발견

바비는 지루한 시간을 보내고 있었다. 강요된 휴식을 견디기 위해 굉장한 노력을 하고 있었다. 아무런 하는 일도 없이 조용히 런던에 머무는 것은 정말 끔찍한 일이었다.

조지 아버스낫이 몇 마디로 간단하게 모든 일이 잘되었다고 전화로 알려왔다. 그리고 이틀 뒤에 프랭키의 하녀가 가져온 프랭키의 편지를 받았다. 그 편지는 런던에 있는 마칭턴 경의 아파트로 보낸 것이었다.

그 이후로는 아무런 연락도 받지 못했다.

"편지 왔다." 배저가 소리쳤다.

바비는 뛰어나가 편지를 받았지만 그것은 마치볼트 소인이 찍힌 아버지의 편지였다.

그때 단정하게 검은 가운을 입은 프랭키의 하녀가 뮤스가(街)를 내려오고 있는 것이 보였다.

5분 뒤 바비는 프랭키의 두 번째 편지를 뜯고 있었다.

바비에게

이제 네가 이곳으로 올 때가 된 것 같아. 네가 말하면 언제라도 벤틀리를 내주라고 집에 알려 놓았어. 우리 집 운전사가 입는 짙은 초록색 제복을 입도록 해. 해로즈에 계신 아버지께 연락해 놓았어. 빈틈없이 해야 해. 특히 콧수염에 신경 쓰도록 해. 완전히 다른 사람처럼 보여야 해.

이곳에 와서 내게 전화를 해. 우리 아버지가 나에게 보내는 형식적인 편지를 가져오기 바란다. 차 수리가 끝났다는 것을 알리도록 하고 이

집의 차고에는 차가 두 대밖에 못 들어가는데 지금 다임러 한 대와 로저 배싱턴프렌치의 2인승 자동차 한 대가 차고에 있어. 다행한 일이야. 그러니까 너는 차를 몰고 스태벌리 시내로 가서 머물게 되는 거야.

그곳에 머물면서 정보를 얻도록 해. 특히 약물중독 환자를 치료하는 병원을 운영하는 니콜슨 박사에 관해서. 그는 짙은 청색 톨버트 살롱을 갖고 있어. 그리고 네가 모르핀을 마셨던 16일에 그는 집에 없었어. 또 내 자동차 사고의 여러 가지 상황에 깊은 흥미를 느끼는 것 같았어.

그 시체의 정확한 신원을 알아냈어! 다시 만날 때까지 안녕, 탐정 친구. 성공적으로 기절했던 너의 친구가 사랑을 보내며……

프랭키

추신 : 이 편지는 내가 직접 부칠 거야

바비는 신이 나서 작업복을 벗어 던졌다. 배저에게 즉시 떠나야 한다는 말을 하고 서둘러 나오면서 그는 자기가 아직 아버지의 편지를 보지 않았다는 사실을 깨달았다. 그는 마음을 가라앉히며 편지를 읽어 내려갔다. 아버지의 편지는 즐거움보다는 의무감을 느끼게 하는 것으로, 기독교인으로서의 인내심을 풍기는 것이었다. 또한 마치볼트의 생활에 관한 것과, 오르간 연주자 때문에 겪는 어려움, 기독교 신자가 아닌 교구위원에 대한 비평이 쓰여 있었다. 찬송가 제본에 관해서도 언급되어 있었고, 바비에게 현재하고 있는 일에 남자답게 열심히 임하라는 것과 아버지의 애정을 보낸다는 내용도 적혀 있었다.

추신에는 이렇게 적혀 있었다.

그런데 어떤 남자가 와서 너의 런던 주소를 물었다는구나. 그때 나는 집에 없었고 그 사람은 이름을 밝히지 않았다. 로버츠 부인 말에 따르면 그는 어깨가 구부정하고 키가 크고 코안경을 쓴 신사였다고 한다. 그는 너를 못 만나서 유감스러워했고, 너를 만나고 싶어 하는 것

같더라는 구나.

키가 크고 어깨가 구부정한 모습에 코안경을 낀 사람. 바비는 아는 사람 중에 그런 남자를 떠올려 봤지만 도무지 생각이 나지 않았다.

그러자 퍼뜩 의심스러운 생각이 났다. 혹시 나를 죽이려고 하는 사람은 아닐까? 나를 죽이려 하는 정체불명의 적(敵)이 아닐까?

그는 잠시 조용히 앉아서 생각에 골몰했다. 누군지는 모르지만 그들은 내가 집을 떠났다는 사실을 알게 되었을 것이고, 의심의 여지없이 로버츠 부인은 내 새 주소를 알려 주었을 것이다.

그러니까 그들은 이미 내가 있는 곳을 주시하고 있을 것이다. 내가 지금 밖으로 나간다면 미행당할 것이고, 그렇게 되면 일이 망쳐질 것이 분명하다.

"배저."

"왜?"

"이리 와 봐."

그 뒤 5분 동안 어려운 작업이 행해졌다. 10분 뒤 배저는 바비가 지시해 준 말을 줄줄 욀 수 있게 되었다.

배저가 완벽하게 말할 수 있게 되자, 바비는 1902년산(産) 2인승 피아트에 올라 뮤스가를 쏜살같이 달려갔다. 그는 세인트 제임스 스퀘어에 차를 세워두고 클럽으로 곧바로 걸어 들어갔다. 그곳에서 몇 군데 전화를 하고 나서 두 시간 정도 지나자 어떤 꾸러미가 배달됐다. 마침내 세 시 반이 되자 짙은 초록색 제복을 입은 한 운전사가 세인트 제임스 스퀘어로 걸어가 30분 전에 그곳에 정차된 커다란 벤틀리로 재빨리 다가갔다. 그러자 벤틀리에서 내린 남자가 약간 말을 더듬으며 운전사에게 차를 즉시 빼라고 말했다.

바비는 클러치를 넣고 차를 주차장 밖으로 끌어냈다. 버려진 피아트는 아직 주인을 기다리며 충직하게 서 있었다. 바비는 웃음으로 윗입술이 자꾸 실룩거렸지만 기분은 좋았다. 차는 남쪽이 아닌 북쪽을 향해 달리다가 얼마 가지 않아 그레이트 노스로(路)로 나섰다.

그 길을 달린 것은 예방조치에 불과했다. 바비는 미행당하고 있지 않은 것을 확인하고서 차를 왼쪽으로 꺾어 햄프셔 군으로 향하는 우회로에 들어섰다.

벤틀리가 메로웨이 코트 저택에 도착한 때는 차 마시는 시간 직후였다. 허리를 꼿꼿이 편 예의 바른 운전사가 운전석에 앉아 있었다.

"어머, 제 차가 도착했군요." 프랭키가 자리에서 일어나며 가볍게 말했다.

그녀는 정문으로 나갔다. 실비아와 로저가 그녀를 따라나왔다.

"차는 이제 아무 이상 없죠, 호킨스?" 프랭키가 운전사에게 물었다.

"예, 아가씨. 완전히 수리했습니다."

"그렇다면 됐어요."

운전사가 편지를 내밀었다.

"주인님께서 보내셨습니다, 아가씨."

프랭키가 편지를 받으며 말했다.

"스태벌리 시내에 있는 앵글러스 암즈 여관에 묵도록 해요. 호킨스 차가 필요하면 아침에 전화하겠어요."

"알았습니다, 아씨."

바비는 돌아서서 차에 올라 그곳을 떠났다.

"차고에 빈자리가 없어서 미안해요. 정말 멋있는 차로군요."

실비아가 말했다.

"이젠 건강이 좋아졌나 보군요." 로저가 말했다.

"예." 하고 대답하며 프랭키는 아무것도 눈치채지 못한 듯한 로저의 표정을 보며 안도감을 느꼈다.

만일 로저가 무슨 눈치를 챘다면 오히려 놀랐을 것이다. 왜냐하면 바비는 그녀조차도 길거리에서 만났더라면 알아보지 못했을 정도로 달라진 모습이었기 때문이다. 약간 자란 콧수염도 아주 자연스러웠고, 사무적인 태도도 평소와 전혀 달랐다. 게다가 운전사복이 변장을 더욱 완전하게 만들어 주었던 것이다. 목소리 또한 그럴 듯했다. 프랭키는 바비가 생각했던 것보다 훨씬 재능이 있는 친구라고 생각했다.

한편 바비는 성공적으로 앵글러스 암즈 여관에 숙소를 마련했다. 레이디 프랜시스 더웬트의 운전사인 에드워드 호킨스의 역할을 해내는 것은 이제 그에게 달려 있었다.

자가용 운전사들의 사적인 생활에 관해서는 거의 아는 바가 없었지만, 약간 거만하게 보이는 것도 나쁘지 않을 거라고 생각한 바비는 우월하다는 기분을 갖도록 애쓰면서 그런 태도를 보이기로 했다. 앵글러스 암즈에서 일하는 많은 젊은 여급들이 그를 대할 때 보여준 감탄하는 듯한 태도는 그의 용기를 더욱 북돋아 주었다. 여급들의 그러한 태도는 프랭키의 자동차 사고가 스태벌리에서 주요 이야깃거리가 되고 있었기 때문이라는 것을 나중에 알게 되었다. 바비는 토머스 애스큐라는 이름의 뚱뚱하고 친절한 여관 주인에게 말을 걸면서 그로부터 정보를 캐내기로 했다.

"심부름하는 소년이 마침 그곳을 지나가다 사고를 목격했다오."

애스큐 씨가 설명했다.

바비는 소년의 자연스러운 거짓말에 고마움마저 느꼈다. 그 사고는 목격자에 의해 보증이 된 셈이었던 것이다.

"그 아이는 큰일 났구나 하고 느끼며 자전거를 타고 언덕길을 전속력으로 내려가는데 그때 그 차가 담장에 정면으로 부딪쳤다는구먼. 젊은 아가씨가 죽지 않은 게 다행이오."

"그럴 뻔했죠." 바비가 말했다.

"전에도 그런 사고가 있었소?"

"예, 있었죠. 하지만, 애스큐 씨, 우리 아가씨가 전처럼 이번에도 운전대를 잡겠다고 했을 때 전 이젠 마지막이라는 생각이 들었었죠."

주위에 모여 있던 몇몇 사람들이 그를 이해한다는 듯이 고개를 끄덕거렸다.

"여긴 정말 좋은 곳이군요, 애스큐 씨." 바비는 상냥하고 겸손하게 말했다.

"깨끗하고 아늑합니다."

애스큐는 기쁜 표정이었다.

"그런데, 메로웨이 코트 저택이 이 지역에서는 제일 큰 저택인가 보죠?"

"아니, 그레인지라는 곳도 있소, 호킨스 씨. 물론 저택이라고까지는 할 수 없지만, 미국인 의사가 그곳에 오기 전까지 몇 년간 비어 있었소."

"미국인 의사요?"

"그래요. 니콜슨이라고 하던데. 그런데, 호킨스 씨, 그곳에선 괴상한 일들이 일어나고 있다고 합디다."

이때 곁에 있던 여급이 니콜스 박사를 생각하면 소름이 끼친다고 말했다.

"아니, 대체 무슨 일이 일어나고 있는데요."

애스큐 씨는 고개를 약간 내저으며 말했다.

"그곳에 있기를 원치 않는 사람들이 그곳에 있는 거요. 가족들이 그들을 그곳에 버린 거지. 믿기 어렵겠지만, 호킨스 씨, 그 집에서는 신음소리, 비명소리, 또 앓는 소리가 들린다오."

"왜 경찰이 개입하지 않습니까?"

"겉보기엔 아무렇지도 않거든. 정신병 환자를 치료한다는데, 미친 사람들이란 다 그런 거 아뇨. 그리고 의사이니까 말이오. 말하자면─."

여관 주인은 술을 한 모금 들이키고 무척 의심스럽다는 듯이 고개를 저었다.

"아!" 바비는 얼른 의미 있는 어조로 말했다.

"거기서 어떤 일이 일어나는지 알게 된다면……." 하면서 그도 술을 한 모금 마셨다.

여급도 곁에서 맞장구를 쳤다.

"글쎄 말이에요. 어떤 일이 일어나고 있을까요? 어느 날 밤에 어떤 불쌍한 젊은 여자가 그곳에서 도망쳐 나왔댔어요. 잠옷 바람으로─그래서 그 의사와 간호사들이 찾아 나섰지요. '아! 저 사람들이 나를 붙잡아 가지 못하게 해주세요!' 그 여자가 이렇게 외치더군요. 정말 안됐어요. 그 여자는 부자였는데, 가족들이 그녀를 그곳에 버렸다는 거예요. 하지만 병원사람들은 그 여자를 다시 데려갔고, 의사는 그 여자가 피해망상증 환자라고 하더군요. 사람들 모두가 자기를 해치려 한다고 생각하는 증세라는 거예요. 그러나 어쩐지 의심스러워요. 종종 그런 생각이 들어요……."

"의사로선 그렇게 말하기가 쉽겠지." 애스큐 씨가 말했다.

어떤 사람들은 그럴 수도 있다고 말했고, 또 다른 사람들은 거기서 무슨 일이 일어나는지 전혀 모른다고 말했다.

모여 있던 사람들이 흩어지자 바비는 잠시 산책하고 오겠다고 말을 하고 여관을 나섰다.

그는 그레인지가 메로웨이 코트 저택과 반대쪽에 있다는 것을 알고 있었으므로 그쪽 방향으로 걸어갔다. 조금 전 여관에서 들은 이야기들은 주시할 가치가 있는 것 같았다. 물론 많은 부분이 사실과 다르겠지만. 지방에서는 새로운 사람에 대해 선입관을 갖게 마련이다. 특히 외국인일 경우에는 더욱 그렇다. 니콜슨이 운영하는 병원에서 마약 중독자를 치료한다면 그곳에서 이상한 소리가 들리는 것은 당연한 것이다. 어떤 고의적인 이유가 없더라도 신음소리나 비명소리는 들릴 것이다. 그러나, 도망친 여자에 관한 이야기는 바비에겐 언짢은 충격이었다.

만일 그레인지가 정말 그곳에 있고 싶지 않은 사람들을 붙잡아두는 곳이라면? 그렇다면 실제로 병을 앓고 있는 환자들은 그 눈가림이 되고 있을 것이다.

이런 생각을 하면서 바비는 높은 담으로 둘러싸인 건물의 철문 앞에 이르렀다. 그는 문 앞으로 다가가 살며시 문을 열어 보았으나 잠가져 있었다.

그 철문을 만졌을 때 그는 뭔가 불길한 기분이 느껴졌다. 그곳은 마치 감옥 같았다.

그는 눈으로 담 높이를 어림잡으며 길을 따라 조금 걸어갔다. 뛰어넘을 수 있을까? 담은 높고 반반했다. 갈라진 틈새도 없었다. 그는 고개를 저었다.

그때 작은 문이 눈에 띄었다. 그는 별 기대도 없이 문을 밀어 보았다. 놀랍게도 잠겨 있지 않았다.

'여긴 단속이 허술하군.'

바비는 싱긋 웃었다. 그리고 문을 열고 살짝 미끄러져 들어가 뒤로 문을 닫았다.

안으로 들어가자 관목 숲 사이의 오솔길이 나왔다. 그는 꼬불꼬불하게 나 있는 그 길을 따라 걸어가며 거울 속 앨리스의 한 장면을 떠올렸다.

길이 갑자기 꺾이면서 그 앞으로 건물에 가까운 넓은 지역이 나타났다. 달이 밝은 밤이어서 그곳에는 달빛이 가득했다. 바비는 자신도 모르게 그리로 걸어갔다.

바로 그때 건물 모퉁이를 돌아 나오는 한 여인의 모습이 보였다. 그녀는 먹이를 쫓는 동물이 온 신경을 곤두세운 것처럼 이리저리 살피며 가만가만 걷고 있었다. 아니, 그 모습을 지켜보는 바비에게만 그렇게 보인 것인지도 몰랐다. 그러다가 그녀는 갑자기 멈춰 서서 쓰러질 듯 휘청거렸다.

바비는 얼른 뛰어가서 그녀를 부축했다. 그녀의 입술은 하얗게 질려 있었다. 그렇게도 겁에 질린 표정은 본 적이 없었다.

"됐습니다." 바비는 낮은 음성으로 위로하듯 말했다.

"이젠 괜찮을 겁니다."

그 여자는 약하게 신음소리를 냈다. 눈은 반쯤 감겨 있었다.

"무서워요. 너무 무서워요." 그녀가 중얼거렸다.

"왜 그러십니까?" 바비가 물었다.

그녀는 고개를 저으며 희미하게 같은 말만 되풀이했다.

"무서워요. 무서워 죽겠어요."

그러더니 갑자기 무슨 소리를 들은 것처럼 얼른 몸을 가누면서 바비에게서 떨어졌다. 그러고는 그를 돌아보며, "가세요. 어서 가세요."라고 급히 말했다.

"도와 드리고 싶습니다." 바비가 말했다.

"정말이세요?"

그녀는 잠시 그를 쳐다보았다. 낯설지만 강한 인상을 주는 그런 눈초리였다. 그것은 마치 바비의 영혼을 폭발시킬 것 같았다.

그녀는 다시 고개를 저었다.

"아무도 날 도와줄 수 없어요."

"도와 드릴 수 있습니다. 뭐든지 해 드리겠어요. 뭐가 그렇게 무서운지 말해 봐요."

그녀는 계속 고개를 저으며 말했다.

"지금은 안 돼요. 아! 빨리 가세요. 그 사람들이 와요! 당신이 지금 가지 않으면 나를 도와줄 수 없어요. 어서요―어서."

바비는 그녀의 말에 따랐다. 그는, "나는 앵글러스 암즈에 묵고 있습니다." 라고 속삭인 뒤 왔던 길을 되돌아 뛰어갔다. 그가 본 그녀의 마지막 모습은 빨리 가라고 손짓하는 모습이었다.

그때 누군가 다가오고 있는 발걸음 소리가 앞에서 들려왔다. 누군가 그 작은 문으로 들어와 오솔길을 따라 걸어오는 것이었다. 바비는 길섶의 수풀로 뛰어들어갔다.

어떤 남자가 오고 있었다. 바비가 숨어 있는 곳 가까이 지나갔지만 주위가 너무 어두워 그 남자의 얼굴은 알아볼 수 없었다.

그가 지나가고 나서 바비는 수풀에서 나왔다. 그날 밤에는 할 수 있는 일이 더 이상 없는 것 같았다.

그때 바비의 머릿속에 번쩍 떠오르는 것이 있었다.

그 여자가 누군지 생각이 났던 것이다.

그 여자는 수수께끼처럼 사라진 그 사진에서 본 얼굴이었다.

제16장

사무변호사 바비

"호킨스 씨?"

"예."

바비는 베이컨과 달걀을 한입 가득 물고 분명치 않은 소리로 대답했다.

"전화 왔습니다."

바비는 커피를 꿀꺽 마시고 입을 닦으며 일어섰다. 전화기는 좁고 어두운 통로에 놓여 있었다. 그는 수화기를 들었다.

"여보세요." 프랭키의 목소리였다.

"안녕, 프랭키." 바비가 경솔하게 말했다.

"난 레이디 프랜시스 더웬트예요." 그녀가 냉정하게 말했다.

"호킨스죠?"

"예, 아가씨."

"런던에 가야 하니까 열 시에 차를 가져오도록 해요."

"알겠습니다, 아씨."

바비는 수화기를 놓으며, '아가씨와 아씨라는 호칭을 어떻게 구분해서 사용하는 건지 알 수 없군' 하고 생각했다.

'잘 알아두어야 하는 건데. 진짜 운전사나 집사가 들으면 내가 가짜라는 걸 그 말로 잡아낼 거야.'

한편, 프랭키는 수화기를 놓고 곁에 있는 로저 배싱턴프렌치를 보았다.

"런던에 가는 건 귀찮은 일이에요. 그렇지만 아버지께서 걱정하고 계시거든요."

그녀는 로저의 표정을 살피며 무심하게 말했다.

"저녁엔 돌아오겠죠?"

"예, 그럼요!"

"조금 전만 해도 당신에게 런던까지 태워다 달라고 부탁하려 했습니다만."

로저가 지나가는 투로 말했다.

프랭키는 순간 머뭇거리다가 말했다.

"예, 그렇게 하세요."

"그런데 오늘은 안 될 것 같습니다. 형님 상태가 좋지 않아서요. 형수님을 혼자 두고 갈 수 없을 것 같군요."

"예, 그러시겠죠."

"직접 운전할 겁니까?"

전화기 있는 곳에서 걸음을 떼어놓으며 로저가 물었다.

"예, 하지만 호킨스와 함께 갈 거예요. 쇼핑도 해야 하고, 차를 아무 곳에나 세워둘 수도 없으니까요."

"그렇죠." 그는 더 이상 말이 없었다.

잠시 뒤 바비가 차를 몰고 와서 문을 열고 기다렸다.

"안녕히 계세요." 프랭키가 말했다.

그녀는 손을 내밀고 악수할 마음은 없었는데, 로저가 먼저 그녀의 손을 잡고 잠시 머뭇거리며 말했다.

"돌아오는 거죠?" 그는 집요한 태도를 보이는 것 같았다.

프랭키가 웃으며 대답했다.

"물론이죠. 오늘 저녁에 다시 만날 때까지 안녕히 계시라는 뜻으로 인사한 거예요."

"이번에는 사고를 당하지 마십시오."

"원하신다면 호킨스에게 운전을 맡기겠어요."

그녀는 차에 올라 바비 옆자리에 앉았다. 차가 서서히 움직였다. 로저는 그 자리에 서서 지켜보고 있었다.

"바비, 로저가 나를 좋아할 수도 있을까?"

"그가 널 좋아하니?"

"글쎄, 잘 모르겠어."

"너라면 그 정도는 쉽게 눈치챌 텐데, 안 그래?"

바비는 짐짓 아무렇지도 않게 말했다. 프랭키는 그를 흘끗 바라보았다.

"무슨 일—없었어?"

"있었지. 프랭키, 그 사진의 주인공을 만났어!"

"그 사진—네가 늘 말하던, 죽은 남자의 주머니에 있었던 그 사진 말이니?"

"그래."

"나도 몇 가지 알아냈어. 네 수확에 비하면 별거 아니지만. 그런데, 어디서 그 여자를 만났니?"

바비는 별안간 고개를 젖히며 대답했다.

"니콜슨의 병원에서."

"어서 자세하게 말해봐."

바비는 전날 밤에 있었던 일을 자세히 설명했다. 프랭키는 숨을 죽이고 듣고 있었다.

"그러니까 우린 제대로 추적하고 있는 거야. 그리고 니콜슨도 이 사건과 관련이 있을 거야. 바비, 그 남자는 어쩐지 두려워."

"어떤 사람인데?"

"덩치가 크고 강인하게 생겼어. 안경 너머로 사람을 주시할 때는 마치 꿰뚫을 것 같아."

"그를 언제 봤지?"

"저녁식사에 왔었어."

프랭키는 그날 일을 이야기하면서 니콜슨이 그녀가 당한 '사고'에 관해 이것저것 캐물었다는 것을 말했다.

"나를 의심하는 것 같았어."

"그렇게 상세한 부분에도 관심을 보이다니 이상하군. 이게 어떤 종류의 사건이라고 생각하니, 프랭키?"

"글쎄, 마약 갱단이라고 했던 네 추측이 그렇게 엉뚱한 것만은 아닐 것 같아. 그땐 내가 잘난 체하고 아니라고 했지만."

"니콜슨이 갱단 두목이란 말이니?"

"그렇지. 병원은 그런 일을 하기 위한 구실에 불과한 거야. 그는 합법적으로 마약을 들여올 수 있어. 마약 중독 환자를 치료하는 척하면서 마약을 상용시키고 있는 거야."

"그럴 듯해." 바비가 동감했다.

"아직 너한테 헨리 배싱턴프렌치에 관해서 말하지 않았는데." 하면서 프랭키는 저택 주인의 특별한 점에 관해 말했다.

"그 남자의 아내는 모르고 있니?"

"모르는 게 확실해!"

"그 아내는 어떤 타입의 여자지? 지적(知的)인 여자?"

"아니 전혀 그렇지 않아. 하지만 어떤 면에서는 무척 영리해. 또 솔직하고 상냥해."

"우리가 주목하고 있는 로저 배싱턴프렌치는 어때?"

"잘 모르겠어." 프랭키가 천천히 말했다.

"우리가 그 사람에 대해 잘못 판단하고 있는 건 아닐까?"

"천만에. 그에게 혐의가 있다는 건 우리가 분명히 알고 있어. 그가 이 사건에서 어떤 역할을 담당했다는 것에도 우리 의견이 일치했잖아."

"그 사진 때문에?"

"그렇지, 사진 때문에. 로저 배싱턴프렌치 말고는 사진을 바꿔치기할 수 있는 사람이 없었으니까." 바비가 말했다.

"나도 알고 있어. 그렇지만 우리가 그에게 혐의를 두는 이유는 그거 한 가지밖에 없잖아."

"그거면 충분하지."

"나도 그렇게 생각은 하지만―."

"그렇지만?"

"왠지 그가 결백하다는 느낌이 들어. 사건과 관련이 없는 것 같아."

바비가 냉정한 눈초리로 프랭키를 보았다.

"너, 아까 그 남자가 널 좋아한다고 말했니, 아니면 네가 그를 좋아한다고 말했니?" 바비가 점잖은 목소리로 물었다.

프랭키의 얼굴이 약간 붉어졌다.

"바보 같은 말 하지 마, 바비. 그가 결백할지도 모른다고 생각했을 뿐이야. 그뿐이라니까."

"그럴 리가 없어. 게다가 우린 사진의 주인공을 가까이에서 찾아냈잖아. 혐의는 분명해진 거야. 만일 죽은 남자가 누군지 알게 되면—."

"아 참, 알아냈어. 내가 편지에다 썼잖아. 살해된 남자는 앨런 카스테어즈라는 사람이 확실해."

프랭키는 그것을 알게 된 경위를 설명했다.

"자, 우린 이제 진척을 보고 있는 거야. 사건을 다시 구성해 보자. 이제까지 발견한 사실들을 열거해 놓고 다음 단계를 생각해 보는 거야."

바비는 말을 멈추고 차의 속력을 늦추더니 잠시 뒤 다시 속도를 내며 말을 시작했다.

"첫째, 죽은 남자가 앨런 카스테어즈라는 우리의 생각은 옳다고 보는 거야. 그는 여러 가지 점에 들어맞는 사람이니까. 주로 외국에서 생활했고 국내에는 친구나 아는 사람이 거의 없어. 그가 행방불명이 된다 해도 그 사실을 금방 알 사람이 없으니까 곧 신고가 되지도 않겠지. 여기까진 됐어. 앨런 카스테어즈는 그 부부와 함께 스태벌리에 왔어—그들 이름이 뭐였지?"

"리빙턴. 이들은 쉽게 찾을 수 있어. 추적해야겠어."

"그래야지. 그런데 카스테어즈가 리빙턴 부부와 함께 스태벌리에 왔었다. 여기서 뭔가 짚이는 게 없니?"

"스태벌리에 일부러 온 게 아닐까 하는 거지?"

"맞아. 어쩌면 우연히 오게 된 건 아닐까? 그들 부부와 이곳에 왔다가 나처럼 우연히 그 여자를 만나게 된 건 아닐까? 하지만 카스테어즈는 그 여자를 전부터 알고 있었던 것 같아. 그렇지 않다면 그녀의 사진을 지니고 있지는 않았을 테니까."

"혹은 그가 니콜슨과 그 일당을 추적하고 있었는지도 몰라. 그래서 리빙턴 부부를 이용해서 자연스럽게 이곳에 온 걸까?"

프랭키가 말했다.

"가능한 추론이야. 그렇다면 갱단을 추적하고 있었을 거야."

"아니면 그 여자만을 추적하고 있었겠지."

"그 여자?"

"그래. 그 여자는 납치된 것인지도 몰라. 그래서 그 여자를 찾으러 영국으로 돌아온 걸 거야."

"그 여자를 찾으러 스태벌리에 왔다면 웨일스 지방에는 왜 갔을까?"

"아직 우리가 모르는 점이 많아." 바비가 대답했다.

"에반스. 우린 에반스에 관해서는 아무 단서도 얻지 못했어. 에반스는 분명히 웨일스 지방과 관련이 있을 거야."

그들은 잠시 말이 없었다. 그때 프랭키가 밖을 내다보며 갑자기 말했다.

"어머, 퍼트니 힐까지 왔잖아. 5분밖에 안 지난 것 같은데. 우린 지금 어디로 가고 있는 거지?"

"그건 내가 물어볼 말이야. 난 네가 왜 런던으로 간다고 했는지 그 이유도 모르니까."

"그건 너와 얘기할 기회를 만들려고 그랬던 거야. 내가 운전사와 둘이서 심각한 얘기를 나누며 스태벌리의 거리를 거니는 모험을 할 수는 없으니까. 거짓말로 아버지가 보낸 편지를 구실로 삼아 런던으로 가자고 했던 거야. 차 속에서 너와 이야기하려고. 로저 배싱턴프렌치가 차를 태워 달라고 해서 깜짝 놀랐었어."

"큰일 날 뻔했군."

"그렇지도 않아. 도중에 그가 원하는 곳에 내려주고 우린 부룩가(街)로 가면서 얘기할 수도 있었으니까. 이제 그리로 가는 게 좋겠어. 네가 있는 수리공장은 감시를 당하고 있을지도 몰라."

바비도 그렇게 생각하며 누군가 마치볼트로 자기를 찾아왔었다고 말했다.

"이제 우리 아파트로 가자. 거긴 내 하녀하고 일하는 사람 둘밖에 없어."

그들은 부룩가로 달렸다. 프랭키가 벨을 누르고 안으로 들어가고 바비는 밖에 서 있었다. 곧 프랭키가 문을 열고 그에게 안으로 들어오라는 손짓했다. 그들은 2층의 널따란 거실로 올라가서 차양을 올리고 소파에 앉았다.

"깜박 잊고 말을 안 했는데, 16일 그러니까 네가 모르핀을 마신 날 배싱턴 프렌치는 스태벌리에 있었지만 니콜슨은 부재 중이었어. 런던에서 열린 회의에 참석했다는 거야. 그런데 그 의사의 자가용이 짙은 청색 톨버트야."

"게다가, 그는 모르핀을 쉽게 구할 수 있지." 바비가 말했다.

그들은 의미 있는 시선을 주고받았다.

"그것이 분명한 증거라고는 할 수 없지만 우리 추측에 잘 들어맞는구나."

프랭키는 탁자에 놓인 전화번호부를 가져왔다.

"뭘 하려고?"

"리빙턴을 찾는 거야."

그녀는 책장을 재빨리 넘겼다.

"리빙턴 앤드 선즈 건축업자, A. C. 리빙턴. 치과의사, D. V. 리빙턴. 사격장, 이건 아닌 것 같아. 미스 플로렌스 리빙턴, H. 리빙턴 대령, 이게 그럴 듯한데. 첼시시(市) 타이트가(街)."

프랭키는 계속했다.

"M. R. 리빙턴. 온슬로 스퀘어, 이 사람일지도 모르겠어. 또 윌리엄 리빙턴, 햄스테드. 내 생각엔 온슬로 스퀘어와 타이트가에 사는 리빙턴이 가능성이 있어. 이제 곧 리빙턴 부부를 만나게 될 거야, 바비."

"그럴 것 같은데. 하지만 그 사람들한테 무슨 말을 하지? 거짓말을 꾸며 봐, 프랭키. 난 소질 없어."

프랭키는 잠시 생각하더니 말했다.

"네가 직접 찾아가는 거야. 너 법률사무소 직원 역할을 할 수 있겠니?"

"상당히 신사적인 역할인걸. 형편없는 역할을 하게 될까 봐 걱정했는데. 하지만 잘못 선택한 것 같지 않니?"

"무슨 뜻이지?"

"변호사들은 개인적인 방문을 하는 경우가 거의 없어. 편지를 보내거나 사무실에서 만나자고 하지."

"이 법률사무소는 특별해. 잠깐 기다려."

프랭키는 방을 나갔다가 명함을 한 장 들고 돌아왔다.

"프레데릭 스프래지." 그녀는 명함을 바비에게 건네주며 말했다.

"너는 이제부터 블룸즈버리 스퀘어에 있는 '젠킨스 앤드 스프래지' 법률사무소의 직원이 되는 거야."

"네가 꾸며낸 이름이니, 프랭키?"

"천만에, 아버지 변호사야."

"탄로 나면 어떡하지?"

"그럴 염려는 없어. 젊은 스프래지는 없으니까. 스프래지 씨는 한 명 있는데 나이가 무척 많아. 그리고 우리 집안 덕분에 살고 있는 사람이니까, 만일 무슨 일이 생기면 내가 구슬리면 돼. 그는 속물이야. 귀족이라면 사족을 못 쓰거든."

"어떤 옷을 입지? 배저에게 전화해서 내 옷을 보내라고 할까?"

프랭키는 고개를 갸우뚱하더니 이렇게 말했다.

"네가 입는 옷을 모욕하고 싶진 않지만, 바비, 네 역할에는 어울릴 것 같지 않아. 내 생각에는 우리 아버지 옷을 슬쩍 빌리는 게 낫겠다. 너한테 맞을 거야."

15분 뒤 바비는 마칭턴 경의 모닝코트와 반듯하게 주름 잡힌 바지 정장을 하고 거울을 보고 있었다.

"아주 좋은 옷인데." 바비는 점잖은 태도로 말했다.

"마치 내 손에 권력을 쥐고 있는 기분이야. 자신감도 넘치는 것 같고."

"넌 콧수염을 계속 기르는 게 더 낫겠어."

"그래야겠어. 콧수염은 빠른 시간에 기를 수 없는 일종의 예술이니까."

"그렇게 해. 지금 네 역할에는 말쑥한 게 더 어울리겠지만."

"그래도 턱수염보다는 낫지. 그런데 너희 아버지의 모자도 빌릴 수 있겠니?"

제17장

리빙턴 부인의 이야기

"만일―." 바비가 계단을 내려가며 말했다.

"온슬로 스퀘어에 사는 리빙턴이 법률가라면 어떡하지? 그렇다면 낭패일 텐데."

"그렇다면 타이트가에 사는 리빙턴 대령을 먼저 찾아가 보는 거야. 그 사람은 법률가에 대해서 전혀 모를 테니까."

바비는 택시를 타고 타이트가로 갔다. 리빙턴 대령은 없었으나 부인은 있었다. 바비는 예쁘장한 하녀에게 명함을 건네주었다. 명함에는, '젠킨스 앤드 스프래지 법률사무소의 스프래지로부터. 매우 급한 용무'라고 쓰여 있었다.

명함과 마칭턴 경의 옷이 효력이 있었는지 하녀는 바비를 잡상인이나 보험 외판원으로 의심하는 눈치가 전혀 없었다. 바비는 값비싼 가구로 아름답게 꾸며진 거실로 안내되었고, 조금 뒤에 역시 값비싼 옷으로 아름답게 차려입은 리빙턴 부인이 나왔다.

"실례를 범하게 되어서 죄송합니다, 리빙턴 부인. 급한 용무라서 서신을 보낼 경우의 며칠간도 지체할 수 없었습니다."

바비는 그녀가 거짓말을 눈치챌 것 같아 조바심을 내며 말했다.

그러나, 리빙턴 부인은 보기보다 영리하지 못한 듯 바비의 말을 믿는 것 같았다.

"아, 앉으세요! 조금 전에 사무실에서 당신이 온다고 연락을 했더군요."

바비는 속으로 프랭키의 재치에 감사하며 박수를 보냈다. 그러고는 자리에 앉아 맡은 역할을 완벽하게 해내려고 애를 썼다.

"다름이 아니라 저희 고객이신 앨런 카스테어즈 씨에 관한 일입니다."

"아, 그러세요?"

"저희가 그분의 재정 업무를 담당하고 있다는 말씀을 드렸는지 모르겠습니다만."

"그래요? 그런 것 같기도 하군요."

리빙턴 부인은 푸른 눈을 크게 뜨며 말했다. 그녀는 무엇이나 쉽게 믿는 타입이 분명했다.

"어쨌든 그 법률사무소는 잘 알고 있어요. 돌리 맬트라버스가 양재사를 총으로 쏜 사건에서 그녀의 변호를 맡았죠? 그 사건에 대해 자세히 알고 계시겠군요?"

리빙턴 부인은 순수한 호기심이 어린 표정으로 그를 바라보았다. 그녀는 바비가 상대하기 쉬운 여자로 느껴졌다.

"법정에서 발설되지 않은 것도 알고 있죠"

바비는 미소를 지으며 말했다.

"그러시겠군요." 리빙턴 부인은 부럽다는 듯 바비를 바라보며 말했다.

"그 여자는 사건 당시에 정말 옷을 입고 있었나요?"

"그건 법정에서 부인되었습니다."라고 심각한 태도로 말하며 바비는 슬쩍 눈을 감는 시늉을 했다.

"아, 그랬군요." 리빙턴 부인은 좋아서 어쩔 줄 몰라 했다.

"카스테어즈 씨에 관해서 말씀인데요."

바비는 이제 그녀와 친숙한 관계가 이루어졌다고 느끼며 일을 진행해야겠다고 생각했다.

"그분은 갑자기 영국을 떠났습니다. 알고 계십니까?"

리빙턴 부인은 고개를 저었다.

"영국을 떠나셨어요? 몰랐는데요. 한참 동안 그분을 만나지 못했어요."

"영국에 얼마나 더 머물 예정이라고 하셨습니까?"

"1주일 아니면 2주일. 혹은 6개월이나 1년이 될지도 모른다고 했는데."

"어디에서 머물고 계셨습니까?"

"사보이 호텔에 머물렀죠"

"그분을 마지막으로 만나셨던 때가 언제였습니까?"

"3주 전인가 한 달 전쯤이었어요. 확실히는 모르겠군요."

"그분과 함께 스태벌리에 가신 적이 있습니까?"

"예! 그때 그분을 마지막으로 봤어요. 그전에 방금 런던에 도착했다면서 우리 부부를 만나고 싶다는 전화를 했더군요. 우린 그다음 주에 스코틀랜드에 갈 예정이었고, 스태벌리에 가서 싫지만 어쩔 수 없는 사람들과 점심식사를 하기로 되어 있었기 때문에 남편은 입장이 곤란했죠. 그렇지만, 남편은 카스테어즈 씨를 무척 좋아했기 때문에 그를 만나고 싶어 했어요. 그래서 내가 이렇게 말했죠. '여보, 배싱턴프렌치 부부를 만나러 갈 때 그분과 함께 갑시다. 괜찮을 거예요.' 그래서 우린 그와 함께 갔는데, 배싱턴프렌치 부부도 별로 싫어하지 않았어요."

"영국에 와서 머물게 된 이유를 말씀하시던가요?" 바비가 물었다.

"아뇨, 그럴 이유가 있었나요? 아, 예. 생각나는군요. 비극적으로 죽은 백만장자인 그분 친구와 관계있는 일이었어요. 어떤 의사가 그 친구분에게 암에 걸렸다는 말을 했다는군요. 그래서 그는 자살하고 말았어요. 의사가 그런 사실을 환자에게 그대로 말한 건 잘못한 거라고 생각지 않으세요? 또 의사가 오진하는 경우도 있잖아요. 지난번에 우리 집 주치의가 우리 딸이 홍역을 앓고 있다고 했어요. 그런데 알고 보니 땀띠였지 뭐예요. 그래서 내가 남편에게 주치의를 바꿔야겠다고 말했답니다."

리빙턴 부인의 말을 건성으로 듣고 나서 바비는 요점으로 들어갔다.

"카스테어즈 씨는 배싱턴프렌치 부부를 전부터 알고 계셨습니까?"

"천만에요. 하지만 그분은 그들 부부를 좋아했어요. 돌아오는 길에 카스테어즈 씨가 무척 침울하고 이상해 보였지만요. 뭔가 그분을 상심케 했던 것 같아요. 아시겠지만 그분은 캐나다인이잖아요. 캐나다인들은 예민하고 까다로운 것 같다고 생각해요."

"왜 상심하셨는지 그 이유를 모르십니까?"

"전혀 모르겠어요. 때로는 하찮은 일에도 상심하는 사람들이잖아요?"

"카스테어즈 씨가 혹시 그 부근을 산책하진 않았습니까?"

"아뇨. 생각할 수도 없는 일이에요."

리빙턴 부인은 눈을 동그랗게 뜨고 바비를 보았다.

그러나 바비는 다시 한 번 물었다.

"파티가 있었거나, 아니면 그 부근에 사는 누군가를 만나시진 않았습니까?"

"아니에요. 그 집 식구와 우리뿐이었어요. 그렇게 물어보니 이상한 것이 생각나는군요."

"어떤 일이었습니까?"

리빙턴 부인이 잠시 사이를 두자 바비가 조급하게 물었다.

"카스테어즈 씨가 그곳에 사는 어떤 사람에 대해 여러 가지를 묻더군요."

"그 사람 이름을 기억하십니까?"

"기억나진 않지만 뭐 특별한 사람은 아니었어요. 의사라던가—."

"니콜슨 박사라고 하던가요?" 바비가 말했다.

"그런 것 같아요. 카스테어즈 씨는 그 의사 부부에 관해 알고 싶어 했어요. 그들이 언제 그곳에 왔는자—하여간 자세히 묻더군요. 카스테어즈 씨는 호기심이 많은 분이 아닌데 그런 관심을 보인 건 참 이상한 일이었죠. 하지만 할 말이 없을 때 그저 대화를 계속하기 위해 그랬는지도 몰라요. 그럴 때가 있잖아요?"

바비는 리빙턴 부인의 말에 동조하며 어떻게 해서 니콜슨 부부가 화제에 오르게 되었는지 물었으나 리빙턴 부인은 모르겠다고 대답했다. 리빙턴 부인이 헨리 배싱턴프렌치와 정원에 있다가 집 안으로 들어갔을 때 다른 사람들이 니콜슨 부부에 관해 이야기하고 있었다는 것이었다.

이제까지는 리빙턴 부인이 의심할 겨를도 없이 쉽사리 대화가 계속되었는데 그녀가 갑자기 호기심을 나타내며 물었다.

"그런데 카스테어즈 씨에 관해서 뭘 알고 싶은 거죠?"

"주소입니다. 아시다시피 우리는 그분의 재정대리인인데 얼마 전에 뉴욕에서 중대한 연락이 왔습니다. 지금 달러 변동이 심각한 상태에 있습니다—."

리빙턴 부인은 바비가 하는 말의 의미를 이해한다는 듯 고개를 끄덕였다.

"그래서 그분과 연락을 취하려는 겁니다. 그분의 지시를 받아야 하기 때문이죠. 그런데 주소를 알리지 않고 가셨습니다. 리빙턴 씨께서 카스테어즈 씨와 친구가 되신다는 말씀을 들은 적이 있기에 혹시 그분의 근황을 아실지도 모른다고 생각했습니다."

"잘 알겠어요." 리빙턴 부인은 만족한 듯이 웃음 지었다.

"정말 유감이군요. 그분은 주소불명인 때가 잦아서요."

"예, 그렇습니다. 이젠 가봐야겠습니다. 오랜 시간 폐를 끼쳐서 죄송합니다."

"별말씀을. 돌리 맬트라버스의 이야기는 정말 흥미로웠어요—말씀하신 대로."

"전 아무 말도 안 했습니다." 바비가 말했다.

"무척 신중하시군요."라고 말하며 리빙턴 부인이 만족하게 웃음 지었다.

'자, 이제 됐군.' 바비는 타이트가를 걸어 나오며 생각했다.

'돌리 뭔가 하는 여자의 이야기는 적당히 둘러댔지만, 아마 사실이 그랬을 거야. 그 매력적이지만 멍청한 부인은 내가 카스테어즈의 주소를 알고자 했다면 전화 한 통만 해도 되었을 거라는 생각은 못 하겠지?'

부룩가로 돌아온 바비는 프랭키와 여러 각도에서 사건에 관해 이야기를 나누었다.

"카스테어즈가 배싱턴프렌치 부부에게 간 것은 단순한 우연이었던 것 같아." 프랭키가 말했다.

"나도 그렇게 생각해. 그리고, 그 집에서 우연히 니콜슨 부부에게 관심을 갖게 된 거야."

"그러니까 수수께끼의 중심인물은 로저 배싱턴프렌치가 아니라 니콜슨임이 틀림없어, 그렇지?"

"넌 계속 너의 그 영웅을 감싸 주려고 하는구나." 바비가 차갑게 말했다.

"아니야, 보이는 그대로를 얘기했을 뿐이야. 카스테어즈가 관심을 보인 건 니콜슨과 그 병원에 관해서였어. 배싱턴프렌치의 저택에 가게 된 건 우연이었어. 너도 인정해야 해."

"그런 것 같아."

"그런 것 같다니?"

"또 다른 가능성이 있기 때문이야. 어떤 경위로 리빙턴 부부가 배싱턴프렌치 부부의 집에서 점심을 들기로 한 사실을 카스테어즈가 미리 알고 있었는지도 모르거든. 사보이 호텔의 레스토랑 같은 곳에서 그 말을 무심코 듣게 되었는지도 몰라. 그래서 리빙턴에게 전화를 해서 급히 만났으면 좋겠다고 말하고, 그다음은 그가 원하는 대로 된 거야. 리빙턴 부부는 취소할 수 없는 약속이었기 때문에 카스테어즈에게 함께 가자고 제의한 거겠지. 어때, 가능한 일이잖아?"

"그랬을 수도 있겠지. 하지만 그건 너무 우회하는 방법이야."

"네가 계획했던 차 사고보다는 덜 우회적이야."

"내 사고는 적극적이고 직접적인 거였어." 프랭키가 단호하게 말했다.

바비는 마칭턴 경의 옷을 벗어 제자리에 갖다 놓았다. 그런 다음 다시 운전사복을 입고 그들은 스태벌리로 향했다.

"로저가 내게 관심이 있다면—" 프랭키가 진지한 체하며 말했다.

"내가 이렇게 일찍 돌아가면 좋아할 거야. 내가 자기 곁에서 잠시도 떨어져 있고 싶어 하지 않는다고 생각하겠지."

"너도 그 사람 곁을 떠나 있고 싶지 않은 것 같은데그래. 진짜 위험한 범죄자들은 꽤나 매력적인 사람들이라고 하더라."

"하지만 그가 범죄자라고 믿어지진 않는걸."

"그래서 아까 그렇게도 그를 감싸주었구나."

"글쎄."

"넌 내가 그 사진에 관심을 두는 걸 참지 못하는 거지?"

"젠장할, 그놈의 사진!" 프랭키가 소리쳤다.

바비는 말없이 차를 몰았다. 저택에 도착하자 프랭키는 얼른 차에서 뛰어내려 뒤도 돌아보지 않고 집 안으로 들어갔다. 바비는 차를 몰고 돌아갔다.

집 안은 무척 조용했다. 프랭키는 시계를 보았다. 두 시 반이었다.

"내가 한 시간 뒤에나 돌아올 거라고 생각하고 있겠지. 그런데 다들 어디 갔지."

프랭키는 서재 문을 열고 들어가려다 우뚝 멈추었다.

니콜슨이 실비아 배싱턴프렌치의 두 손을 잡고 소파에 앉아 있었다.

실비아가 얼른 일어나 방을 가로질러 프랭키에게 다가왔다.

"저분이 사실을 말씀해 주셨어요."

그녀는 숨이 넘어갈 듯 말하며 얼굴을 가리려는 듯이 두 손으로 얼굴을 감쌌다.

"너무 끔찍해." 그녀는 흐느끼며 프랭키 곁을 스쳐 방을 뛰어나갔다.

니콜슨이 일어섰다. 프랭키가 그에게 몇 걸음 다가갔다. 꿰뚫어보는 듯한 그의 눈초리와 마주쳤다.

"부인에겐 안됐습니다. 충격이 컸던 것 같습니다."

그가 상냥한 태도로 말했다.

그의 입술 근육이 실룩거렸다. 프랭키는 그가 재미있어하는 게 아닐까 하는 생각이 잠깐 스쳐갔다. 그러나 그건 전혀 다른 감정이라는 것이 곧 느껴졌다.

그는 화가 나 있었다. 상냥하고 부드러운 태도 뒤에 분노를 숨기고 자신을 억제하고 있었지만, 프랭키는 그것을 분명히 느낄 수 있었다. 그는 애써 감정을 억제하고 있었던 것이다.

잠시 침묵이 흘렀다.

"배싱턴프렌치 부인이 사실을 아는 것이 최선이라고 생각했습니다. 나에게 치료를 받도록 헨리를 설득했으면 좋겠군요."

"방해가 되지 않았는지 모르겠군요." 프랭키가 조용히 말했다.

"제가 너무 일찍 돌아온 것 같아요."

제18장

사진 속의 여자

숙소로 돌아온 바비는 누군가가 와서 자신을 기다리고 있다는 전갈을 듣고
반가웠다.

"어떤 여자분이세요. 애스큐 씨의 거실에서 기다리고 계십니다."

바비는 한편 약간 어리둥절했다. 올 사람이라곤 프랭키밖에 없는데 그녀가
날아오지 않았다면 도대체 어떻게 나보다 먼저 도착했을까?

그는 애스큐 씨가 사적으로 쓰고 있는 작은 거실문을 열었다. 의자에 꼿꼿
이 앉아 있는 사람은 검은 옷을 입은 가냘픈 몸매와—바로 그 사진 속의 여자
였다.

바비는 너무도 놀라운 나머지 잠시 말을 잊고 서 있었다. 그녀는 몸을 떨고
있었다. 작은 손은 의자의 팔걸이를 잡았다 놓았다 하며 떨리고 있었다. 그녀
의 몸은 말도 할 수 없을 정도로 떨고 있었지만 커다란 두 눈은 무언가 애원
하는 것 같았다.

"아니, 당신이군요."라고 말하며 바비는 문을 닫고 테이블로 다가갔다.

그녀는 말을 하지 못하고 계속해서 두 눈으로 바비를 바라보기만 했다.

드디어 그녀가 쉰 목소리로 속삭이듯 말했다.

"저, 저……, 도와준다고 하셨죠? 오지 말았어야 하는 건 아닌자—"

바비는 얼른 그녀를 안심시키며 말했다.

"별말씀을, 천만에요. 잘 오셨어요. 당연히 오셔야죠. 무슨 방법으로라도 도
와 드리겠습니다. 진정하세요. 여긴 안전합니다."

그녀의 얼굴에 화색이 돌았다. 그녀가 갑자기 말했다.

"누구신지요? 당신은—운전사가 아니군요. 내 말은 운전사인 것 같기는 하
지만 진짜 운전사는 아닌 것 같다는 뜻이에요."

바비는 두서없는 그녀의 말이 무엇을 뜻하는지 알아차리고 말했다.

"요즘에는 사람들이 여러 종류의 직업을 갖게 되죠. 저는 해군에도 있었어요. 사실은 진짜 운전사가 아닙니다. 이젠 별 상관없지만, 어쨌든 절 믿어도 됩니다. 그리고 제게 모든 걸 말씀하셔도 됩니다."

그녀의 얼굴이 더욱 발그스름해졌다.

"내가 돌았다고 생각하실 거예요." 그녀가 중얼거렸다.

"분명히 그렇게 생각하실 거예요."

"아닙니다. 아니에요."

"여기까지 찾아왔으니 그렇게 생각하실 거예요. 하지만 난 무서워요. 너무 무서워요—." 그녀의 목소리가 잦아들었다.

그녀의 눈동자는 마치 두려운 것을 보는 듯 더욱 크게 떠졌다.

바비는 그녀의 손을 힘 있게 잡았다.

"자, 이젠 괜찮아요. 잘 될 거예요. 이젠 안전합니다—여기, 친구가 있지 않습니까. 아무 일 없을 겁니다."

바비는 그녀가 자기 손을 힘 있게 마주 잡는 것을 대답이라고 느꼈다.

"전날 밤 달빛 아래 당신이 나타났을 때—."

그녀는 서두르는 목소리로 낮게 말했다.

"그건, 그건 마치 꿈같았어요. 내가 구원되는 꿈. 당신이 누군지, 어디서 왔는지도 모르지만, 나는 희망을 품게 되었고, 그래서 당신을 찾아와서 모든 걸 말하기로 했어요."

"잘 생각하셨습니다." 바비는 그녀를 격려하며 말했다.

"말씀하세요. 모든 걸 말씀하세요."

그녀가 뻗친 손을 갑자기 움츠렸다.

"말씀드리면 나를 미쳤다고 하실 거예요. 그 병원에 있는 다른 사람들처럼."

"아닙니다. 절대로 그렇게 생각하지 않을 겁니다. 정말이에요."

"아니에요. 미쳤다고 보실 거예요."

"안 그러겠어요. 어서 말해 보세요."

그녀는 바비와 더 멀리 떨어져 앉았다. 허리를 꼿꼿하게 편 채 두 눈은 앞을 직시하고 있었다.

"나는 살해당할까 두려워요."

그녀는 메마르고 쉰 목소리로 말했다. 자신을 억제하는 태도가 분명했지만 손은 계속 떨리고 있었다.

"살해당한다고요?"

"예, 미친 소리로 들리죠? 마치—피해망상증 환자같이."

"아닙니다. 전혀 그렇게 들리지 않아요. 두려워하는 것 같을 뿐입니다. 누가 왜 당신을 죽이려 하는지 말해 보세요."

그녀는 잠시 동안 말없이 손을 비틀었다 풀었다 하더니 작은 목소리로 다시 말했다.

"내 남편이."

"당신 남편이요?" 바비는 머릿속이 혼란해졌다.

"당신은 누구—?"

이번에는 그녀가 놀란 듯 그를 바라보았다.

"모르셨나요?"

"전혀 모릅니다."

"난 모이라 니콜슨이에요. 남편이 니콜슨 박사죠."

"그렇다면 당신은 그 병원의 환자가 아닙니까?"

"환자요? 아니에요, 아니에요!" 그녀의 표정이 어두워졌다.

"내가 말하는 게 환자처럼 보였나 보군요."

"아니, 그런 뜻이 아니었습니다." 바비는 열심히 그녀를 달랬다.

"솔직히 말하자면 당신이 결혼한 분이란 걸 알고 놀랐을 뿐입니다. 그것뿐이에요. 자, 말씀을 계속하세요. 남편이 당신을 죽이려고 한다는 이야기를 자세히 해보세요."

"미친 소리로 들린다는 건 알아요. 하지만 그렇지 않아요. 미친 소리가 아니에요! 남편이 나를 쳐다볼 때마다 나는 그걸 알 수 있어요. 그리고 이상한 일도 있었어요—사고였어요."

"사고라니?" 바비가 급히 물었다.

"예. 아! 내가 히스테릭하게 보인다는 건 알아요. 그리고 이야기를 꾸며낸 것 같다는 것도─."

"천만에요. 아주 이성적으로 말씀하고 있습니다. 계속하세요. 그 사고에 관해서."

"그건 단순한 사고였는지도 몰라요. 남편이 차를 후진시켰어요─내가 거기 서 있는 걸 못 보고. 나는 치일 뻔한 순간에 가까스로 피했어요. 그리고 또 한 번은 병에 뭔가가 들어 있었어요─바보 같은 생각이죠. 사람들은 실수라고 생각하는 일인데. 하지만 의도적으로 병에 뭔가를 집어넣은 거였어요. 난 알아요. 더 이상 참을 수 없어요─그 사람들이 나를 어떻게 할까 봐 지켜보는 것도, 내 목숨을 보전하려고 애쓰는 것도 이젠 지쳤어요."

그녀는 발작적으로 말을 마쳤다.

"왜 남편이 당신을 죽이려 합니까?"

바비는 분명한 대답을 듣지 못하리라 생각하며 이렇게 물었다. 그러나 그녀는 즉시 대답했다.

"남편은 실비아 배싱턴프렌치와 결혼하고 싶어 해요."

"예? 그렇지만 그녀는 이미 결혼한 여자가 아닙니까?"

"그렇죠. 그래서 남편은 일을 꾸미고 있는 거예요."

"무슨 뜻입니까?"

"잘은 모르겠지만 남편이 헨리 배싱턴프렌치를 그레인지에 환자로 데려오려고 애쓰고 있다는 건 알아요."

"그런 다음엔?"

"모르겠어요. 하지만 무슨 일이 곧 일어날 것 같아요."

그녀는 몸서리를 쳤다.

"남편은 헨리 배싱턴프렌치를 꼼짝 못하게 하고 있어요. 그게 뭔지는 모르지만."

"헨리 배싱턴프렌치는 모르핀을 상용하고 있습니다."

"그래요? 남편이 그에게 주고 있을 거예요."

"그건 우편으로 배달되고 있습니다."

"아마 내 남편 재스퍼가 직접 그 일을 하지는 않을 거예요. 남편은 빈틈없는 사람이거든요. 헨리 배싱턴프렌치는 재스퍼가 보내고 있다는 사실을 모를 거예요. 하지만 틀림없어요. 재스퍼가 그를 병원에 데려다 놓고 치료하는 것처럼 하겠죠. 그러나 그곳에 일단 들어오면—."

그녀는 말을 멈추고 다시 몸을 떨었다.

"그레인지에서는 온갖 일들이 일어나고 있어요. 무서운 일들이죠. 사람들은 낫기 위해 그곳에 오지만—낫지 않아요. 더 악화될 뿐이죠."

그녀의 말을 들으며 바비는 낯선 지옥을 흘끗 들여다본 느낌이었다. 동시에 오랫동안 모이라 니콜슨의 삶을 휘감은 공포까지 느낄 수 있었다.

"당신 남편이 배싱턴프렌치 부인과 결혼하고 싶어 한다고 말씀하셨죠?"

모이라가 고개를 끄덕였다.

"남편은 그녀에게 미쳐 있어요."

"그녀는 어떤 것 같습니까?"

"모르겠어요." 모이라가 천천히 말했다.

"확실한 단정은 내릴 수 없지만, 겉으로 보기에 실비아는 남편과 아들을 사랑하고 현재의 생활에 만족하고 있는 단순한 여자 같아요. 그러나 나는 이따금 실비아가 겉보기와는 다른 여자가 아닐까 하는 생각이 들어요. 모두가 생각하는 것과는 전혀 다른 여자가 아닐까 하는 생각이 들어요. 아마 그녀는 뭔가 속셈이 있는—아니, 이건 순전히 어리석은 내 상상일 거예요. 그레인지 같은 곳에서 살다 보면 생각이 비뚤어지고 이상한 상상을 하게 돼요."

"로저 배싱턴프렌치는 어떻습니까?"

"난 그를 잘 몰라요. 좋은 사람이라고 생각하지만 잘 속아 넘어가는 사람인 것 같아요. 내 남편에게 속고 있어요. 재스퍼는 로저에게 헨리 배싱턴프렌치를 설득해서 그레인지로 오도록 만들고 있어요. 남편은 로저가 자신도 모르게 그런 생각을 하게 만드는 거예요."

이렇게 말하며 그녀는 갑자기 몸을 내밀며 바비의 소매를 잡았다.

"헨리 배싱턴프렌치가 그레인지로 오지 못하게 하세요. 만일 그렇게 되면 불행한 일이 생길 거예요. 난 알아요."

바비는 뜻밖의 생각이 떠올라 잠시 말없이 있었다.

"니콜슨과 결혼한 지는 얼마나 됩니까?"

"1년 조금 넘었어요."

"남편을 떠날 생각은 안 해보셨나요?"

"어떻게 그럴 수 있겠어요. 나는 갈 곳도 없고 가진 돈도 없어요. 누군가가 내 사정을 이해할지라도 내가 무슨 말을 할 수 있겠어요? 내 남편이 나를 죽이려 한다는 거짓말 같은 이야기를 할까요? 누가 내 말을 믿겠어요?"

"저는 믿습니다."

바비는 뭔가 행동에 옮겨야겠다는 생각을 하며 잠시 뒤 다시 말을 계속했다.

"혹시 앨런 카스테어즈라는 사람을 알고 계십니까?"

바비는 모이라의 양 볼이 붉어지는 것을 보았다.

"그걸 왜 물어보시죠?"

"왜냐하면 제가 알아야만 하는 중요한 문제이기 때문입니다. 제 추측으로는 당신이 전부터 앨런 카스테어즈를 알고 계신 것 같더군요. 그렇지 않다면 당신이 그에게 사진을 주었을 리가 없으니까요."

모이라는 눈을 내리깔고 잠시 말이 없다가 고개를 들고 바비를 보았다.

"맞아요. 사실이에요."

"결혼 전부터 그를 알았습니까?"

"예."

"당신이 결혼한 뒤에 그가 이곳에 와서 당신을 만난 적이 있습니까?"

모이라는 잠깐 머뭇거리다가 대답했다.

"예, 한 번."

"한 달 전쯤이었죠?"

"예, 그런 것 같아요."

"당신이 여기 사는 걸 그가 어떻게 알았습니까?"

"나도 모르겠어요. 말한 적도 없고, 또 결혼한 뒤에 그에게 편지한 적도 없거든요."

"그가 이곳까지 당신을 찾아온 사실을 당신 남편이 알고 있습니까?"

"아뇨."

"당신은 그렇게 생각하시겠지만 남편은 전부 알고 있을지도 모릅니다."

"그럴지도 모르죠. 하지만 아무 말도 없더군요."

"앨런 카스테어즈라는 분에게 남편에 관해 이야기했나요? 남편이 두렵다는 말씀을 했습니까?"

모이라는 고개를 저었다.

"그때는 남편의 속셈을 몰랐어요."

"하지만 당신은 자신이 불행하다고 느끼고 계셨지요?"

"예."

"카스테어즈 씨에게 그런 말을 했나요?"

"아뇨, 내 결혼생활이 행복하지 않다는 걸 나타내지 않으려고 애썼어요."

"그러나 카스테어즈 씨는 느끼고 있었는지도 모르죠."

바비가 조용히 말했다.

"그랬을지도 몰라요." 모이라도 낮은 목소리로 말했다.

"혹사—뭐라고 표현해야 할지 모르지만, 카스테어즈 씨가 당신 남편의 어떤 점에 관해 알고 있다고는 생각되지 않습니까? 예를 들자면 그 병원이 겉으로 보기와는 전혀 다른 곳이라는 것을 눈치채고 있었다든가."

모이라는 양미간을 찌푸리며 기억을 더듬는 것 같았다.

"그럴지도 모르겠어요. 이상한 걸 몇 가지 묻더군요. 하지만—아니에요. 앨런이 뭔가 알고 있었다고는 생각되지 않아요."

바비는 잠시 침묵한 뒤 다시 물었다.

"당신 남편은 질투가 많은 사람인가요?"

놀랍게도 모이라는 선뜻 대답했다.

"예, 질투심이 무척 많아요."

"당신에 대해서도 그렇습니까?"

"사랑하지도 않는 사람 때문에 질투를 느끼는지 묻는 건가요? 예, 그래요. 무엇에나 그래요. 나는 그 사람의 소유물에 불과해요. 남편은 무서운—아주 무서운 남자예요."

모이라는 진저리를 쳤다. 그러더니 갑자기 물었다.

"당신은 혹시 경찰과 관계된 사람은 아닌가요?"

"아니, 아니에요."

"혹시나 했어요. 내 말은—."

바비는 입고 있는 운전사복을 내려다보았다.

"사정을 이야기하자면 길어집니다."

"당신은 레이디 프랜시스 더웬트의 운전사죠. 여관 주인이 그러더군요. 저번 날 저녁식사 때 그 아가씨를 만났어요."

"알고 있습니다. 그녀를 만나야 할 것 같군요. 제가 연락하는 건 쉽지 않습니다. 당신이 프랭키에게 전화해서 밖에 어디선가 만나자고 말씀하실 수 있겠습니까?"

"예, 그러죠." 모이라가 천천히 대답했다.

"이상하게 생각되시겠지만 조금 뒤에 제 설명을 들으면 이해하실 겁니다. 될수록 빨리 프랭키를 만나야 합니다."

모이라가 일어났다.

"잘 알았어요." 그녀는 문손잡이를 잡고 머뭇거렸다.

"앨런—." 모이라가 말했다.

"앨런 카스테어즈를 만났다고 했나요?"

"예, 만났습니다. 하지만 최근에 만난 건 아닙니다."라고 말하며 바비는 움찔 놀랐다.

'저 여자는 그가 죽었다는 사실을 아직 모르고 있지…….'

"레이디 프랜시스에게 전화를 건 다음 제가 전부 이야기해 드리겠습니다."

제19장

세 사람의 모임

모이라는 몇 분 뒤에 돌아왔다.

"그 아가씨와 통화했어요. 강가에 있는 조그만 여름 오두막에서 만나기로 했어요. 무척 놀라는 것 같았지만 오겠다고 하더군요."

"됐습니다. 만날 장소가 어디쯤입니까?"

모이라가 자세하게 설명해 주었다.

"알겠습니다. 먼저 가시죠. 제가 곧 뒤따라가겠습니다."

모이라가 떠난 뒤 바비는 애스큐 씨와 잠시 이야기를 나누었다.

"별일도 다 있죠." 바비는 아무렇지도 않게 말했다.

"저, 니콜슨 부인의 아저씨 밑에서 일한 적이 있었거든요. 캐나다 신사분이었어요."

모이라가 바비를 찾아온 것은 분명히 이야깃거리가 될 것이다. 그렇게 되면 필시 니콜슨의 귀에도 전해질 것이다.

"그랬군요. 난 또 무슨 일인가 했습니다."

애스큐 씨가 알겠다는 듯 말했다.

"예, 부인께서 저를 알아보시고는 제가 지금 무슨 일을 하고 있는지 궁금해서 여기까지 오셨더군요. 아주 상냥하고 친절한 분이시죠."

"정말 좋은 분이에요. 그레인지 같은 곳에서 생활하실 분이 아닌데."

"저도 그렇게 생각합니다." 바비가 맞장구를 쳤다.

그럴 듯하게 해냈다고 생각한 바비는 밖으로 나와 모이라가 가르쳐 준 방향으로 천천히 걸어갔다.

모이라는 기다리고 있었고 프랭키는 아직 도착하지 않았다.

모이라는 뭐가 뭔지 모르겠다는 표정이었다. 바비는 전부 설명하자면 꽤 힘

들겠다고 느꼈다.

"당신에게 이야기할 것이 무척 많습니다."

"그래요?"

"처음부터 말하자면, 저는 사실 운전사가 아닙니다. 런던에 있는 자동차 수리공장에서 일하고 있죠. 제 이름은 호킨스가 아니라 존스, 바비 존스입니다. 웨일스의 마치볼트에서 왔습니다."

모이라는 주의 깊게 듣고 있었다. 그러나 마치볼트라는 말에도 아무런 표정의 변화가 없었다. 그것을 눈여겨본 바비는 마음의 결정을 내리고 자초지종을 설명하기 시작했다.

"저, 충격을 받으실 것 같아서 이 말을 해야 할지. 하지만 아셔야겠죠. 앨런 카스테어즈라는 분은 돌아가셨습니다."

바비는 그녀가 깜짝 놀라는 모습을 차마 볼 수 없어서 시선을 얼른 다른 곳으로 옮겼다. 상심하는 걸까? 그를 사랑했던 것일까?

잠깐 아무 말도 하지 않던 모이라는 생각에 잠긴 낮은 목소리로 말했다.

"그래서 다시 찾아오지 않았군요. 어쩐지 이상하다 했어요."

바비는 용기를 내서 흘끗 그녀를 바라보았다. 슬픈 표정이었다―그러나 그게 전부였다.

"어떻게 된 일인지 말해 주세요."

"카스테어즈 씨는 마치볼트의 절벽에서 떨어졌습니다. 함께 있던 의사와 내가 우연히 그걸 목격했지요. 그런데 그 사람 주머니에 당신의 사진이 들어 있더군요."

"그랬어요?" 모이라는 약간 슬픈 미소를 지었다.

"앨런, 그는 참 진실한 사람이었어요."

잠시 뒤 그녀가 다시 말했다.

"그 일이 언제 일어났죠?"

"약 한 달 전이었습니다. 정확히 10월 3일이었죠."

"그렇다면 이곳에 다녀간 직후였군요."

"예, 웨일스로 간다는 말을 하시던가요?"

모이라가 고개를 저었다.

"혹시 에반스라는 사람을 알고 있습니까?" 바비가 물었다.

"에반스?" 모이라는 잠깐 생각하더니, "잘 모르겠어요. 아주 흔한 이름인데. 하지만 그런 이름을 가진 사람은 몰라요. 그 사람이 누구죠?"라고 물었다.

"우리도 그걸 모르겠어요. 아! 저기 프랭키가 오는군요."

프랭키가 오솔길을 따라 바삐 걸어왔다. 바비와 니콜슨 부인이 함께 앉아 이야기하는 것을 보고 알 수 없다는 표정을 지었다.

"어서 와, 프랭키. 만나서 해야 할 말이 있었거든. 우선, 내가 본 사진의 주인공이 바로 니콜슨 부인이라는 말부터."

"어머!"

프랭키가 깜짝 놀라며 소리쳤다. 그리고 모이라를 쳐다보며 갑자기 웃음을 터뜨렸다.

"세상에 이럴 수가. 검시 심문 때 네가 케이먼 부인을 보고 왜 그렇게 충격을 받았는지 이제야 알겠구나!"

"맞았어."

무척이나 멍청했지. 세월이 아무리 흘렀다 해도 모이라 니콜슨이 어떻게 아밀리아 케이먼 같은 여자가 되었다고 생각할 수 있었는지.

모이라는 어리둥절한 표정으로 그들을 번갈아 쳐다보았다.

"그럴 이유가 있어요. 할 말이 너무 많아서 무슨 말부터 해야 할지 모르겠군요."

바비는 우선 케이먼 부부와 시체 확인에 대해 이야기했다.

"그래도 잘 모르겠군요." 모이라는 계속 어리둥절하고 있었다.

"그건 누구 시체였나요? 케이먼의 오빠였나요, 아니면 앨런 카스테어즈였나요?"

"그게 바로 사건의 시작입니다." 바비가 말했다.

"그러고 나서—." 프랭키가 말했다.

"바비가 극약을 먹게 되었죠."

"0.5g의 모르핀이었어요." 바비가 지난 일을 생각하는 표정으로 말했다.

"그런 식으로 설명하면 안 돼. 너는 한 가지 일을 너무 장황하게 설명해서 듣는 사람이 지루해질 거야. 내가 말할게."

프랭키가 깊은숨을 쉬고 이야기를 시작했다.

"이렇게 된 거예요. 케이먼 부부라는 사람들이 검시 심문이 끝난 뒤 바비를 찾아와서 자기 오빠가 죽기 전에 남긴 말이 없었는지 물었어요. 바비는 그때 아무 말도 없었다고 대답했지요. 그런데 나중에 바비는 그가 죽기 전에 에반스라는 사람과 관련된 무슨 말을 했었다는 사실이 생각났죠. 그래서 케이먼 부부에게 사실대로 편지를 써서 보냈어요. 그리고 며칠이 지나서 페루인가 어디서 바비에게 일자리를 제공하겠다는 편지가 왔는데, 바비가 거절하자 누군가 바비에게 모르핀을 마시게 한 거예요—."

"0.5g이었어." 바비가 끼어들었다.

"바비가 마신 맥주에 넣었던 거예요. 그러나 천만다행으로 바비는 죽지 않았죠. 그때 우리는 프리처드—아니, 카스테어즈는 살해되었다고 믿게 되었어요."

"왜 그랬을까요?" 모이라가 물었다.

"모르겠어요? 이유는 분명해요. 내 설명이 충분하지 못 했던 것 같군요. 어쨌든 우리는 그가 살해되었다고 생각하게 되었고, 로저 배싱턴프렌치가 그랬을 거라고 단정 짓게 되었어요."

"로저 배싱턴프렌치가?" 모이라는 무척 재미있다는 듯이 말했다.

"예, 우린 그렇게 생각하고 있어요. 왜냐하면 로저는 사건이 나던 날 그곳에 있었고, 또한 당신 사진이 사라졌기 때문이에요. 그 사진을 가져갈 사람은 로저밖에 없거든요."

"알겠어요." 모이라가 말했다.

"그런 다음—." 프랭키가 계속했다.

"나는 우연히 이곳에서 사고를 당하게 되었어요. 기가 막힌 우연이죠?"

프랭키는 바비에게 눈짓을 보내며 말했다.

"그래서 나는 바비에게 전화를 해서 내 운전사로 가장하고 이곳에 와서 사건을 해결하기로 했던 거예요."

"이제 이해하시겠죠?"

바비도 프랭키의 한 가지 거짓말을 용납하는 눈짓을 보내며 말했다.

"그리고 마지막 클라이맥스는 어젯밤 내가 그레인지를 살피다가 사진의 주인공인 당신을 만나게 된 것이죠."

"당신은 나를 금방 알아봤군요."

모이라는 보일 듯 말듯 미소를 지으며 말했다.

"예, 어디서라도 금방 알아봤을 겁니다."

모이라는 특별한 이유도 없이 얼굴을 약간 붉혔다.

그러더니 갑자기 두 사람을 번갈아 보며 물었다.

"지금까지 한 이야기가 사실인가요? 정말 우연히 이곳에 오게 되었나요? 아니면―." 그녀의 목소리는 떨리고 있었다.

"내 남편에 대해 어떤 의심을 하고 있었기 때문에 온 건 아닌가요?"

바비와 프랭키는 서로 마주 보았다.

"우리가 말한 것이 진실이라고 맹세합니다. 여기에 오기 전까지 당신 남편에 관해서는 전혀 들은 적도 없었다는 것도 맹세할 수 있어요."

바비가 진지하게 말했다.

"아, 알겠어요." 모이라는 프랭키를 보았다.

"미안해요, 레이디 프랜시스 하지만, 요전 날 저녁식사 때를 기억하시죠. 내 남편 재스퍼가 당신의 사고에 관해서 꼬치꼬치 캐물었죠. 난 그 이유를 모르겠어요. 그런데 이제 와서 생각하니 남편은 그 사고가 우연히 일어난 게 아니라고 생각했던 것 같아요."

"그렇다면 사실대로 말해야겠군요. 우연한 사고가 아니었어요."

프랭키가 말했다.

"휴우, 이제야 속이 후련하네요! 그 사고는 아주 치밀하게 계획된 것이었어요. 그렇지만 당신 남편과는 아무 상관도 없어요. 로저 배싱턴프렌치 때문에 꾸민 일이었거든요."

"로저 때문에?" 모이라는 이유를 모르겠다는 듯 양미간을 모으며 말했다.

"뭔가 잘못 생각하는 것 같은데요."

"아닙니다. 드러난 사실은 어디까지나 사실인걸요." 바비가 말했다.

"로저는……, 그럴 리가 없어요." 모이라가 고개를 저으며 말했다.

"로저는 성격이 약하거나 엉뚱한 사람일 수는 있어요. 혹은 빚을 진다거나 스캔들을 일으킬 사람일 수는 있지만—절벽에서 사람을 밀어뜨린다는 건, 나로선 상상할 수도 없어요."

"나도 그렇게 생각해요." 프랭키가 말했다.

"그렇지만 로저가 사진을 가져간 건 분명해요."

바비가 강경하게 말했다. 그리고 그때의 상황을 자세하게 설명했다.

모이라는 이해가 된다는 듯 고개를 끄덕였다.

"무슨 뜻인지 알았어요. 정말 이상한 일이군요."

모이라는 잠시 뒤에 예기치도 못한 말을 했다.

"그렇다면 로저에게 직접 물어보면 되잖아요?"

제20장

두 사람의 모임

대담할 정도로 순진한 모이라의 물음에 바비와 프랭키는 할 말을 잊고 멍하니 있었다.

잠시 뒤 그들은 동시에 입을 열었다.

프랭키가, "그럴 수는 없어요."라고 말하는 동시에, "그건 불가능해요."라고 바비도 말했던 것이다.

그리고 다시 말을 잇지 못하고 있자 모이라가 말했다.

"알아요. 무슨 뜻인지 알겠어요. 로저가 사진을 가져간 것은 틀림없는 것 같군요. 그렇지만 그가 앨런을 절벽에서 밀었다는 생각은 도저히 할 수가 없어요. 그럴 이유가 없잖아요? 로저는 앨런을 알지도 못해요. 점심식사 때 단 한 번 만났을 뿐인걸요. 서로 모르는 사이예요. 동기가 없어요."

"그렇다면 누가 그를 밀었을까요?" 프랭키가 말했다.

"모르겠어요." 모이라가 거북한 듯 말했다.

"프랭키에게 당신에 관해서 말해도 될까요? 당신이 두려워하는 것에 대해서요."

모이라는 고개를 돌리며 말했다.

"원한다면. 하지만 너무 멜로드라마 같고 히스테릭한 이야기라서. 지금은 나 자신도 못 믿겠는걸요."

사실 그 이야기가 바비의 입을 통해 나오자 영국 교외의 확 트인 분위기에서는 무척 비현실적으로 들렸다.

모이라는 갑자기 서둘러 일어났다.

"내가 어리석었나 봐요." 그녀의 입술이 떨리고 있었다.

"내가 한 말에 관심 두지 말아요. 신경과민일 뿐이에요. 이젠 가야겠어요."

모이라는 재빨리 걸어갔다.

바비가 얼른 일어나 그녀를 뒤쫓아 가려고 하자 프랭키가 그를 잡았다.

"여기 있어, 바보야. 내가 알아서 할 테니까."

프랭키가 빠른 걸음으로 모이라를 쫓아갔다.

얼마 뒤에 돌아오자 바비가 조바심을 내며 물었다.

"어떻게 됐어?"

"잘 됐어. 진정시켰어. 제삼자에게 개인적인 두려움을 내보였다는 사실이 참기 어려웠던 거야. 우리 셋이 곧 다시 만나자는 약속을 했어. 그녀가 갔으니까 이제 자세히 말해봐."

바비의 말을 열심히 듣고 난 프랭키는 결론짓듯 이렇게 말했다.

"그건 두 가지 사실과 들어맞는 거야. 첫째, 조금 전에 니콜슨이 실비아의 양손을 꼭 잡고 있는 걸 봤어. 그런데 그가 나를 노려보지 않겠니? 시선이 사람을 죽일 수 있다면 니콜슨의 눈초리는 나를 시체로 만들었을 거야."

"두 번째는?"

"우연히 알게 된 건데, 실비아 말로는 그 집에 왔던 어떤 낯선 남자가 모이라의 사진을 보고 무척 놀라더라는 거야. 그가 카스테어즈임이 분명해. 그는 사진 속의 여자를 알아봤던 거야. 배싱턴프렌치 부인이 그 사진은 니콜슨 부인이라고 말했다는데, 그래서 카스테어즈는 모이라를 찾아갔던 거야. 그런데, 바비, 난 아직 니콜슨이 이 사건과 어떤 관련이 있는지 모르겠어. 왜 그는 카스테어즈가 없어지기를 바랐을까?"

"너는 범인이 로저가 아니라 니콜슨이라고 생각하는 거니? 니콜슨과 로저가 같은 날 마치볼트에 있었다면 그건 너무도 우연한 일이야."

"하지만 우연은 일어나고 있어. 그러나 범인이 니콜슨이라 단정해도 역시 동기를 알 수 없어. 카스테어즈가 니콜슨을 마약밀매단의 두목으로 보고 뒤쫓고 있었던 걸까? 아니면 너의 새로운 여자친구 모이라가 살해 동기였을까?"

"두 가지 전부일지도 모르지. 니콜슨이 카스테어즈와 자기 아내가 만났다는 사실을 알았을지도 모르고, 아내가 자기를 배반했다고 생각했는지도 몰라."

"그럴 수도 있어. 그러나 우리는 우선 로저 배싱턴프렌치의 혐의에 대해 확실히 해야 해. 그에게 혐의를 둘 만한 일은 사진에 관한 것뿐이야. 그 문제를 그가 분명히 밝히기만 한다면—."

"너, 로저에게 직접 물어볼 작정이니? 그게 현명하다고 생각해? 만일 우리가 생각했던 대로 로저가 사건에 관련되어 있다면 넌 그에게 우리의 정체를 밝히는 거나 마찬가지야."

"아니야—그렇게 직접적인 방법을 사용하지는 않겠어. 어쨌든 로저는 다른 점에서는 혐의가 없어. 우린 그가 무척 지능적인 악당이라고 추측했는데. 만일 그가 결백하다고 생각해 봐. 만일 그가 사진에 대해 해명할 수 있고(그가 해명할 때 잘 살펴봐야겠어), 전혀 망설임이나 숨김이 없이 말한다면, 즉 이해할 만한 이야기를 한다면 그때부터 그는 우리 편이 되는 거야."

"무슨 뜻이지?"

"생각해 봐. 모이라는 과장하기 좋아하는 심리적 허풍선이일 수도 있어. 그러나 그녀가 한 말이 분명한 사실이라고 가정하면 니콜슨은 그녀를 없애고 실비아와 결혼하려고 하겠지. 그러면 헨리 배싱턴프렌치도 역시 무서운 위험에 처하게 되는 거야. 우린 어떻게 해서라도 헨리를 그레인지로 가지 못하게 막아야 해. 그리고 그렇게 생각한다면 로저는 현재 니콜슨 편이야."

"좋아, 프랭키. 네 생각대로 해봐." 바비가 침착하게 말했다.

프랭키는 가기 전에 잠깐 머뭇거렸다.

"이상하지 않니? 우린 마치 책의 앞장과 맨 뒷장 사이에 있는 것 같아. 누군가의 이야기 속에 끼어든 것 같단 말이야. 어쩐지 묘한 기분이 들어."

"그 기분 알겠어. 나도 뭔가 느껴지는 게 있어. 책보다는 연극에 비유하면 어떨까. 우린 2막이 진행되는 가운데 무대에 등장했지만 사실 우리가 맡은 역할은 없는 거야. 그래도 뭔가 하는 체해야 해. 그리고 무엇보다도 난감한 일은 우리가 1막의 내용을 하나도 모른다는 거야."

프랭키가 고개를 끄덕였다.

"난 2막이라기보다는 3막인 것 같이 느껴져. 바비, 우린 먼 길을 돌아가야 하는 게 분명해……그것도 빨리 돌아갔다 와야 해. 왜냐하면 막이 내릴 때가 가까워진 것 같기 때문이야."

"시체가 여기저기 널려 있고, 우리를 이 쇼에 끌어넣은 건 평범한 다섯 마디의 말—우리가 아는 한 아무 의미도 없는 말이었지."

"'왜 그들은 에반스를 부르지 않았을까?' 정말 이상하지, 바비. 우린 점점 많은 걸 알게 되고 더 많은 사람이 등장하는데도 불가사의한 에반스에게는 접근조차 못 하고 있으니."

"내 느낌에 에반스는 중요치 않은 인물인 것 같아. 그가 시발점은 되었지만 아마 진짜 중요한 부분을 차지하고 있는 사람은 아닐 거야. 마치 웰즈(1866~1946, 영국의 소설가)의 소설처럼. 어떤 왕자가 사랑했던 연인의 무덤 주변에 굉장히 멋있는 사원을 지었는데 그것이 다 완성되고 나서 보니 한 가지 작은 것이 눈에 거슬렸어. 그래서 왕자는 그걸 없애라고 했지. 그런데 그건 바로 자기 연인의 무덤이었던 거야."

"에반스라는 사람이 존재하지 않는 게 아닐까 하는 생각도 들어."

이렇게 말하며 프랭키는 바비와 헤어져 저택으로 돌아갔다.

제21장

로저의 대답

　운명의 도움이 있었는지 프랭키는 저택에서 멀지 않은 곳에서 로저를 만날
수 있었다.

　"런던에서 일찍 돌아왔군요."

　"런던에 오래 머물고 싶지 않았어요."

　"아직 집 안에 안 들어갔습니까?"라고 묻는 로저의 얼굴은 침울해 보였다.

　"니콜슨 박사가 형님에 관한 이야기를 형수님께 사실대로 말했어요. 형수님
은 어찌할 바를 모르고 있죠. 전혀 눈치채지 못했던 것 같아요."

　"알고 있어요. 제가 들어갔을 때 두 분이 서재에 함께 계시더군요. 무척 놀
란 것 같았어요."

　"형님은 완쾌되어야 해요. 아직 심각한 정도로 중독된 건 아니에요. 오랫동
안 상용해 온 것도 아니거든요. 형님은 형수님과 토미를 위해서도 반드시 치
유되어야 합니다. 형님도 그 점을 잘 알고 있어요. 니콜슨 박사는 형님을 도와
줄 가장 적당한 사람이에요. 니콜슨 박사가 오랫동안 그 끔찍한 약물의 노예
가 된 몇몇 환자들을 성공적으로 치료했다는 말을 내게 하더군요. 형님이 그
레인지에 가겠다고 허락하기만 하면—."

　"저, 물어보고 싶은 게 한 가지 있어요. 너무 무례하다고 생각지는 말아 주
세요."

　"뭔데요?"

　"그 남자—마치볼트의 절벽에서 떨어져 죽은 남자의 주머니에서 사진을 꺼
내 가졌는지 물어본다면 대답해 주시겠어요?"

　프랭키는 로저의 표정을 유심히 살피며 말했다. 안심할 수 있는 표정이었다.
로저는 당황하고 난처한 것 같은 표정이었다. 그러나 죄를 지은 사람의 허

둥거리고 놀라는 태도는 아니었다.

"아니, 어떻게 그런 생각을 하게 됐습니까? 모이라가 그러던가요—하지만 모이라도 모르는 일인데."

"그러니까 사실이군요?"

"예, 인정할 수밖에 없군요."

"왜 그랬죠?"

로저는 다시 당황해 하는 것 같았다.

"내 입장을 생각해 보세요. 시체를 지키고 앉아 있는데 그 사람 주머니에서 뭔가 삐져나오더군요. 그래서 들여다보았더니 놀랍게도 내가 아는 여자, 그 것도 결혼한 여자의 사진이지 뭡니까. 내가 알기에 그녀의 결혼생활은 별로 행복하지 않은 것 같은데, 그러니 어떤 일이 벌어지겠어요? 검시 심문과 세상에 알려지는 것, 그 불행한 여자의 이름이 신문에 오르락내리락하겠죠. 그런 생각이 들자 나는 거의 반사적으로 사진을 찢어 버리고 말았어요. 내 행동은 잘못된 것이었죠. 그러나 모이라 니콜슨은 참 좋은 여자예요. 난 그녀가 곤란에 빠지는 걸 원치 않았거든요."

프랭키는 안도의 숨을 내쉬었다.

"그랬었군요. 만일 당신이 사실을 안다면—."

"어떤 사실입니까?"

"지금 당장은 무슨 말을 해야 할지 모르겠어요. 나중에 말씀드리죠. 좀 복잡해요. 당신이 사진을 처리한 이유를 잘 알겠어요. 그런데 죽은 남자가 누구라는 사실을 말하지 않은 이유라도 있나요? 그가 누구라는 걸 경찰에게 말하면 안 될 이유는 뭐였나요?"

"그가 누군지 안다고요?" 로저는 놀라며 물었다.

"내가 어떻게 알겠어요. 난 그 사람을 모릅니다."

"당신은 이곳에서 그를 만난 적이 있잖아요—바로 그 1주일 전에."

"아니, 도대체 무슨 말입니까?"

"앨런 카스테어즈, 당신은 앨런 카스테어즈를 만났었잖아요?"

"그렇죠. 리빙턴 부부와 같이 왔었죠. 그렇지만 죽은 남자는 앨런 카스테어즈가 아니잖아요?"

"아니요, 그 사람이에요."

그들은 얼굴을 마주 보았다.

프랭키는 다시 의심하는 듯 물었다.

"당신은 죽은 사람이 누군지 알았을 텐데요?"

"난 그 사람 얼굴도 못 봤는걸요."

"뭐라고요?"

"그 사람 얼굴은 손수건으로 덮여 있었거든요."

프랭키는 로저의 얼굴을 응시했다. 갑자기 죽은 사람의 얼굴을 손수건으로 덮어 주었다는 바비의 말이 생각났다.

"얼굴을 볼 생각도 안 했나요?"

"아뇨, 그럴 필요가 있습니까?"

'물론이지. 만일 내가 그런 입장에 처했다면 난 그 사람 얼굴을 살펴봤을 텐데. 남자들이란 참 호기심도 없는가 보군!' 프랭키가 속으로 생각했다.

"안됐어요."

"누구 말입니까―모이라 니콜슨? 왜 그렇게 생각하죠?" 로저가 물었다.

"모이라는 겁에 질려 있어요."

"언제나 반쯤 겁에 질린 것 같더군요. 뭘 두려워하는지 압니까?"

"남편을 겁내고 있어요."

"하긴 나도 그를 이유없이 싫어합니다만."

"모이라는 남편이 자기를 죽이려 한다고 믿고 있어요."

"그럴 리가!"

로저는 도저히 믿지 못하겠다는 얼굴로 프랭키를 쳐다보았다.

"여기 앉으세요. 전부 말씀드리죠. 니콜슨이 위험한 범죄자라는 사실을 증명해 드리겠어요."

"범죄자?" 로저는 믿기지 않는다는 어조였다.

"들어보세요."

프랭키는 바비와 토머스 박사가 절벽 아래에서 시체를 발견한 이래 있었던 일들을 간단명료하게 설명했다. 그러나 사건의 진상을 밝히려는 자신의 강한 호기심 때문에 메로웨이 코트 저택에 계속 머물고 있다는 말은 했지만, 그녀의 자동차 사고가 계획된 것이었다는 말은 하지 않았다.

로저는 무척 흥미로운 듯 프랭키의 이야기에 완전히 빠져 있는 것 같았다.

"그게 전부 사실입니까? 존스가 독약을 마시게 되었다는 것도 정말입니까?"

"예, 하늘에 대고 맹세할 수도 있어요."

"의심을 해서 미안합니다. 그러나 어딘지 사실 같지 않은 부분이 있는 것 같은데요?" 로저는 잠시 뭔가 생각하는 듯했다.

"어떤 부분은 무척 비현실적으로 느껴지는군요. 당신의 첫 번째 추리는 맞다고 생각됩니다. 알렉스 프리처드, 혹은 앨런 카스테어즈라는 남자는 살해된 게 분명해요. 그렇지 않다면 존스가 공격당할 이유가 없으니까. 하지만, '왜 그들은 에반스를 부르지 않았을까?'라는 말이 이 사건의 중요한 실마리인지 아닌지는 별문제가 아닌 것 같습니다. 왜냐하면 에반스가 누군지, 또는 그가 어떤 일로 누군가의 부름을 받았는지에 관해서는 당신은 아무 단서도 갖고 있지 않으니까요. 존스가 뭔가를 알고 있건 아니건 간에 범인들은 그들에게 치명적인 어떤 사실을 존스가 알고 있다고 여긴다는 가정을 해봅시다. 그렇다면 그들은 존스를 없애려 했을 것이고, 존스의 뒤를 쫓고 있다면 또다시 기회를 노릴 겁니다. 이 부분까지는 이해가 되지만 나는 당신이 왜 니콜슨을 범인으로 생각하게 되었는지 그 이유를 모르겠군요."

"니콜슨은 무슨 음모를 꾸미고 있는 사람 같거든요. 그리고 짙은 청색 톨버트를 갖고 있고, 바비가 모르핀을 마신 날 이곳에 없었기 때문이에요."

"그건 타당한 증거로서는 불충분합니다."

"그리고 니콜슨 부인이 바비에게 이런 이야기를 했어요."

프랭키는 모이라의 두려움에 대해 말했다. 그 이야기는 평화로운 영국의 전원을 배경으로 다시 한 번 멜로드라마 같고 비현실적으로 들렸다.

로저는 어깨를 으쓱했다.

"모이라는 니콜슨이 우리 형님에게 마약을 보낸다고 생각하지만 그건 억측이에요. 아무런 증거가 없잖아요. 또, 니콜슨이 형님을 그레인지에 오도록 유도한다는 것도 의사인 니콜슨의 입장에서 보면 지극히 자연스러운 일 아닐까요? 의사란 되도록 많은 환자를 원하게 마련이니까 말입니다. 그러나, 니콜슨이 형수님을 사랑하는지에 관해서는 뭐라 말할 수 없군요."

"모이라가 그렇게 느낀다면 그건 사실일 거예요. 여자들은 남편의 감정을 직감적으로 느끼니까요."

"그렇다고 하더라도 니콜슨을 위험인물로 단정할 수는 없죠. 신망받는 많은 남자가 유부녀와 사랑에 빠지는 일은 허다하니까요."

"그러나 모이라는 남편이 자기를 죽일 거라고 믿고 있어요."

프랭키가 계속 주장했다.

로저는 프랭키를 바라보며 놀리듯 말했다.

"그걸 심각하게 받아들입니까?"

"어쨌든 모이라가 그렇게 믿고 있는 걸요."

로저는 고개를 끄덕이며 담배를 피워 물었다.

"문제는 모이라의 그런 믿음에 어느 정도 비중을 두는가에 달려 있습니다. 그레인지는 이상한 환자들이 있는 오싹한 기분이 드는 곳입니다. 그런 곳에서 살다 보면 여자들은 심리적 균형을 잃는 수가 많아요. 특히 모이라가 신경이 예민한 여자라면 더욱 심하겠죠."

"그러니까 믿지 않는다는 말이군요?"

"그렇게 말하진 않았어요. 모이라는 분명히 남편이 자기를 죽일 거라고 믿고 있겠지요. 하지만 그 믿음을 뒷받침할만한 근거가 있습니까?"

프랭키는 모이라가, "신경과민일 뿐이에요."라고 말했던 것이 생각났다. 프랭키에게는 모이라가 단순히 그렇게 말했다는 것이 오히려 신경과민이 아니라는 사실을 나타내는 것 같았다. 프랭키는 자신의 이러한 생각을 로저에게 설명하기란 쉽지 않다고 느꼈다.

로저가 말을 계속했다.

"만일 사건이 발생한 그날 니콜슨이 마치볼트에 있었다는 걸 알아내거나, 니콜슨이 카스테어즈를 없애야만 했던 확실한 동기를 알아낸다면 상황은 달라지겠죠. 그런데 내가 보기에 당신은 정말 의심해야 할 한 가지 사실을 간과하는 것 같군요."

"그게 뭐죠?"

"누구라고 했죠—헤이먼 부부?"

"아뇨, 케이먼 부부예요."

"바로 그겁니다. 그들이 사건과 깊은 관련이 있다는 것은 의심의 여지가 없어요. 우선, 시체의 신원을 거짓으로 확인했다는 겁니다. 그리고 그가 죽기 전에 무슨 말을 했는지 그 점에 대해 집요한 관심을 보였다는 점입니다. 또 부에노스아이레스에 일자리를 제공한 것도 케이먼 부부가 계획했을 거라는 당신의 가정도 논리에 맞습니다."

"뭔가 알고 있기 때문에 위험에 빠지고, 또 거기서 벗어나려고 무진 애를 쓰고, 자기가 알고 있는 그 무엇인가를 사실 자기 자신은 모르고 있고—이건 참 난감한 일이에요. 다섯 마디 말 때문에 사건에 얽혀들고 말았어요."

"그렇군요. 내가 보기에 그건 그들의 실수인 것 같아요. 그 실수를 없었던 것으로 무마시키려고 범인들은 지금 시간과 정력을 쏟는 겁니다."

로저가 무뚝뚝하게 말했다.

"지금까지 나는 케이먼 부인의 사진이 모이라 니콜슨의 사진과 바꿔치기 된 것으로 생각했어요."

"케이먼 부인은 어쩐지 호감을 주는 여자가 아닌 모양이군요."

로저가 진지하게 말했다.

"예, 대담하고 뻔뻔스럽고 저속해 보였어요. 그런데 문제는 카스테어즈가 니콜슨 부인의 사진과 함께 케이먼 부인의 사진도 지니고 있었다는 거예요."

로저가 고개를 끄덕였다.

"그러니까 당신 생각은—"

"내 생각엔 하나는 사랑 때문이고, 다른 하나는 일 때문이었던 것 같아요. 카스테어즈는 어떤 이유가 있어서 케이먼의 사진을 가지고 다녔겠죠. 아마 누군가에게 확인받을 작정이었는지도 몰라요. 그런데 누군가가—아마 케이먼이란 남자가 카스테어즈를 미행하고 있다가 기회를 포착하고 안갯속에서 그에게 다가가 살해한 거예요. 카스테어즈는 비명을 지르며 떨어졌고 케이먼은 재빨리 사라졌지요. 그는 주변에 누가 있는지 미처 몰랐겠죠. 아마 카스테어즈가 사진을 지니고 있었다는 사실도 몰랐을 거예요. 그런데 사진이 신문에 실렸던 거지요ㅡ."

"케이먼은 소스라치게 놀랐겠군요."

"그렇죠. 그러니 어떻게 했겠어요? 대담하게 위험을 무릅쓰고 맞부딪쳐야 했던 거죠. 누가 카스테어즈를 알아보겠는가? 영국 내에는 그럴 사람이 거의 없으니까요. 그래서 케이먼 부인이 악어눈물을 흘리며 죽은 남자가 자기 오빠라고 거짓말을 했겠죠. 또 도보여행이라는 꾸며낸 이야기를 뒷받침하려고 소포꾸러미를 부치는 속임수도 썼던 거죠."

프랭키가 말을 마치자 로저는 감탄과 존경의 어조로 말했다.

"프랭키, 당신은 무척 명석한 두뇌를 가졌군요."

"저도 그렇게 생각해요. 로저, 당신 생각이 옳아요. 우린 케이먼을 추적해야 해요. 왜 진작 그 생각을 못했을까?"

프랭키의 마지막 말은 사실이 아니었다. 왜냐하면 이제까지 로저를 관찰하고 있었으니까. 프랭키는 지금 그 사실을 말한다는 것은 분별없는 짓이라고 생각했다.

"니콜슨 부인은 어떡하죠?" 프랭키가 불쑥 말했다.

"무슨 뜻입니까, 어떻게 하다니?"

"살해될까 봐 겁먹고 있잖아요. 당신은 모이라의 일에 냉담하군요, 로저."

"아니, 그렇진 않아요. 무력한 사람들을 보면 마음이 아프긴 해요."

"그녀가 지금 어떤 행동을 할 수 있겠어요? 돈도 없고 갈 곳도 없으니."

"프랭키, 당신이 그런 입장에 처해 있다면 아마 무슨 수를 썼을 겁니다."

"아!" 프랭키는 로저의 말에 약간 놀랐다.

"당신이라면 분명히 어떻게든 할 겁니다. 살해되기를 기다리듯 그곳에 있지는 않겠죠. 도망을 가서 생계를 꾸려 나갈 방법을 세우거나, 당신을 죽이려는 사람을 먼저 죽여 버릴 겁니다. 어쨌든 가만히 있지는 않겠죠."

프랭키는 나라면 과연 어떻게 할 것인가를 생각했다.

"예, 저라면 그럴 거예요."

"당신은 용기와 결단력이 있지만 모이라에게는 그런 점이 없다는 게 문제죠." 로저는 단언하듯 말했다.

프랭키는 찬사를 받은 기분이었다. 모이라 니콜슨은 프랭키가 진심으로 괜찮다고 생각할 타입의 여자는 아니었다. 프랭키는 바비가 모이라에게 깊은 관심을 두는 것에 신경이 쓰이고 화가 났다. '바비는 의지력이 없는 사람들을 좋아해.'라고 생각하며 사건이 시작될 때부터 바비가 그 사진에 매료되어 있었다는 것이 기억났다.

'좋아, 하지만 로저는 달라.' 프랭키는 자신에게 말했다.

'로저는 의지가 약하고 무력한 사람들을 좋아하지 않는 게 분명해. 모이라도 로저를 좋아하지 않는 것 같았어. 모이라는 로저가 사람을 해칠 만한 용기가 없는 약한 사람이라고 코웃음 치듯 말했어. 사실 로저는 약한 사람인지도 몰라. 그렇지만 매력 있는 남자라는 사실은 부정할 수 없어. 난 메로웨이 코트 저택에 도착한 순간부터 그렇게 느꼈어.'

로저가 조용한 목소리로 말했다.

"프랭키, 당신은 남자를 선택하는 데 있어서도 그럴 겁니다……."

프랭키는 갑자기 심장이 두근거리는 것 같았다. 또한 당황하고 있는 자신을 느꼈다. 그녀는 얼른 화제를 돌렸다.

"당신 형님에 관해선데요. 당신은 아직도 형님이 그레인지로 가야 한다고 생각하세요?"

제22장

또 다른 희생자

"아니, 그렇게 생각하지는 않아요. 형님이 치료받을 수 있는 병원은 다른 곳에도 많이 있죠. 그러나 중요한 건 형님이 치료를 받겠다고 동의하도록 설득하는 겁니다."

"설득하기가 어려울까요?"

"그럴 겁니다. 당신도 저번에 형님이 하는 말을 들었잖습니까. 만일 우리가 형님이 후회하는 기분에 젖어들게 한다면 일은 수월해질 겁니다. 아, 형수님이 오는군요."

실비아는 집 안에서 나와 로저와 프랭키가 있는 잔디밭을 가로질러 다가왔다.

실비아는 근심에 싸여 긴장해 있음을 알 수 있었다.

"로저, 찾아다녔어요."

프랭키가 자리를 비켜 주려고 일어났다. 그러자 실비아가 만류하며 말했다.

"아니에요. 가지 말아요. 이제 뭘 숨기겠어요. 당신도 어느 정도 알고 있잖아요. 헨리의 일을 눈치채고 있었죠?"

프랭키는 고개를 끄덕였다.

"그런데도 난 전혀 모르고 있었어요." 실비아가 비통하게 말했다.

"내가 눈치채지도 못한 것을 당신 두 사람은 알고 있었군요. 남편의 기분이 자주 변하는 것이 이상하다고는 생각했어요. 그래서 무척 우울하게 지냈지요. 하지만, 그 이유는 정말 몰랐어요."

실비아는 잠깐 말을 멈추더니 약간 변한 어조로 계속했다.

"니콜슨 박사에게 사실을 듣고 나서 곧바로 남편에게 갔어요. 지금까지 남편 곁에 있었답니다."

실비아는 울음을 삼켰다.

"로저, 이제 괜찮아질 거예요. 헨리가 동의했거든요. 내일부터 그레인지에서 니콜슨 박사의 치료를 받을 거예요."

"안 돼요!"라는 외침이 로저와 프랭키에게서 동시에 터져 나왔다. 실비아는 깜짝 놀라며 그들을 바라보았다.

로저가 난처해하며 말했다.

"생각해 봤는데요, 형수님. 그레인지는 별로 좋지 않은 것 같아요."

"그렇다면 헨리가 혼자 힘으로 이겨낼 수 있다는 말인가요?"

실비아가 물었다.

"아뇨, 그렇게 생각하지는 않아요. 그러나 다른 병원도 있어요. 저, 말하자면 집에서 가깝지 않은 곳이죠. 이 고장에 있는 병원에 가는 건 좋지 않을 것 같습니다."

"저도 그렇게 생각해요." 프랭키가 거들었다.

"안 돼요! 난 싫어요. 헨리와 멀리 떨어져 지내는 건 참을 수 없어요. 니콜슨 박사는 이해심도 많고 무척 친절해요. 헨리가 니콜슨 박사의 치료를 받는다면 난 안심할 수 있어요."

"니콜슨을 싫어하는 줄 알았는데요, 형수님."

"마음이 변했어요." 실비아가 간단하게 말했다.

"니콜슨 박사는 오늘 오후에 나에게 친절하고 상냥하게 대해 주었어요. 그분에 대한 어리석었던 편견은 이젠 완전히 사라졌어요."

잠시 침묵이 흘렀다. 어색한 순간이었다. 로저와 실비아는 할 말을 찾지 못하고 있었다.

"불쌍한 헨리. 그이는 완전히 낙담하고 있어요. 내가 사실을 알았기 때문에 더욱 견디지 못하는 거예요. 하지만 나와 토미를 위해서 그 끔찍한 갈망과 싸워 이기겠다고 약속했어요. 그러나 그 싸움이 얼마나 힘들고 무서운 건지 모를 거라고 하더군요. 니콜슨 박사가 자세히 말해 주었지만 난 잘 모르겠어요. 일종의 강박관념 같은 건데—자신이 무슨 짓을 했는지도 모른다는군요. 로저, 난 겁이 나요. 그렇지만 니콜슨 박사는 정말 친절하고 자상했어요. 난 그분을 믿어요."

"그래도 내 생각엔—." 하고 로저가 말하는 순간, 실비아는 휙 돌아서서 그를 보며 말했다.

"알 수 없군요, 로저. 왜 생각이 바뀌었죠? 30분 전만 해도 헨리가 그레인지에 가야 한다고 했잖아요."

"그런데 시간을 갖고 더 생각해 보니까—."

실비아가 다시 로저의 말을 가로막고 말했다.

"어쨌든 난 이미 결정했어요. 헨리는 다른 병원에는 안 가요. 그레인지에 갈 거예요."

그들은 말없이 마주 서 있었다.

"니콜슨 박사에게 곧 집으로 오라고 전화하겠어요. 그와 상의를 해야겠어요."

이렇게 말하며 로저는 재빨리 집 안으로 들어갔다. 두 여자는 그의 뒷모습을 바라보며 서 있었다.

"나는 로저를 이해할 수 없어요." 실비아가 참을 수 없다는 듯이 말했다.

"몇 분 전만 해도 남편을 그레인지에 가도록 설득해야 한다고 했거든요."

실비아는 화가 나 있었다.

"그렇지만 저도 로저와 생각이 같아요. 어디선가 읽었는데, 그런 치료를 받는 사람은 집에서 멀리 떨어진 곳일수록 좋다고 하던데요."

"말도 안 되는 소리예요." 실비아가 단호하게 말했다.

프랭키는 궁지에 빠진 듯한 느낌이 들었다. 예기치도 않았던 실비아의 완강한 고집 때문에 일이 어려워지고 있었다. 실비아는 니콜슨을 싫어했던 것만큼 지금은 맹렬하게 그를 믿고 있는 것 같았다. 어떻게 설득해야 할지 알 수 없었다. 프랭키는 실비아에게 사실을 전부 말해 줄까 하는 생각도 들었지만, 과연 실비아가 그걸 믿을지 알 수 없었다. 로저조차도 니콜슨에게 혐의가 있다는 말을 믿지 않았으니, 니콜슨을 새롭게 보게 된 실비아는 더욱 믿지 않을 것이다. 어쩌면 니콜슨에게 전부 말해 버릴지도 모른다. 일이 난처해진 것이다.

그때 한 대의 비행기가 엄청난 굉음을 울리며 어둑어둑한 하늘을 낮게 날아갔다. 실비아와 프랭키는 비행기를 쳐다보며 그들 사이의 어색한 분위기를 잊게 해주는 것에 고마움을 느꼈다. 그러면서 프랭키는 생각을 정리할 수 있었고, 실비아는 마음을 진정시킬 수 있었다.

비행기가 숲 저편으로 사라지고 엔진 소리도 희미해졌을 때 실비아가 갑자기 프랭키를 돌아보며 말했다.

"정말 무서운 일이에요. 그런데 당신과 로저는 마치 남편을 내게서 떼어놓으려는 것 같군요."

"아니에요. 그렇지 않아요. 절대로 그런 뜻이 아니에요. 당신 남편이 가장 좋은 치료를 받아야 한다고 생각하기 때문이에요. 니콜슨 박사는 왠지—실력이 없는 의사 같아서요."

"난 그렇게 생각지 않아요. 니콜슨 박사는 유능해요. 남편에게 꼭 필요한 그런 의사라고 생각해요."

실비아는 항변하듯 프랭키를 보았다. 프랭키는 니콜슨이 그렇게도 짧은 순간에 실비아를 사로잡은 것을 보며 놀라움을 금할 수 없었다. 실비아가 이전에 지녔던 니콜슨에 대한 불신은 완전히 사라진 것 같았다.

프랭키는 무슨 말을 해야 할지 몰라 당황하며 서 있었다. 그때 로저가 다가왔다. 그는 약간 숨이 찬 것 같았다.

"니콜슨 박사가 아직 병원에 도착하지 않았다는군요. 그래서 말을 전해 달라고 했어요."

"왜 그렇게 급히 니콜슨을 만나려고 하는지 모르겠군요. 로저, 당신이 형님을 그레인지로 보내자고 했고, 형님도 동의했어요."

실비아는 영문을 모르겠다는 듯 말했다.

"니콜슨 박사에게 할 말이 있어요, 형수님. 그리고 어쨌거나 내 형님에 대한 일이니까요."

"먼저 제의한 사람이 누군데요." 실비아가 고집스레 말했다.

"예, 내가 먼저 말했던 건 사실이에요. 그런데 니콜슨 박사에 관해서 들은 얘기가 있기 때문이에요."

"무슨 얘기예요? 뭔지는 몰라도 난 믿을 수 없어요."

실비아는 입술을 깨물고 돌아서서 집 안으로 뛰어들어갔다.

"난처해졌군요." 로저가 프랭키를 보며 말했다.

"정말 그렇군요."

"형수님은 한번 마음먹으면 아무도 말리지 못합니다."

"우린 어떻게 하죠?"

로저와 프랭키는 의자에 앉아 앞으로 어떻게 할 것인가를 상의했다. 로저도 실비아에게 사실대로 털어놓는 것은 좋지 않다고 말했다. 로저가 생각한 최선의 방법은 니콜슨과 직접 부딪치는 것이었다.

"그렇지만 니콜슨에게 뭐라고 말하죠?"

"많은 말을 할 필요 없이 알아듣도록 힌트만 주는 겁니다. 형님이 그레인지로 가서는 안 된다는 생각은 나도 당신과 같아요. 우리가 막아야 합니다."

"여차하면 사실을 말하세요." 프랭키가 로저에게 상기시켰다.

"알았습니다. 그렇게 되기 전에 우리가 할 수 있는 모든 방법을 사용해야겠죠. 형수님은 왜 이런 순간에 그렇게 고집을 부리는지 모르겠군요."

"니콜슨의 위력이 나타난 거예요." 프랭키가 말했다.

"그렇습니다. 증거가 있건 없건 난 이제 니콜슨에 대한 당신의 판단이 옳다고 믿게 되었어요. 아니, 이게 무슨 소리죠?"

그들은 벌떡 일어났다.

"총소리 같아요. 집 안에서 났어요." 프랭키가 소리쳤다.

그들은 마주 보다가 집 쪽으로 뛰어갔다. 거실 문을 통해 홀로 뛰어들어갔다. 실비아가 하얗게 질린 얼굴로 서 있었다.

"들었어요? 총소리였어요. 형님의 서재에서 났어요." 로저가 말했다.

실비아가 휘청거리자 로저는 얼른 그녀를 부축했다. 프랭키는 서재 문으로 뛰어가 손잡이를 돌렸다.

"잠겨 있어요."

"창문으로 갑시다." 로저가 말했다.

그는 반쯤 기절한 실비아를 긴 의자에 앉혀놓고 다시 거실 문을 통해 밖으로 뛰어나갔다. 프랭키가 그 뒤를 따랐다. 그들은 집 밖을 돌아 서재 창문에 이르렀다. 창문도 걸려 있었다. 그들은 유리창에 얼굴을 대고 안을 들여다보았다. 해가 지고 있어서 밝지는 않았지만 서재 안의 장면은 똑똑히 볼 수 있었다.

헨리 배싱턴프렌치는 책상에 엎드려 있었다. 관자놀이에는 총에 맞은 상처가 있었고, 그의 손에서 떨어진 리볼버 권총이 바닥에 떨어져 있었다.

"자살했어요." 프랭키가 말했다.

"끔찍해라……!"

"뒤로 물러서요. 창문을 깨뜨려야겠어."

로저는 윗도리로 주먹을 감싸고 유리창을 힘껏 때렸다. 그리고 창틀에 붙은 유리 조각들을 조심스레 빼냈다. 그들이 창을 통해 발을 안으로 들여놓는 순간 실비아와 니콜슨이 테라스를 따라 뛰어왔다.

"의사 선생님이 오셨어요. 이제 방금 도착하셨어요. 헨리에게 무슨 일이 일어났죠?"라고 말하며 실비아는 엎드린 헨리의 모습을 보고는 비명을 질렀다.

서재로 들어가려던 로저는 얼른 다시 나와서 니콜슨이 부축하는 실비아를 안았다.

"모시고 가서 돌봐 드리시오. 브랜디를 조금 주세요. 그리고 더 이상 보지 못하게 하시오."

니콜슨은 그렇게 말하고 창문을 통해 서재로 들어왔다. 프랭키는 그보다 먼저 들어와 있었다.

니콜슨은 고개를 저었다.

"비극이오. 불쌍한 사람. 고통과 직면할 용기가 없었나 봅니다. 안됐어요."

그는 몸을 굽혀 시체를 살펴보고 일어났다.

"소용없겠군. 총에 맞자마자 사망했소. 유서가 어딘가에 있을 겁니다. 사람들은 흔히 유서를 남기죠."

프랭키는 시체 가까이 다가갔다. 방금 쓴 게 분명한 휘갈긴 글씨가 적혀 있는 종이가 헨리의 팔꿈치 곁에 놓여 있었다.

이 방법이 최선이라 생각했소 피할 수 없는 습관은 이제 나로선 도저히 대항할 수 없는 것이 되고 말았소 실비아와 토미를 위해 내가 할 수 있는 최선의 방법을 택했소 신의 은총을 빌며 나를 용서하오……

프랭키는 목이 메었다.

"아무것도 손대면 안 됩니다. 검시가 있을 테니까요. 경찰에 연락해야겠군요."

니콜슨의 손짓에 따라 프랭키는 출입문으로 다가갔다.

"열쇠가 구멍에 꽂혀 있지 않군요."

"그렇습니까? 그렇다면 주머니에 있을지도 모르겠군요."라고 말하며 니콜슨은 무릎을 굽히고 헨리의 옷 주머니에서 조심스레 열쇠를 찾았다. 그리고 코트 주머니에서 열쇠를 꺼내어 문을 열었다.

그들은 거실로 나왔다. 니콜슨은 전화기로 곧바로 다가갔다.

다리를 후들후들 떨며 서 있던 프랭키는 갑자기 메스꺼움을 느꼈다.

제23장

모이라 사라지다

한 시간 뒤에 프랭키는 바비에게 전화했다.

"호킨스예요? 잘 있었니, 바비. 무슨 일이 일어났는지 들었지? 그래, 얼른 만나야겠어. 내일 아침이 좋겠어. 아침식사 전에. 오늘 만났던 그곳에서 여덟 시에 만나자."

프랭키는 바비가 누군가를 의식하며, "알겠습니다, 아가씨."라고 말하는 소리를 들으며 수화기를 놓았다.

다음 날 아침, 바비가 약속 장소에 먼저 도착했고 뒤이어 프랭키가 왔다. 프랭키는 심란해 있었고 안색이 좋지 않았다.

"바비, 너무 끔찍해. 어젯밤에 한잠도 못 잤어."

"자세한 얘기는 못 들었어. 헨리 배싱턴프렌치가 총으로 자살한 게 사실이니?"

"사실이야. 어제 오후에 실비아가 그에게 치료받으라고 권하니까 그렇게 하겠다고 대답했다는 거야. 그런데 잠시 뒤에 아마 용기가 사라졌나 봐. 서재로 들어가서 문을 잠그고 유서를 쓴 다음 총으로 자살했어. 바비, 소름끼치는 사건이야."

"맞아." 바비가 낮게 말했다.

그들은 잠시 말이 없었다.

"오늘 그 집을 떠나야겠어."

"그래야겠지. 배싱턴프렌치 부인은 어때?"

"비탄에 잠겨 있어. 정말 안됐어. 시체를 본 이후 만나지 못했어. 충격이 클 거야."

바비가 고개를 끄덕였다.

"열한 시쯤 차를 몰고 와."

바비는 아무 대답이 없이 앉아 있었다. 프랭키가 침묵을 참지 못하겠다는 듯 바비를 보며 말했다.

"왜 그러니, 바비? 마치 정신 나간 사람처럼."

"미안해. 실은—."

"뭔데?"

"이상한 생각이 들어. 그러니까—그게 정말이지?"

"정말이라니 무슨 뜻이야?"

"헨리가 자살한 게 분명하냐고?"

"아, 알겠어." 프랭키도 잠깐 생각에 잠겼다.

"맞아, 분명히 자살한 거야."

"확실해? 프랭키, 우린 니콜슨이 두 사람을 없애려고 한다는 생각을 했었잖아. 모이라도 그렇게 느낀다고 말했고 이제 그중 한 사람이 없어진 거야."

프랭키는 다시 뭔가 생각하더니 고개를 저었다.

"자살이 분명해. 총소리가 들렸을 때 로저와 나는 정원에 있었어. 우리 둘은 거실을 지나 홀까지 곧장 뛰어갔어. 서재 문이 안으로 잠겨 있어 우린 집 밖으로 해서 창문으로 갔어. 창문도 잠겨 있었기 때문에 로저가 유리창을 깨뜨렸어. 우리가 창을 통해 안으로 들어가려고 할 때 니콜슨이 왔어."

바비는 프랭키의 말을 들으며 당시의 상황을 그려 보았다.

"맞는 것 같아. 하지만 니콜슨은 너무 갑자기 나타난 것 같은데."

"이른 오후에 왔다가 지팡이를 두고 갔기 때문에 다시 왔던 거야."

바비는 다시 생각하는 표정이 되었다.

"프랭키, 만일 니콜슨이 헨리 배싱턴프렌치를 쏘았다면—?"

"헨리에게 유서까지 쓰게 했단 말이니?"

"유서란 위조하기 쉬운 거야. 필체가 약간 다르다 해도 쉽게 알아보지 못해."

"그렇긴 해. 계속해 봐."

"니콜슨이 헨리를 쏘고 유서를 남겨놓고는 문을 잠그고 재빨리 서재를 빠져나갔다가 몇 분 뒤에 금방 도착한 것처럼 다시 나타났다, 어때?"

프랭키는 아니라는 듯 고개를 저었다.

"그럴 듯하지만 틀렸어. 무엇보다도 열쇠가 헨리의 주머니 속에 있었거든—."

"누가 찾아냈지?"

"니콜슨이."

"그것 봐. 열쇠를 찾아낸 체한 거야."

"아니야. 내가 그를 계속 지켜보고 있었는걸. 열쇠가 주머니에 들어 있었던 게 확실해."

"마술을 지켜본 사람도 그렇게 말하지. 넌 모자 속에 들어 있던 토끼를 본 거야. 니콜슨은 단수가 높은 범죄자야. 간단한 손놀림쯤은 그에게는 어린애 장난 같은 거야."

"네 말이 맞는다고 하더라도 전체로 볼 때 불가능해. 실비아는 총소리가 났을 때 집 안에 있었어. 총소리를 듣는 순간 실비아는 서재 문으로 뛰어갔겠지. 만일 니콜슨이 총을 쏘고 서재 문으로 나왔다면 실비아와 마주쳤을 거야. 그러나 실비아는 니콜슨이 차를 몰고 정문으로 들어왔다고 했어. 로저와 내가 집 밖을 돌아 서재 창문으로 갔을 때 실비아는 니콜슨이 오는 걸 보았던 거야. 그래서 그와 함께 우리가 있던 서재 창문 쪽으로 왔어. 바비, 그러니까 니콜슨에게는 알리바이가 있어."

"난 알리바이가 있는 사람들을 믿지 않아."

"나도 그래. 하지만, 이번에는 그렇지 않아."

"실비아 배싱턴프렌치가 니콜슨의 알리바이를 증명하고 있긴 하지."

"맞아."

"좋아, 그렇다면 자살로 보는 수밖에 없지." 바비가 한숨을 내쉬며 말했다. "우리의 다음 계획은 뭐지?"

"케이먼 부부." 프랭키가 말했다.

"너, 그 사람 주소를 갖고 있지?"

"응, 검시 심문에서 말한 주소와 같아. 런던 패딩턴구의 세인트 레너드 가든즈 17번지야."

"그 사람들에 대해 우리가 너무 무관심했다고 생각하지 않니?"

"그랬었지. 하지만, 프랭키. 내가 추측건대 넌 빈 둥지를 발견할 거야. 케이먼은 어디론가 날아갔을 거야."

"그들이 사라졌다 해도 난 뭔가 알아낼 수 있을 거야."

"왜 너는 '나'라고 하지?"

"왜냐하면 이번에도 너는 나타나지 않는 게 좋으니까. 우리가 로저에게 혐의를 두고 이곳에 왔을 때와 마찬가지야. 케이먼 부부는 너를 알고 있지만 나는 모르거든."

"어떤 방법으로 접근할 작정이지?"

"정치적인 색채를 띠는 거야. 보수당을 위한 선거운동을 하는 거지. 인쇄물도 가지고 가야지."

"좋아. 그러나 아까도 말했지만 넌 빈 둥지를 보게 될 거야. 그런데 우린 생각해야 할 게 또 한 가지 있어—모이라."

"그렇구나. 완전히 잊고 있었어."

"그래서 내가 잊지 않은 거야." 바비는 약간 냉정한 태도로 말했다.

"모이라를 위한 무슨 조치를 취해야 할 텐데."

바비는 고개를 끄덕였다. 잊히지 않는 그 얼굴이 눈앞에 어른거렸다. 그 얼굴에는 어떤 비극이 담긴 것 같았다. 앨런 카스테어즈의 주머니에서 사진을 꺼내 본 순간부터 그런 느낌이 바비를 항상 따라다녔다.

"내가 그레인지에서 처음 봤던 모이라의 표정을 네가 보았다면! 마치 겁에 질려서 머리가 돌아 버린 것 같았어. 프랭키, 모이라의 생각이 옳아. 그건 신경과민이나 상상 때문이 아니야. 니콜슨이 실비아와 결혼하려고 한다면 두 가지 방해물을 없애야 하겠지. 그런데 한 가지는 없어졌어. 모이라의 목숨이 한 가닥 머리카락에 매달려 있다는 느낌이 들어. 우리가 더 지체하면 모이라에게 치명적인 일이 생길 거야."

프랭키는 바비가 하는 말의 중대함을 느끼자 정신이 번쩍 들었다.

"맞아. 얼른 행동해야 해. 어떻게 하지?"

"모이라에게 즉시 그레인지를 떠나라고 하는 거야."

프랭키가 고개를 끄덕이며 말했다.

"웨일스의 우리 성(城)으로 보내는 게 좋겠어. 거기면 안전할 거야."

"그럴 수 있다면 더 이상 좋은 곳은 없겠지."

"아버지는 누가 오건 말건 개의치 않으시니까. 아마 모이라를 좋아하실 거야(거의 모든 남자들이 그렇듯이). 모이라는 무척 여자다우니까. 남자들이 무력한 여자를 좋아하는 건 참 이상하더라."

"모이라는 그렇게 무력한 여자가 아니야." 바비가 말했다.

"웃기지 마. 모이라는 아무것도 못 하고 그저 가만히 앉아서 뱀에게 먹히기를 기다리는 작은 새 같아."

"다른 방법이 없잖아."

"왜 없어? 수없이 많지." 프랭키는 기세 좋게 대꾸했다.

"난 그렇게 생각하지 않아. 모이라는 돈도 없고 친구도 없고—."

"불쌍한 여자를 구제하는 자선단체에서 나온 사람 같은 설교는 그만두시지."

"미안해."

잠시 감정이 상해서 침묵이 흘렀다.

"자—." 프랭키가 기분을 가라앉히고 먼저 말했다.

"빨리 일을 시작하는 게 좋겠어."

"맞아. 프랭키, 정말 고마워—."

"됐어." 프랭키는 바비의 말을 가로채며 말했다.

"마치 모이라에게는 손도 발도 혀도 뇌도 없다는 듯이 네가 그 여자를 위해 시간과 정열을 낭비하지만 않는다면 나도 그 여자를 도와주는 걸 상관하지는 않겠어."

"무슨 말인지 모르겠구나."

"더 이상 말할 필요도 없어. 자, 이제부터 어떤 일을 하든지 서두르는 게 좋겠어. 이 말은 어디선가 인용한 것 같은데."

"인용문을 알기 쉽게 풀어서 말한 거야, 레이디 맥베스."

"난 항상 이렇게 생각했어."

프랭키는 불쑥 눈앞에 놓인 사건에서 벗어나서 이렇게 말했다.

"맥베스 부인은 남편 맥베스를 충동질해서 살인을 단독으로 해치우게 했어.

그 이유는 그녀의 생활, 즉 맥베스와의 생활이 너무도 따분했기 때문이었지. 맥베스란 남자는 악의는 없지만 아내를 권태롭게 하는 무기력한 남편이었음이 틀림없어. 그런데 난생처음 살인을 저지르고 나자 그는 자신을 굉장한 남자로 느끼게 되고, 지난날의 열등감에 대한 보상으로 광적인 이기심을 갖게 된 것이었어."

"넌 그 주제에 관한 책이라도 써야겠구나, 프랭키."

"그런 덴 소질이 없어. 참, 우리가 무슨 얘기를 했었지? 아, 그래. 모이라를 구출하자는 것이었지. 그럼 넌 열 시 반에 차를 가지고 오도록 해. 그런 다음 그레인지로 가서 모이라를 만나는 거야. 그때 만일 니콜슨이 곁에 있으면 모이라에게 우리 집에 초대한 약속을 잊진 않았느냐고 하는 거야. 그리고 데리고 오는 거지."

"좋아, 넌 빈틈없이 철저하구나. 난 어쩐지 또 다른 사건이 생길 것 같은 으스스한 기분이 드는걸."

"열 시 반이야."

프랭키가 메로웨이 코트 저택으로 돌아갔을 때는 아홉 시 반이었다. 아침식사가 준비된 식탁에서 로저가 커피를 마시고 있었다. 그는 피곤해 보였다.

"잘 주무셨어요? 전 도저히 잘 수가 없었어요. 그래서 일곱 시쯤 일어나 산책을 하고 왔어요."

"이런 일을 겪게 해서 정말 미안하군요." 로저가 말했다.

"실비아는 좀 어때요?"

"의사가 어젯밤에 진정제를 주었나 봅니다. 아직 자고 있을 겁니다. 정말 뭐라 말할 수 없이 안됐어요. 형수님은 형님을 무척 사랑했는데."

"저도 알고 있어요."

프랭키는 잠시 뒤 집을 떠나야겠다고 말했다.

"예, 그럴 거라고 생각했습니다." 로저는 다소 원망이 섞인 투로 말했다.

"검시 심문은 금요일에 있을 겁니다. 원하시면 알려 드리죠. 검시관이 결정하겠지만요."

로저는 커피 한 잔을 마시고 토스트를 한 조각 먹은 다음 신경 써야 할 문제들을 처리하러 갔다. 프랭키는 그가 불쌍하게 느껴졌다. 가족 중 한 사람이 자살했으니 상상할 수도 없는 엄청난 소문과 호기심이 이 집안사람들에게 쏠릴 것이다. 토미가 왔기에 프랭키는 아이를 즐겁게 해주려고 애썼다.

바비가 열 시 반에 차를 몰고 와서 프랭키의 짐을 실었다. 프랭키는 토미에게 작별인사를 하고 실비아에게 쪽지를 남겨 놓았다. 벤틀리는 저택을 떠났다.

그들은 그레인지까지 최고 속력으로 달렸다. 그곳에 처음 온 프랭키는 큼직한 철문과 우거진 관목 숲을 보자 억압적인 느낌이 들었다.

"소름끼치는 곳이구나. 모이라가 두려움을 느낄 만도 해"

바비가 차에서 내려 현관의 초인종을 눌렀다. 얼마 동안 아무 기척도 없더니 마침내 간호사 복장을 한 여자가 문을 열었다.

"니콜슨 부인 계십니까?" 바비가 물었다.

간호사는 잠시 머뭇거리다가 뒤로 물러서며 문을 활짝 열었다. 프랭키가 얼른 차에서 내려 집 안으로 들어갔다. 현관문이 닫히며 기분 나쁜 소리가 쾅하고 울렸다. 프랭키는 그 문에 육중한 빗장이 달린 것을 보자 괜한 두려움이 느껴졌다. 마치 으스스한 곳에 갇힌 죄수인 것처럼.

'말도 안 돼.' 프랭키는 속으로 말했다.

'바비가 밖에 있잖아. 나는 당당하게 걸어 들어왔어. 내게는 아무 일도 없을 거야.'

프랭키는 어리석은 느낌을 떨쳐 버리며 간호사를 따라 위층 복도를 걸어갔다. 간호사가 문을 연 방으로 들어갔다. 서양목과 꽃이 담긴 꽃병으로 섬세하고 우아하게 장식된 작은 응접실이었다. 간호사는 뭐라고 중얼거리고 방을 나갔다. 약 5분 뒤 문이 열리며 니콜슨이 들어왔다.

프랭키는 신경이 곤두서며 당황하는 자신을 느꼈다. 그러나 반가운 미소를 지으며 악수를 청하는 것으로 감정을 감추었다.

"안녕하세요?"

"오, 안녕하십니까, 레이디 프랜시스? 배싱턴프렌치 부인에 대한 좋지 않은 소식을 가져오신 건 아니겠죠?"

"제가 떠나올 때까지 주무시고 계셨어요."

"정말 안됐어요. 그녀의 주치의가 잘 보살피겠죠."

"예, 그래요. 바쁘신 것 같은데 선생님 시간을 빼앗고 싶진 않군요, 니콜슨 박사님. 사실은 부인을 만나러 왔어요."

"모이라를?"

두꺼운 안경 너머로 눈빛이 차갑게 굳어진 것 같은데 내가 잘못 본 걸까?

"아내를 찾아와 주다니 정말 고맙소."

"아직 안 일어나셨다면 여기 앉아서 기다리겠어요."

프랭키는 상냥한 미소를 지으며 말했다.

"아닙니다. 일어났어요."

"잘 됐군요. 제가 부인께 우리 집을 방문해 달라고 청했거든요. 부인께서는 쾌히 승낙하셨죠."

프랭키는 다시 미소 지었다.

"아, 그랬군요. 모이라도 아주 좋아했을 겁니다."

"좋아했을 거라니요?" 프랭키는 자신도 모르게 깜짝 놀라며 물었다.

니콜슨은 치열이 고른 하얀 치아를 내보이며 웃음을 띠었다.

"유감스럽게도 아내는 오늘 아침에 떠났습니다."

"떠나다니요? 어디로요?"

"아, 그저 기분 전환을 위해서죠. 여자들이란 그렇지 않습니까, 레이디 프랜시스? 이곳은 젊은 여자에게는 우울한 곳이죠. 모이라는 이따금 기분 전환을 해야겠다고 느끼면 어딘가 잠시 다녀오곤 한답니다."

"어디로 가셨는지 모르세요?"

"런던으로 갔을 겁니다. 쇼핑도 하고 영화도 보고 뭐 그러겠죠."

프랭키는 니콜슨의 미소야말로 난생처음 보는 불쾌한 미소라고 느꼈다.

"저도 오늘 런던에 갈 예정인데요."

프랭키는 아무렇지도 않게 말하며, "부인이 가신 곳의 주소를 알려 주시겠어요?"라고 물었다.

"모이라는 주로 사보이 호텔에 머뭅니다. 내일이나 모레쯤이면 전화할 겁니다. 아내는 어딜 가든 전화를 자주 하지는 않습니다만, 하지만 나는 부부 사이라도 완전히 자유로워야 한다고 믿습니다. 어쨌든 아내를 만날 가능성이 많은 곳은 사보이 호텔일 겁니다."

니콜슨은 방문을 열고 프랭키와 악수를 한 다음 현관까지 배웅하러 나왔다. 간호사가 현관문을 열고 서 있었다.

프랭키가 마지막으로 들은 말은 니콜슨의 상냥하면서도 약간 비꼬는 듯한 목소리였다.

"아내를 초대해 주셨다니 정말 고맙군요, 레이디 프랜시스"

제24장

케이먼을 추적하면서

프랭키가 혼자 나오는 것을 본 바비는 운전사로서의 태연한 태도를 잃지 않으려고 무진 애를 썼다.

프랭키는 곁에 있는 간호사를 의식하고, "스태벌리로 돌아가요, 호킨스"라고 말했다.

차는 그레인지를 떠났다.

차의 왕래가 뜸한 곳에 이르자 바비는 차를 세우고 묻는 듯한 시선으로 프랭키를 뒤돌아보았다.

"어떻게 된 거야?"

프랭키는 다소 창백해진 얼굴로 대답했다.

"바비, 말하기조차 두려워. 모이라는 어디론가 갔어."

"갔다니? 오늘 아침에?"

"아니면 어젯밤에."

"우리에게 한마디 말도 없이?"

"바비, 난 믿을 수 없어. 니콜슨은 거짓말을 한 거야. 확실해."

바비도 안색이 창백해지며 중얼거렸다.

"너무 늦었어! 우리가 바보였어! 어제 모이라를 그레인지로 돌아가지 못하게 했어야 하는 건데."

"모이라가―죽었다고 생각하는 건 아니겠지?"

프랭키가 쉰 목소리로 속삭였다.

"아니야." 바비는 자신을 안심시키듯 큰 소리로 말했다.

잠시 침묵이 흐른 뒤 바비가 침착한 어조로 말을 시작했다.

"모이라는 아직 살아 있는 게 분명해. 왜냐하면 그녀의 죽음을 사고인 것처럼 자연스럽게 가장해야 하고, 또 시체를 처리하자면 시간이 걸리기 때문이지. 내 생각엔 어딘가 강제로 보냈거나 아직 그곳에 있을 것 같아."

"그레인지에?"

"맞아, 그레인지에."

"그렇다면 우린 어떻게 해야 하지?"

바비는 잠시 생각하더니, "우리 둘이 할 수 있는 일은 없어. 넌 런던으로 돌아가서 케이먼을 추적하는 게 좋겠어."라고 말했다.

"싫어, 바비!"

"이봐, 프랭키. 넌 여기 있어 봐야 아무 소용없어. 넌 이미 알려진 사람이니까. 여기에선 너무 많이 알려졌단 말이야. 그리고 이곳을 떠나겠다는 말을 했잖아. 그러니 뭘 어떻게 할 수 있겠니? 메로웨이에서 머물 수도 없고 앵글러스 암즈에서 묵을 수도 없어. 사람들이 입방아를 찧기 시작할 거야. 그러니까 넌 떠나야 해. 니콜슨이 눈치챘을지도 모르지만 네가 뭔가 알고 있다는 확신은 하지 못할 거야. 넌 런던으로 가고 난 여기 남겠어."

"앵글러스 암즈에 있을 거니?"

"아니, 이제 네 운전사 호킨스는 사라질 때가 된 것 같아. 앰블디버에 본부를 설치하고—여기서 10마일 떨어진 곳이야. 만일 모이라가 아직 그 끔찍한 곳에 있다면 내가 찾아내겠어."

"바비, 조심해, 알았지?"

"알았어. 뱀같이 교활하게 행동할게."

프랭키는 내키지 않는 마음으로 바비의 말에 따랐다. 바비의 생각은 반박의 여지가 없었다. 프랭키가 스태벌리에서 할 수 있는 일은 더 이상 없었다.

바비는 프랭키를 런던에서 내려주었다. 프랭키는 부룩 가에 있는 아파트 안으로 들어서면서 문득 버림받은 것 같은 느낌이 들었다. 그러나 프랭키는 발밑에 잔디가 자라도록 내버려두는 성격이 아니었다.

그날 오후 세 시, 수수하면서도 유행에 따른 옷을 입고 코안경을 낀 젊은 여자가 진지한 표정으로 세인트 레너드 가든즈로 다가가는 것이 눈에 띄었다. 그녀는 한 묶음의 팸플릿을 들고 있었다.

패딩턴구 세인트 레너드 가든즈에 있는 집들은 꽤나 우울한 분위기가 감돌고 있었다. 대부분의 집들이 조금씩 허물어진 모습이었다. 그러나 왕년에는 '좋은 시절'도 있었다는 것을 나타내 주고 있었다.

번지수를 살피며 길을 따라 걷던 프랭키는 갑자기 발을 멈추고 얼굴을 찡그렸다. 17번지에는 팔려고 내놓았다는 팻말이 꽂혀 있었다. 코안경을 얼른 벗은 프랭키의 얼굴에는 이제까지 가장했던 진지한 표정이 금방 사라졌다. 선거 운동은 필요 없을 것 같았다.

팻말 위에는 부동산업자의 이름이 적혀 있었다. 프랭키는 그중 둘을 택해서 수첩에 적고 다음 계획을 행동에 옮겼다.

첫 번째 부동산업자는 프리츠가(街)에 있는 '고든 앤드 포터'사(社)였다.

"안녕하세요. 혹시 케이먼 씨의 주소를 알 수 있을까요? 최근까지는 세인트 레너드 가든즈 17번지였는데요."

"맞습니다." 젊은 직원이 대답했다.

"그런데 그곳에는 잠깐 동안 계셨지요. 우리는 집주인을 대신해서 일하고 있습니다. 케이먼 씨는 일자리가 생기는 대로 외국으로 가야 했기 때문에 3개월 계약으로 그 집에 살았습니다. 그러다가 외국으로 간 것 같습니다."

"그러면 그분 주소를 갖고 계시지 않겠군요?"

"예, 그렇습니다. 케이먼 씨와 우리와는 계약이 끝났습니다."

"그렇다면 집을 빌릴 때 쓴 주소가 있을 텐데요."

"호텔 주소였습니다. 패딩턴 역 부근의 G. W. R. 호텔이었죠."

"그밖에는요?"

"그분은 3개월 집세를 미리 지급했고, 전기료와 가스요금도 지급했습니다."

"아, 그러세요." 프랭키는 절망을 느꼈다.

프랭키는 젊은 직원의 호기심 어린 눈빛을 의식했다. 부동산업자들은 손님이 어떤 부류인가를 알아내는 데에는 통달한 사람들이다. 직원은 케이먼에게 관심을 보이는 프랭키를 약간 이상하게 보는 것 같았다.

"케이먼 씨는 내게 많은 빚을 지고 있어요."

젊은 직원은 금방 놀란 표정이 되더니 프랭키에게 동정을 느꼈는지 서류를 찾아보는 등 최선을 다해 우호적인 태도를 보였다.

그러나 케이먼의 전 주소나 현주소는 찾을 수 없었다. 프랭키는 직원에게 고맙다는 인사를 하고 그곳을 나와 택시를 타고 두 번째 부동산업자를 찾아갔다.

첫 번째 부동산 사무실은 케이먼에게 집을 소개해 준 곳이었지만, 이번에 가는 곳은 집주인의 이익을 위해 집을 다시 빌려 주는 일에만 관심이 있을 것이 분명했다. 프랭키는 집을 보고 싶다고 말했다.

직원의 얼굴에 나타나는 놀라움을 무마하려고 여성만을 위한 호텔을 열기 위한 값싼 집을 보고 싶다는 말을 덧붙였다. 놀란 표정이 사라지고 프랭키는 다른 두 집의 열쇠와 함께 레너드 가든즈 17번지의 열쇠를 받아들었다.

직원이 함께 오지 않은 것은 운이 좋은 일이었다.

17번지의 현관문을 열고 들어서는 순간 먼지 냄새가 프랭키의 코를 찔렀다.

페인트가 벗겨지고 여기저기 얼룩이 생긴 내부는 값싼 장식이 된, 조금도 마음에 들지 않는 집이었다. 프랭키는 다락방부터 지하실까지 샅샅이 살펴보았다. 이사 간 뒤의 어수선함이 그대로 남아 있었다.

끈과 오래된 신문, 못과 연장들이 여기저기 흩어져 있었다. 뭔가 적혀 있는 종잇조각은 하나도 눈에 띄지 않았다. 가능성이 담긴 것이라고는 펼쳐진 채 창틀에 놓여 있는 ABC 철도 안내책자뿐이었다. 펼쳐진 페이지에서도 중요한 점은 발견할 수 없었지만 프랭키는 뭔가 알아낼지도 모른다는 가냘픈 희망을 안고 그것을 전부 수첩에 옮겨 썼다.

케이먼에 대한 추적은 백지상태나 마찬가지였다.

프랭키는 이 정도쯤이야 예상했던 것이 아닌가 하며 자신을 위로했다. 만일 케이먼 부부가 범법자라면 그들은 아무에게도 추적당하지 않기 위해 용의주도하게 몸을 숨기고 있을 것이다. 그러나 그것만도 최소한의 확증적인 증거가 되는 것이다. 직원에게 열쇠를 넘겨주고 며칠 내로 다시 연락하겠다는 거짓말을 하면서 프랭키는 실망한 심정을 어찌할 수 없었다.

파크를 향해 걸어가면서 절망감 때문에 앞으로 어떻게 해야 할지조차 알 수 없었다. 이런 절망감을 멈추게 한 것은 갑작스레 쏟아진 소나기였다. 택시가 눈에 띄지 않자 프랭키는 가까운 지하철역으로 뛰어들어갔다. 피카딜리 광

장까지 표를 끊고 신문대에서 두 가지 신문을 샀다.

지하철을 타고(그 시간의 지하철은 거의 비어 있었다) 프랭키는 고민거리를 머릿속에서 단호하게 떨쳐 버리고 신문을 펼쳤다. 신문기사에 정신을 집중하려고 애쓰며 기사를 단편적으로 띄엄띄엄 훑어보았다.

교통사고 사망자 숫자. 어떤 여학생의 실종. 클래리지 저택의 레이디 피터 햄튼이 개최한 파티. 요트 사고를 당했던 존 밀킹턴 경의 회복—그 요트의 이름은 '아스트라도라'로서 백만장자였던 고(故) 존 새비지 씨가 소유했던 유명한 것이었다. 그 요트는 재수가 나쁜 배였던지, 요트를 설계한 사람은 비극적으로 죽었고, 새비지 씨는 자살했으며, 존 밀킹턴 경은 기적적으로 죽음을 모면했던 것이다.

프랭키는 신문을 내려놓으며 기억을 되살리려고 양미간을 찌푸렸다.

존 새비지란 이름은 전에 두 번 들은 적이 있다. 실비아 배싱턴프렌치가 앨런 카스테어즈에 대해 말했을 때와, 바비가 리빙턴 부인과 나누었던 이야기를 그녀에게 전해 주었을 때였다.

앨런 카스테어즈는 존 새비지의 친구였다. 리빙턴 부인은, 카스테어즈가 영국에 돌아온 것은 새비지의 죽음과 관계가 있다고 말했다. 새비지는 자신이 암에 걸렸다는 것 때문에 자살했다.

이렇게 가정해 보면 어떨까. 앨런 카스테어즈는 친구인 새비지의 죽음에 뭔가 석연치 않은 점이 있다고 생각했다. 그래서 그 죽음을 규명하려고 영국으로 돌아왔다. 새비지의 죽음을 둘러싼 사건이 바로 바비와 내가 뛰어든 연극의 제1막이었다.

"그럴 듯해. 가능한 일이야."

프랭키는 사건의 새로운 국면을 맞아 어떻게 대처해야 할지 깊이 생각했다. 존 새비지의 친구나 친척이 누군지 알 수 없었다.

그때 프랭키에게 한 가지 생각이 떠올랐다—새비지의 유언장. 그의 죽음에 어떤 의혹이 있다면 유언장에서 실마리를 찾을 수도 있을 것이다. 런던 어디엔가 1실링을 받고 유언장을 보여 주는 곳이 있다고 알고 있는데, 그곳이 어딘지 생각이 나지 않았다.

지하철이 어떤 정거장에 닿았을 때 대영박물관이 눈에 들어왔다. 프랭키는 내리려던 곳에서 두 정거장이나 지나쳐 옥스퍼드 광장 역에 닿았던 것이다.

그녀는 얼른 지하철에서 뛰어내려 거리로 나왔을 때 또 한 가지 생각이 떠올랐다. 5분가량 걸어서 그녀는 '젠킨슨 앤드 스프래지' 법률사무소에 도착했다.

프랭키는 정중한 대접을 받으며 수석 변호사인 스프래지 씨의 방으로 즉각 안내되었다. 스프래지 씨는 무척 상냥하게 그녀를 맞이했다.

그는 온갖 문제를 안고 찾아오는 귀족 고객들을 위로하기에 알맞은 부드럽고 설득력 있는 목소리를 지니고 있었다. 스프래지 씨는 귀족 가문의 수치스러운 비밀을 런던의 누구보다도 많이 알고 있다는 소문도 떠돌았다.

"이렇게 찾아 주셔서 정말 영광입니다, 레이디 프랜시스"

스프래지 씨가 반갑게 말했다.

"앉으세요. 의자가 편안하십니까? 예, 됐군요. 날씨가 아주 화창합니다. 그렇죠? 세인트 마틴의 여름이죠. 마칭턴 경께서는 안녕하십니까? 아, 그렇습니까?"

프랭키는 그의 여러 가지 질문에 적당히 대답했다.

스프래지 씨는 코안경을 벗고 한층 더 법률 상담자 같은 태도가 되더니, 그 태도에 어울리는 질문을 했다.

"자, 레이디 프랜시스, 이런 날 오후에 제 누추한 사무실에서 아가씨를 만나는 즐거움을 선사한 일은 무엇입니까?"

'협박?'이라고 그의 눈썹이 묻고 있었다.

'이상한 편지? 내키지 않는 청년의 음모? 아니면 양장점 주인의 소송?'

눈짓으로 이런 것들을 묻는 스프래지 씨의 태도는 변호사로서의 그의 경력과 수입에 어울리는 신중한 것이었다.

"유언장을 보고 싶은데요. 1실링만 내면 유언장을 볼 수 있는 곳이 있다죠?"

"서머셋 하우스입니다. 그런데 어떤 유언장을 보고 싶습니까? 아가씨 가족의 유언장이라면 어떤 것이라도 내가 내용을 말씀드릴 수 있습니다. 우리가 오래전부터 아가씨 가족의 유언장을 작성하는 영광을 누리고 있으니까요."

"가족 유언장이 아니에요."

"그렇다면?"

고객의 신임을 얻는 그의 최면술 같은 마력이 너무도 강해서 프랭키는 자신도 모르게 압도되고 말았다.

"저는 새비지 씨, 존 새비지의 유언장을 보고 싶어요."

"정말—입니까?"

스프래지 씨의 목소리에는 놀라움이 섞여 있었다. 전혀 예측하지 못했다는 듯, "그것참 이상하군요, 정말 이상합니다."라는 말을 계속했다.

그의 목소리에서 뭔가 심상치 않은 것이 느껴진 프랭키는 그를 보았다.

"이거, 어떻게 해야 할지 모르겠군요. 레이디 프랜시스, 그 유언장을 보려는 이유를 말해 줄 수 있습니까?"

"죄송하지만 그건 말씀드릴 수 없어요." 프랭키가 천천히 말했다.

무슨 이유인지 모르지만 온화하고 인자한 평소의 스프래지 씨답지 않은 표정이 프랭키를 놀라게 했다. 그는 무척 걱정스러운 표정을 지었다.

"아가씨에게 경고를 해야겠군요."

"제게 경고를요?"

"예, 겉으로 나타난 징조는 아주 희미하지만 분명히 뭔가 일어나고 있습니다. 나는 아가씨가 수상한 일에 말려들게 내버려둘 수는 없습니다."

이쯤 되자 프랭키는 스프래지 씨가 결코 환영하지 않을 일에 깊숙이 관련되어 있다는 것을 말할 수밖에 없었다. 그러나 그녀는 그저 묻는 듯한 표정으로 스프래지 씨를 바라보고만 있었다.

"이상한 우연의 일치로군요. 분명히 무슨 일이 벌어지고 있어요. 그러나 지금 나로선 함부로 말할 수 없습니다."

프랭키는 계속 그를 응시했다.

"아, 이젠 뭔가 알겠군요."라고 말하는 그의 가슴속에 화가 치밀어 오르는 것 같았다.

"누군가가 내 흉내를 냈더군요, 레이디 프랜시스. 고의적으로 이 스프래지인 체했던 겁니다. 여기에 대해 무슨 할 말이 없습니까?"

그 순간 너무도 당황한 프랭키는 아무 말도 할 수 없었다.

제25장

스프래지 씨의 이야기

결국 프랭키는 더듬거리며 말문을 열었다.

"그걸 어떻게 아셨어요?"

아, 이렇게 말하려는 게 아니었는데. 프랭키는 자신의 혀를 잘라 버리고 싶은 심정이었다. 그러나 이미 말해 버렸고, 스프래지 씨가 그녀의 말에서 자백의 뜻을 읽지 못했다면 그는 법률가가 아니었을 것이다.

"그러니까 아가씨는 뭔가 알고 있군요, 그렇죠?"

"예." 프랭키는 한숨을 내쉬었다.

"모든 일이 제가 꾸민 거예요, 스프래지 씨."

"놀랍군요."라고 말하는 그의 목소리에는 화가 잔뜩 난 냉정한 법률가가 될 것인가, 인자한 아버지 같은 가족 변호사가 될 것인가 하는 갈등이 담겨 있었다.

"어찌된 일입니까?"

"장난이었어요. 우란—뭘 좀 꾸미고 있었거든요."

프랭키는 기어들어가는 목소리로 말했다.

"그런데 누가 내 흉내를 냈습니까?"

프랭키의 머릿속에서 또 한 번 재치가 번득이며 지나갔다.

"어떤 젊은 공작이었어요. 하지만 이름은 알려 드릴 수 없어요. 약속에 어긋나는 짓이거든요."

프랭키는 이젠 자기가 유리한 입장임을 알고 있었다. 목사의 아들에 지나지 않는 한 젊은이의 대담한 행동을 스프래지 씨가 용서했을지는 알 수 없었다. 그러나 귀족이란 칭호에 약한 스프래지 씨는 공작의 무례함에는 부드러워졌다. 그는 다시 상냥한 태도로 돌아왔다.

"아! 참 굉장한 젊은이들이군요. 참 굉장해요."

그는 집게손가락을 좌우로 흔들며 중얼거렸다.

"자진해서 성가신 일에 뛰어들었군요. 해롭지는 않겠지만 앞뒤 생각 없이 저지른 장난이 법적으로 어떤 말썽거리를 만드는지 알면 아마 놀랄 겁니다. 재미가 있을는지는 몰라도 때로는 법정 밖에서 해결하기 어려운 일이 되기도 합니다."

"정말 관대하시군요, 스프래지 씨." 프랭키는 솔직하게 말했다.

"이런 일을 선생님처럼 관대하게 받아들이는 사람은 이 세상에 없을 거예요. 저 자신이 부끄럽군요."

"아니, 그럴 것까지는 없어요."

스프래지 씨는 아버지처럼 인자하게 말했다.

"정말 부끄러울 따름이에요. 아마 리빙턴 부인이 말씀드렸겠죠. 그 부인이 선생님께 정확히 어떻게 얘기하시던가요?"

"여기 그 부인이 보낸 편지가 있어요. 나도 30분 전에야 읽어 보았지요."

프랭키가 손을 내밀자 스프래지 씨는 마치, '어리석은 행동이 어떤 결과를 가져왔는지 직접 보라'는 듯한 태도로 편지를 건네주었다.

스프래지 씨

제가 어리석은 실수를 저질렀군요. 제 집에 오셨던 날 말씀 드렸어야 하는 건데 이제야 생각이 났습니다. 카스테어즈 씨는 그때 치핑 서머 턴이란 곳에 갈 예정이라고 했어요. 이것이 당신에게 도움이 되는지 모르겠군요. 맬트라버스 사건에 관해 들려주신 말씀은 아주 재미있었 습니다.

그럼 안녕히 계세요.

에디스 리빙턴

"장난으로 한 일이 얼마나 중대한 것으로 확대될 수도 있는지 이제야 알았 겠죠." 스프래지 씨는 인자하고도 엄격한 투로 말했다.

"이 편지를 받았을 때 나는 심상치 않은 일이 벌어지고 있다고 생각했지요.

맬트라버스 사건과 관련된 일이거나, 우리 고객인 카스테어즈 씨와—."

"카스테어즈 씨가 선생님의 고객이었나요?"

프랭키는 흥분한 나머지 스프래지 씨의 말을 가로채며 물었다.

"예, 그래요. 그분이 한 달 전 영국에 오셨을 때 나를 찾아왔더군요. 카스테어즈 씨를 알고 있습니까, 레이디 프랜시스?"

"예, 그렇다고 할 수 있죠."

"무척 매력적이고 멋있는 분이더군요. 그분이 내 사무실에 들어오면 사무실에 생기가 돌고 뭔가 꽉 차는 느낌이 들었죠."

"새비지 씨의 유언장에 대해 상담하러 오셨죠?"

"아! 그러니까 카스테어즈 씨에게 내 법률사무소를 소개한 사람이 바로 아가씨였습니까? 그분은 기억을 못 하고 있더군요. 어쨌든 그분을 위해 더 이상의 도움을 드리지 못해 미안합니다."

"어떤 조언을 해주셨나요? 직업상의 규칙 때문에 제게 말씀해 주실 수 없나요?"

"이 경우는 괜찮습니다." 그가 미소를 띠며 말했다.

"더 이상 취할 방도가 없다는 것이 내 의견이었지요. 새비지 씨의 가족이나 친척이 많은 비용을 들여가며 법정 투쟁을 할 작정이라면 모르겠지만, 그들은 그럴 생각이 없었던 것 같더군요. 혹은 그럴 처지가 못 되는지도 모르겠지요. 완전히 이길 승산이 있는 경우가 아니면 사건을 법정으로 끌고 들어가라는 조언은 절대로 하지 않습니다. 법(法)이란 변덕스러운 동물이에요. 법을 모르는 사람들을 깜짝 놀라게 하는 괴기스러운 성질을 지니고 있거든요. 되도록 법정 밖에서 해결하자는 것이 내 좌우명이죠."

"무척 흥미 있는 사건이군요."

프랭키는 맨발로 압핀이 깔린 바닥을 걷는 느낌이었다. 만일 한 개라도 밟으면 게임은 끝나는 것이다.

"그런 종류의 사건은 아가씨가 생각하는 것보다 훨씬 많죠."

"자살 사건 말씀인가요?"

"아니오, 부당압박의 경우 말입니다. 새비지 씨는 빈틈없는 사업가였어요.

그런데 그 여자의 손안에서 완전히 녹아나고 말았죠. 그 여자는 어지간히 철저한 수완가였음이 틀림없어요."

"좀더 자세히 말씀해 주세요." 프랭키는 대담하게 말했다.

"카스테어즈 씨는 너무 흥분해 있었기 때문에 자세히 물어볼 수가 없었거든요."

"사건은 아주 간단해요. 전부 이야기해줄 수 있죠. 모두 알고 있는 일이니까 내가 얘기한다 해도 뭐라 할 사람은 없을 겁니다."

"그렇다면 제게 전부 말씀해 주세요."

"새비지 씨는 지난해 11월 미국에서 영국으로 배를 타고 돌아오는 중이었죠. 알다시피 그는 가까운 친척도 없는 굉장한 부자였습니다. 그 항해 도중 새비지 씨는 템플턴이라는 부인과 사귀게 되었어요. 템플턴 부인에 대해서는 상당한 미인이라는 것과, 어딘가에 남편이 있다는 것밖에 알려진 게 없어요."

'케이먼 부부가 분명해.' 프랭키가 속으로 생각했다.

"그 항해 여행은 위험을 안고 있었어요."

스프래지 씨는 고개를 흔들며 미소를 띠고 이야기를 계속했다.

"새비지 씨는 템플턴 부인에게 매료된 것이 분명했어요. 그는 치핑 서머턴에 있는 그 부인의 작은 별장에 놀러 오라는 초대를 받아들였거든요. 그곳에 얼마나 자주 갔었는지는 알 수 없지만, 템플턴 부인에게 마음이 끌린 새비지 씨는 아주 자주 그곳에 갔던 게 분명해요. 그러다가 비극이 발생했죠. 새비지 씨는 이따금 자신의 건강상태가 좋지 않다고 느끼면서 어떤 병에 걸린 게 아닐까 하는 두려움을 가지고 있었지요ㅡ."

"암이었나요?"

"그랬어요. 새비지 씨는 자신이 암에 걸렸다는 생각에 사로잡혀 있었어요. 그가 템플턴 부부와 함께 지내고 있을 때 그들 부부는 새비지 씨에게 런던에 가서 전문의에게 진찰을 받아 보라고 권했죠. 그래서 의사를 찾아갔었던 건데, 여기서 나는 사실을 말해야겠군요, 레이디 프랜시스 그 전문의는 그 분야에서 잘 알려진 능력 있는 의사였어요. 그는 검시 심문에서 이렇게 말했지요. 새비지 씨는 암에 걸리지 않았고, 자신도 새비지 씨에게 그렇게 말했다고 말입니다. 그런데 새비지 씨는 자신이 암에 걸렸다는 강박관념에 깊이 사로잡혀서 사실을 받아들이지 않았다는 겁니다. 아무런 편견이나 의학상식이 없는 나로서는 일이 약간 묘하게 되어갔다고 생각됩니다.

만일 새비지 씨의 증세가 의사에게 분명한 확신을 줄 수 없는 애매한 것이었다면 의사는 약간 심각한 얼굴로 이러이러한 치료를 받아야겠다고 말했을지도 모르고, 새비지 씨를 위로하는 중에 암은 아니더라도 심각한 병에 걸렸다는 느낌이 들었을지도 모른다는 것이죠. 의사들이란 대체로 환자에게 직접적인 사실을 숨긴다고 생각한 새비지 씨는 나름대로 자기 병을 암이라고 판단했을 수도 있는 거죠. 의사가 하는 위로의 말은 진실이 아니라고 생각하며 자기가 암에 걸렸다고 믿어 버린 겁니다.

그래서 새비지 씨는 정신적 충격을 받고 치핑 서머턴으로 돌아갔습니다. 그는 죽음에 끌려가며 고통에 몸부림치는 자신의 모습을 머릿속에 그려 보았을 겁니다. 그의 가족 중에 암으로 죽은 사람이 있었기 때문에, 그는 자신이 보았던 그 고통을 겪고 싶지 않았겠죠. 그래서 그는 변호사를 불러서—그 변호사는 신망 있는 법률사무소의 유망한 변호사였지요. 유언장을 작성한 겁니다. 새비지 씨는 그 유언장에 서명을 하고 안전한 보존을 위해 변호사에게 맡겼습니다. 그리고 그날 저녁 새비지 씨는 오랜 시간을 끄는 고통스러운 죽음보다는 고통 없는 빠른 죽음을 택한다는 내용의 유서를 남기고 치사량의 클로랄을 마셨던 거죠.

유언에 따르면 새비지 씨는 70만 파운드에 달하는 유산을 템플턴 부인에게 상속했고, 나머지는 몇몇 자선단체에 기부했습니다.”

스프래지 씨는 의자 등받이에 기대앉아 자기가 하는 말을 즐기고 있었다.

“배심원들은 정신적 이상상태에서 자살했다는 동정적인 평결을 내렸지요. 유언장을 작성할 당시 그의 정신상태가 이상하지 않았는가에 대해서는 논쟁할 필요가 없었습니다. 왜냐하면 그 당시 그곳에 참석했던 변호사의 말에 의하면 새비지 씨는 의심의 여지없이 올바른 정신상태에 의식이 분명했다고 했으니 말이오. 또한 부당압박에 의해 유언장을 작성했다고 생각할 수도 없었습니다. 새비지 씨에게는 가깝게 지내는 친척이라곤 먼 사촌들뿐인데, 그들을 만난 적도 없었죠. 그들은 오스트레일리아에 살고 있다는군요."

스프래지 씨는 잠시 말을 멈추었다.

"카스테어즈 씨의 주장은 그 유언장의 내용이 새비지 씨의 성격과 전혀 맞지 않는다는 겁니다. 새비지 씨는 조직화한 자선단체를 싫어했을 뿐만 아니라 유산은 혈육에게 물려주어야 한다는 군은 결심을 하고 있었다는 것이었죠. 그러나 카스테어즈 씨의 주장을 증명할 수 있는 증거서류가 없다는 점을 내가 지적해 주자 그는 생각을 바꾸었던 겁니다. 그런 종류의 유언장을 가지고 소송을 제기하게 되면 템플턴 부인은 물론, 자선단체들과도 논쟁을 벌여야 합니다. 그리고 유언장은 이미 검인이 인정된 상태였지요."

"그 당시에는 아무 문제도 제기되지 않았나요?"

"새비지 씨의 친척들은 국내에 살고 있지 않고, 또 그 일에 대해서도 거의 모르고 있어요. 문제를 제기한 사람은 바로 카스테어즈 씨였지요. 그는 친구의 죽음과 유산상속에 대해 상세하게 알게 되자 아프리카 내륙여행에서 돌아와서 자신이 할 수 있는 일이 없는지 알아본 겁니다. 나는 손쓸 방법이 없다고 말했지요. 먼저 가진 사람이 임자고, 템플턴 부인이 바로 그 임자였으니까요. 게다가 그 여자는 프랑스 남부로 떠나 버렸고, 그 일에 관한 나와의 연락도 거절했지요. 나는 카스테어즈 씨에게 변호사를 쓰는 게 어떠냐고 했지만 그럴 필요는 없다고 하더군요. 어쩔 도리가 없었던 겁니다. 이의를 제기한다 해도 승소 여부는 의심스러웠고, 어쨌든 너무 늦은 일이었거든요."

"템플턴 부인에 관해서 아는 사람은 없나요?"

스프래지 씨는 고개를 저으며 입술을 오므렸다.

"새비지 씨 같은 인생 경험을 겪은 남자는 그렇게 쉽게 넘어가지 않을 텐데. 그러나—."

그는 법정 밖에서 사건을 해결하려고 자신을 찾아왔던, 세상일에 정통한 무수한 고객을 머릿속에 그리며 슬픈 표정으로 고개를 흔들었다.

프랭키는 일어서며, "남자들이란 참 알 수 없어요"라고 말하며 손을 내밀며 악수를 청했다.

"안녕히 계세요, 스프래지 씨. 정말 고마웠어요. 제가 부끄러워요."

"무모한 젊은이들은 언제나 조심해야 합니다."

그가 고개를 끄덕이며 말했다.

"친절하게 대해 주셔서 감사합니다."

프랭키는 힘 있게 악수를 하고 그와 헤어졌다.

스프래지는 의자에 앉아서 생각했다.

'젊은 공작이라ー.'

그렇게 부를 수 있는 공작은 두 사람밖에 없는데 그중 누구일까?

그는 피어리지 공작이라고 단정했다.

제26장

밤의 모험

모이라의 수수께끼 같은 부재(不在)는 바비에게 생각 이상의 걱정을 안겨 주었다. 그는 미리 단정을 내리는 것은 어리석다고 자신에게 거듭 말했다. 동시에, 여러 사람이 목격할 가능성이 있는 집 안에서 모이라에게 무슨 일이 일어났을 리도 없거니와, 최악의 상태라 해도 그녀가 그레인지에 갇혀 있을 뿐일 거라는 생각을 거듭했다.

모이라 자신의 의지로 스태벌리를 떠났다는 것은 도저히 믿을 수 없었다. 그에게 한마디 말도 없이 떠났다는 것도 믿어지지 않았다. 그리고 모이라는 갈 곳도 없다고 말하지 않았던가.

맞아. 니콜슨이 깊이 관련되어 있어. 모이라의 행동을 눈치챈 것이 분명해. 그래서 어떤 조치를 취한 거야. 모이라는 그레인지의 어느 곳엔가 갇혀 있어. 바깥세상과 연락을 할 수 없는 상태로 감금되어 있는 거야. 하지만 머지않아 구해 낼 거야.

바비는 모이라의 한 마디 한 마디를 절대적으로 믿었다. 모이라가 느끼는 두려움은 상상의 결과도, 신경과민도 아니다. 그건 뚜렷한 사실이다.

니콜슨은 자기 아내를 없애려고 했다. 그의 시도는 몇 번 실패했지만 이제 모이라가 다른 사람에게 말했기 때문에 그의 손아귀에 잡히고 만 것이다. 니콜슨은 곧 행동을 취할 것이다. 니콜슨은 모이라가 우리에게 모든 이야기를 했지만, 우리에게는 아무 증거도 없다는 것을 알 것이다.

또 그는 프랭키만이 관련되어 있다고 믿을 것이다. 그는 처음부터 프랭키를 의심했을지도 모른다. 자동차 사고에 관해 끈덕지게 묻지 않았던가. 그러나 레이디 프랜시스의 운전사인 내가 관련되어 있다고는 생각지 않겠지.

그렇다, 니콜슨은 행동으로 옮길 것이다. 모이라의 시체는 십중팔구 스태벌리에서 멀리 떨어진 곳에서 발견될 것이다. 어쩌면 바다에 던져 버릴지도 모른다. 아니면 절벽 아래에서 발견되는지도. 어쨌든 '사고'로 가장될 것이 분명하다. 그는 사고 전문이니까. 그러나 사고로 가장하려면 얼마간의 시간이 필요할 것이다. 많은 시간은 아니더라도 어느 정도의 시간은 필요할 것이다. 니콜슨은 서두르고 있으리라—예정한 시간보다 더 빨리 행동할 것이다. 그가 계획을 행동에 옮기려면 적어도 스물네 시간 정도는 필요할 것이다.

모이라가 그레인지에 있다면 두 시간이 지나기 전에 그녀를 찾아야 한다.

부룩가에서 프랭키를 내려준 다음 바비도 행동에 착수했다. 그는 뮤스가를 되도록 멀리 하는 게 현명하다고 생각했다. 아직도 누군가 수리공장을 감시하고 있을 것이기 때문이었다. 호킨스라는 신분이라면 의심을 사지 않겠지만, 호킨스는 이제 사라질 때가 되었다.

그날 저녁 짙은 청색 양복을 입고 콧수염을 기른 한 젊은이가 북적거리는 소도시 앰블디버에 도착했다. 그는 역 부근 호텔에 조지 파커라는 이름으로 숙박부를 쓰고 옷가방을 맡긴 다음 밖으로 나와 오토바이를 빌리러 갔다.

밤 열 시, 모자를 쓰고 오토바이를 탄 사람이 스태벌리를 지나 그레인지에서 멀지 않은 곳의 빈터에 멈춰 섰다.

바비는 적당한 수풀에 급히 오토바이를 숨기고 길 좌우를 살펴보았다. 인적이 없었다. 그는 그레인지의 작은 출입문이 있는 곳까지 담장을 따라 천천히 걸어갔다. 전과 마찬가지로 문은 잠겨 있지 않았다. 다시 한 번 주위에 사람이 없음을 확인한 그는 문 안으로 미끄러져 들어갔다. 군용 리볼버 권총이 불룩 나와 있는 코트 주머니에 손을 넣자 안심이 되는 느낌이었다.

그레인지의 안마당은 고요했다. 바비는 침입자를 잡아먹는 치타 같은 맹수를 기르는 등골 오싹한 소설을 떠올리며 잠깐 미소를 지었다.

니콜슨은 철제 빗장 정도로 만족하는 걸로 봐서 다소 부주의한 면이 있는 것 같았다. 그 작은 출입문은 열려 있으면 안 될 것이라고 바비는 생각했다. 악당으로서의 니콜슨은 유감스럽게도 경계가 소홀한 사람 같았다.

"길들인 뱀도 없고, 치타도 없고, 전기장치가 된 전선도 없다—니콜슨은 시대에 뒤떨어진 사람이군."

바비는 이렇게 생각하며 용기를 북돋웠다. 그러나 모이라를 생각할 때마다 마음이 죄어드는 것 같았다.

그녀의 얼굴이 떠올랐다—떨고 있던 입술, 공포에 질린 커다란 두 눈. 바로 여기서 그녀를 처음 보았었지. 쓰러지려는 그녀를 부축하면서 팔에 안았을 때를 생각하며 바비는 약간 흥분되는 자신을 느꼈다.

모이라—그녀는 지금 어디에 있을까? 악마 같은 니콜슨이 그녀를 어떻게 했을까? 그녀가 아직 살아 있기만 하다면…….

"분명히 살아 있을 거야." 바비는 입술 사이로 단호하게 말했다.

"다른 생각은 하지 않겠어."

바비는 집 주변을 주의 깊게 살펴보았다. 위층에 몇 군데 불이 켜져 있었고, 아래층에는 불 켜진 창이 한 군데밖에 없었다.

바비는 그쪽으로 기어갔다. 커튼이 쳐져 있었지만 약간 벌어진 틈이 있었다. 그는 창턱에 무릎을 대고 살며시 몸을 일으켜서 커튼 사이로 안을 들여다보았다.

글씨를 쓰는 듯이 움직이는 어떤 남자의 팔과 어깨가 보였다. 남자가 몸을 움직이자 그의 옆얼굴이 바비의 눈에 들어왔다. 그는 니콜슨이었다.

참으로 묘한 상황이었다. 누가 지켜본다는 의식 없이 니콜슨은 계속 뭔가를 쓰고 있었다. 오싹하는 전율이 바비의 전신을 스치고 지나갔다. 그는 바비와 너무도 가까이 있어서 두 사람 사이의 유리창만 아니라면 손을 뻗쳐 닿을 수도 있는 거리였다.

바비는 처음으로 니콜슨을 자세히 보게 되었다. 크고 오뚝한 코, 모난 턱, 말쑥하게 면도한 선이 분명한 아래턱. 귀는 작고 뒤로 납작하게 눕혀져 있었으며, 귓불은 뺨에 완전히 붙어 있었다. 바비는 그런 귀를 가진 사람은 큰 인물이 될 거라는 말을 들은 기억이 났다.

니콜슨은 침착하게 계속 써내려가고 있었다. 이따금 적절한 낱말을 찾는 듯 잠시 쉬었다가 쓰기도 했다. 그가 쥔 펜은 정확하고 차분하게 종이를 메워 나갔다. 코안경을 벗어서 닦고 다시 썼다.

바비는 소리 없이 땅으로 내려오며 숨을 내쉬었다. 니콜슨은 얼마 동안은 계속 쓸 것 같았다. 지금이야말로 집 안으로 들어갈 기회다. 위층 창문을 통해 들어가다가는 니콜슨이 그 사이 집을 둘러보는 때에 들킬지도 모른다.

바비는 집을 한 바퀴 더 둘러보고 아래층 창문 하나를 택했다. 문틀이 열려 있고 불이 꺼진 것으로 봐서 아무도 없는 방이 분명했다. 게다가 적당한 나무가 한 그루 창 앞에 있어서 올라가기도 쉬워 보였다.

잠시 뒤 바비는 그 나무를 타고 올라갔다. 순간, 그가 매달린 썩은 나뭇가지에서 불운하게도 부러지는 소리가 나면서 그는 아래에 있는 수국 덤불 속에 머리를 처박으며 떨어지고 말았다. 덤불 덕분에 다행히도 땅에 머리를 부딪치지는 않았다.

니콜슨이 있는 서재의 창문은 바비가 떨어진 곳에서 멀리 떨어져 있었지만, 곧 니콜슨이 외치는 소리와 함께 창문이 활짝 열리는 소리가 들려왔다. 땅에 떨어졌을 때의 충격에서 벗어난 바비는 잽싸게 일어나 덤불에서 빠져나와 작은 문으로 통하는 오솔길의 어둠 속으로 뛰어들어갔다. 그리고 길가의 덤불 속에 몸을 숨겼다.

여러 사람의 목소리가 들리고 부서진 수국 덤불 가까이 비추는 빛이 보였다. 바비는 몸을 숨기고서 꼼짝 않고 있었다. 저 사람들은 오솔길로 다가올 것이다. 그러면 작은 출입문이 열린 것을 보게 될 것이고, 누군가가 그 문을 통해 도망갔다고 여기겠지. 그렇게 되면 더 이상 집 안을 조사하지는 않을 것이다.

그런데 시간이 지나도 바비가 있는 곳으로 오는 사람은 없었다. 그때 바비는 니콜슨이 뭔가 묻는 소리를 들었다. 그러자 무슨 말인지는 알 수 없었지만 약간 무식한 말씨의 쉰 목소리가 대답하는 것이 들려왔다.

"아무 이상 없습니다, 선생님. 집을 전부 둘러봤습니다."

사람들이 두런거리는 소리가 점차 잦아들고 빛도 사라졌다. 모두 집 안으로 들어간 것 같았다.

바비는 조심스럽게 오솔길로 나오며 귀를 기울였다. 조용했다.

그는 집 쪽으로 한두 걸음 내디뎠다.

그 순간 어둠 속에서 무엇인가 바비의 목덜미를 내리쳤다.

그는 앞으로 쓰러지며……어둠 속에 잠겨 들었다.

제27장

"형님은 살해당했다"

금요일 아침, 녹색 벤틀리가 앰블디버의 스테이션 호텔 앞에 멈추었다.

프랭키는 헨리 배싱턴프렌치의 검시 심문에 출두한 다음 런던에서 오는 길에 앰블디버에 들르기로 바비와 약속을 해두었었다.

그런데 약속시간을 정하는 전화를 기다렸지만 바비에게서 아무런 연락이 없자 호텔로 직접 온 것이었다.

"파커 씨라고 하셨습니까, 아가씨?" 호텔 직원이 물었다.

"그런 이름을 가진 분은 저희 호텔에 안 계십니다. 그러나, 어디 한번 찾아보죠"

잠시 뒤 제자리에 돌아온 직원이 말했다.

"그 손님은 수요일 저녁에 오셨습니다. 가방을 저희에게 맡기고 저녁 늦게 돌아오시겠다는 말씀을 남기고 나가셨는데, 가방은 아직 이곳에 있습니다만 아직도 돌아오시지 않았습니다."

프랭키는 갑자기 현기증을 느끼고 테이블에 몸을 기댔다.

직원이 안됐다는 듯 프랭키를 바라보며 물었다.

"몸이 어디 안 좋으십니까, 아가씨?"

프랭키는 고개를 저었다.

"괜찮아요. 메모를 남기지도 않았나요?"

그는 다시 살펴보고는, "그 손님 앞으로 전보가 와 있습니다. 그게 전부군요."라고 말했다. 그리고 프랭키를 호기심 가득한 눈으로 바라보았다.

"제가 도와 드릴 일은 없습니까?"

프랭키는 다시 고개를 내저었다. 얼른 밖으로 나가서 이제 어떻게 할 것인가를 생각할 시간이 필요했다.

"됐어요. 고마워요."라고 말한 뒤, 프랭키는 벤틀리에 올라 차를 몰았다.

직원은 그녀가 떠나는 것을 지켜보며 알겠다는 듯 고개를 끄덕였다.

"남자가 뺑소니를 친 게 분명해. 저 여자를 속이고 달아난 거야. 멋있는 여잔데. 남자가 누군지 궁금하군." 하고 말하며 접수계의 젊은 여직원에게 물었지만 그녀는 기억나지 않는다고 대답했다.

"상류층 여자가 분명한데. 아무도 몰래 결혼할 작정이었는데 남자가 도망친 거야."

그때 스태벌리 쪽으로 차를 몰고 가는 프랭키의 마음은 대립한 감정으로 혼란을 겪고 있었다.

바비는 왜 스테이션 호텔로 돌아오지 않았을까? 거기에는 두 가지 이유밖에 없다. 누군가를 추적하고 있거나(그래서 어디 멀리 가 있을 것이다), 아니면 뭔가 잘못된 것이다. 벤틀리가 차선을 벗어났다. 프랭키는 위험에 직면할 뻔한 순간에 정신을 차렸다.

아니야. 내가 어리석었어, 그런 상상을 하다니. 바비는 무사할 거야. 추적 중일 거야(그뿐이야). 추적 중일 거야.

그러나 또 다른 목소리가 들렸다. 하지만 왜 나에게 안심하라는 말도 한마디 남기지 않았을까?

그건 설명하기가 더 어렵다. 그럴 이유가 있었겠지. 어려운 상황에 처해서……, 시간이 없었다든가 기회가 없었기 때문이었겠지. 바비는 내가 걱정하지 않을 거라는 사실을 알고 있을 거야. 잘 될 거야—잘 될 수밖에 없어.

검시 심문은 꿈같이 지나갔다. 상복을 입은 실비아는 무척 아름다웠다. 로저와 실비아가 왔다. 그녀의 움직임은 하나하나가 모두 인상적으로 보였다. 프랭키는 연극의 한 장면에 감탄하듯 실비아의 그런 모습에 감탄하고 있는 자신을 느꼈다.

검시 심문은 신속하게 진행되었다. 배싱턴프렌치 가문의 사람들은 이 지방에서 잘 알려져 있으므로 미망인과 그 동생을 배려해서 모든 것이 이루어졌다.

프랭키와 로저, 니콜슨이 증언을 끝내자 고인의 유서가 제시되었다. 사건은 그렇게 일단락되는 것으로 보였고, 평결은 '정신적 이상상태에서의 자살'이라고 내려졌다.

스프래지 씨가 표현한 대로 '동정적인' 평결이었다.

두 사건이 프랭키의 머릿속에서 연관 지어졌다. 정신적 이상상태에서의 두 건의 자살. 두 사건 사이에 어떤 관련이 있는 것은 아닐까?

그녀가 알기로는 두 번째 사건은 분명한 자살이다. 그녀가 현장에 있었으니까. 살해당했을지도 모른다는 바비의 추론은 근거가 빈약하다. 니콜슨의 알리바이는 누가 뭐라 해도 완벽하다. 그 미망인에 의해 보증되고 있는 것이다.

모두 나가 버린 뒤 프랭키와 니콜슨이 남았다. 검시관은 실비아와 악수를 하며 위로의 말을 하고 있었다.

"프랭키, 당신 앞으로 편지가 몇 통 와 있어요."

실비아가 뒤돌아보며 말했다.

"괜찮다면 난 가서 누워야겠어요. 힘든 하루였어요."

실비아는 몸을 떨며 방을 나갔다. 니콜슨이 무어라 진정시키는 말을 하며 그녀와 함께 나갔다.

프랭키는 얼른 로저에게 다가갔다.

"로저, 바비가 사라졌어요."

"사라지다니?"

"예! 사라졌어요."

"어디서 어떻게?"

프랭키는 몇 마디 말로 재빨리 설명했다.

"그때 이후로 나타나지 않았습니까?"

"예, 어떻게 된 걸까요?"

"글쎄요, 이렇게 생각하고 싶진 않지만—." 로저가 천천히 말했다.

프랭키는 가슴이 철렁 내려앉는 것 같았다.

"어떻게요?"

"아, 아니오. 별일 없을 겁니다. 하지만—쉿, 니콜슨이 오는군요."

니콜슨이 인기척도 없이 방으로 들어왔다. 그는 손을 비비며 미소를 지었다.

"아주 잘 끝났소. 정말 잘 됐어요. 데이비슨 박사는 유능하고 생각이 깊은 사람입니다. 그가 이 지방의 검시관이라는 사실이 다행이라고 생각되는군요."

"그렇게 생각해요." 프랭키가 기계적으로 대꾸했다.

"다른 사람이 검시관이었다면 상황은 전혀 달랐을 겁니다, 레이디 프랜시스. 검시 심문은 순전히 검시관의 손에 달렸거든요. 그는 막강한 위력을 쥐고 있어서 원하는 대로 일을 쉽게도 하고 어렵게 만들기도 합니다. 이번 경우는 모든 것이 완전하게 이루어졌습니다."

"훌륭한 무대 공연이었죠." 프랭키가 딱딱한 어조로 말했다.

니콜슨이 놀란 표정으로 그녀를 바라보았다.

"레이디 프랜시스의 기분을 나도 알겠군요. 나도 그렇게 느끼고 있으니까요. 형님은 살해당한 겁니다, 니콜슨 박사." 로저가 말했다.

프랭키와 로저는 니콜슨과 등지고 서 있었으므로 니콜슨의 눈동자가 놀라서 크게 떠지는 것을 보지 못했다.

"내 말이 사실입니다."

니콜슨이 뭐라 말하려는 것을 가로채며 로저가 말했다.

"법은 그렇게 해석하지 않을지도 모르지만 이건 분명히 살인입니다. 형님을 약물의 노예가 되도록 만든 짐승 같은 놈들이 때려눕히듯이 형님을 살해한 겁니다."

로저는 몸을 돌리며 성난 눈초리로 니콜슨을 노려보았다.

"그놈들을 해치우고 말겠어요." 그의 말은 위협처럼 들렸다.

니콜슨은 푸른 눈동자를 내리깔고 슬픈 듯 머리를 흔들었다.

"당신의 말이 틀렸다고 할 수는 없죠. 마약 복용에 대해서는 내가 당신보다 더 잘 알고 있습니다, 배싱턴프렌치 씨. 마약을 복용하게 만드는 것은 정말 무서운 범죄행위요."

프랭키의 마음속에 여러 가지 생각들이 재빨리 스쳐가는 중에 특별히 한 가지 생각이 멈추었다.

'아니야, 그럴 리가 없어. 그건 너무 끔찍해. 하지만—그의 알리바이는 그녀의 말에 의한 것이야. 이 경우—'

프랭키는 니콜슨이 자기에게 말하려는 것을 느끼고 고개를 들었다.

"자동차를 타고 왔죠, 레이디 프랜시스? 이번엔 사고가 없었습니까?"

프랭키는 도대체 그의 미소를 좋아할 수가 없었다.

"예, 없었어요. 너무 많은 사고에 휘말린다는 건 어리석은 일이죠, 그렇죠?"

니콜슨의 눈썹이 떨리는 것 같았다.

"이번에는 운전사가 차를 몰았겠죠?"

"제 운전사가 사라졌어요."

프랭키는 니콜슨을 똑바로 바라보며 말했다.

"정말입니까?"

"그레인지를 향해 떠난 것이 마지막이었어요."

니콜슨이 눈을 치켜떴다.

"그렇습니까? 아, 내가 주방에 뭔가 숨겨두었던가?"

그의 목소리에는 장난기가 섞여 있었다.

"믿을 수 없는 일이군."

"어쨌든 그레인지에서 그의 마지막 모습이 눈에 띄었어요."

프랭키가 말했다.

"무척 극적으로 얘기하는군요. 아마 이곳 풍문에 너무 귀를 기울이는 것 같소이다. 그런 말들은 믿을 만한 것이 못 됩니다. 나도 많은 이야기를 듣고 있지요."

니콜슨은 잠시 뒤 약간 어조가 바뀐 투로 말했다.

"내 아내와 당신의 운전사가 강가에서 이야기를 나누고 있더라는 말도 들었소. 그 운전사는 아주 훌륭한 젊은이인 것 같더군요, 레이디 프랜시스"

'이 남자는 자기 아내와 내 운전사가 함께 도망친 것으로 가장할 작정인가? 속임수일까?' 프랭키는 내심 이렇게 생각했다. 그리고 큰 소리로 말했다.

"호킨스는 평범한 운전사가 아니에요."

"그런 것 같더군요."라고 말하며 니콜슨은 로저를 바라보았다.

"이젠 가야겠소. 내 말을 믿으시오. 당신과 배싱턴프렌치 부인을 진심으로 염려하고 있습니다."

로저와 니콜슨이 방을 나가고 프랭키도 그들을 따라 나왔다. 홀 테이블 위에 그녀에게 온 두 통의 편지가 놓여 있었다. 하나는 청구서였고 다른 하나는—.

프랭키의 가슴이 뛰었다.

바비의 글씨였다.

니콜슨과 로저는 현관 계단에 서 있었다.

프랭키는 편지 봉투를 뜯었다.

프랭키에게

나는 지금 최후의 추적을 하고 있는 중이야. 될 수 있는 한 속히 치핑 서머턴으로 오기 바란다. 자동차가 아닌 기차로 오는 게 좋을 거야. 벤틀리는 눈에 잘 띄니까. 기차가 약간 불편하겠지만 이곳에 도착하는 데는 지장이 없을 거야. 이곳에서 튜더 커티지라 불리는 집으로 와. 어떻게 찾았는지는 나중에 설명할게. 사람들에게 길을 물어보지 말도록 해.(약도가 그려져 있었다.)

잘 찾아올 수 있겠지? 아무에게도 알리지 마.(이 말에는 굵은 밑줄이 그어져 있었다.) 절대로 아무에게도 알리지 마.

프랭키는 편지를 손아귀에 넣고 얼른 구겼다.

그러니까 아무 이상이 없구나.

바비에게 무서운 일이 생긴 건 아니었어.

그는 추적 중이다—우연히도 프랭키와 같은 추적을 하고 있었던 것이다. 프랭키는 존 새비지의 유언장을 보려고 서머셋 하우스에 갔었다. 로즈 에밀리 템플턴은 치핑 서머턴의 튜더 커티지에 사는 에드거 템플턴의 아내로 되어 있었다. 그것은 바로 세인트 레너드 가든즈에 있는 집과 연관이 되었다. 치핑 서머턴은 사건의 첫 부분에 등장하는 장소 중 하나였다. 케이먼 부부는 치핑 서머턴으로 갔던 것이다.

모든 것이 그곳 한 장소로 모이고 있다. 추적은 막바지에 다다랐다.

로저 배싱턴프렌치가 프랭키에게 다가왔다.

"흥미 있는 편지라도 왔습니까?" 그가 무심하게 물었다.

순간 프랭키는 망설였다. 바비가 아무에게도 말하지 말라고 했는데 로저도 해당되는 것일까?

그녀는 굵게 쳐진 밑줄을 상기했다. 또한 조금 전에 떠올랐던 끔찍한 생각도 상기했다. 내 생각이 사실이라면 로저는 결백함을 가장하고 우리 두 사람을 완전히 배반한 거야. 프랭키는 의심하고 있다는 사실을 눈치채지 않게 태연한 태도로 마음의 결정을 내리고 말했다.

"아니, 별거 아니에요."

그녀는 그 이후 스물네 시간이 채 지나기도 전에 자신의 결정을 절실하게 후회할 수밖에 없었다.

다음 몇 시간 동안은 자동차를 타고 오지 말라는 바비의 언명을 지킨 것도 또한 몇 번이나 후회해야 했다. 치핑 서머턴은 직선거리로는 그리 멀지 않은 곳이었지만 기차를 세 번이나 갈아타야 했고, 그때마다 시골 기차역에서 지루하게 기다려야 했다. 참을성 없는 프랭키로서는 무척이나 힘든 인내를 발휘해야만 했다.

그러나 바비가 그렇게 지시한 데는 그만한 이유가 있으리라고 생각했다. 벤틀리는 눈에 띄기 쉬운 차가 분명하니까.

벤틀리를 메로웨이에 두어야겠다는 구실은 속이 들여다보이는 것이었지만, 당시에는 앞뒤를 분간하지 못할 정도로 정신이 없어서 그럴 듯한 말이 생각나지 않았다.

굼벵이가 기어가듯 느리게, 느리게 달린 기차가 치핑 서머턴의 작은 역에 닿았을 땐 날이 어두워지고 있었다. 프랭키에게는 마치 한밤중처럼 느껴졌다. 기차는 몇 시간 동안 느릿느릿 걸어온 것 같았다. 게다가 비까지 내리기 시작했다.

프랭키는 코트 단추를 목 부분까지 잠그고, 바비의 편지를 정거장 불빛에 마지막으로 한 번 더 살펴보고 나서 약도를 익히고는 길을 재촉했다.

약도는 찾기 쉽게 그려져 있었다. 저 앞에 마을의 불빛이 보였다. 프랭키는 가파른 언덕으로 통하는 왼쪽의 좁은 길로 접어들었다. 언덕 꼭대기까지 올라가서 오른쪽 갈림길에 들어서자 저 아래 마을을 이루고 있는 일단의 집들과

쭉 늘어선 소나무들이 눈에 띄었다. 마침내 그녀는 아담한 나무문에 다가섰다. 튜더 커티지라는 글씨가 그 문에 어울리게 쓰여 있었다.

주위에는 아무도 없었다. 프랭키는 빗장을 열고 안으로 들어갔다. 소나무 숲 뒤로 집을 대충 살펴볼 수 있었다. 프랭키는 집을 좀더 확실히 볼 수 있는 곳에 자리를 잡고 섰다. 가슴이 뛰기 시작했다. 프랭키는 부엉이 우는 소리를 흉내 냈다. 몇 분이 지나도 인기척이 없었다. 다시 부엉이 소리를 냈다.

그러자 집의 출입문이 열리고 운전사복을 입은 사람이 조심스레 밖을 내다보았다. 바비! 그는 문을 조금 열어둔 채 안으로 들어오라는 손짓을 했다.

프랭키는 소나무 숲에서 나와 문쪽으로 다가갔다. 불이 켜진 창문은 없었다. 사방이 온통 캄캄하고 조용했다.

프랭키는 어두운 홀의 문턱에서 조심스럽게 발을 내디뎠다. 어둠에 눈이 익기를 기다리며 멈추어 섰다.

"바비?" 그녀가 속삭였다.

그때 프랭키의 경계심을 불러일으킨 것은 집 안에서 풍겨오는 냄새였다. 이 냄새를 어디서 맡은 적이 있었던가?—달짝지근하면서도 독한 냄새.

프랭키가 '클로로포름' 냄새라고 생각하는 순간, 억센 팔이 뒤에서 그녀를 잡았다. 소리를 지르려고 입을 벌리자 젖은 솜이 잽싸게 입을 덮쳤다. 달콤하고도 진저리나는 냄새가 코를 가득 메웠다.

프랭키는 몸을 뒤틀고 발버둥을 치며 필사적으로 저항했지만 소용이 없었다. 몸부림도 소용없이 그녀는 자신이 굴복하고 있음을 느꼈다. 귓속에서 북치는 소리가 들려오면서 숨이 막혀 왔다. 그리고 더 이상 아무것도 느낄 수 없었다……

제28장

마지막 순간에

정신을 차렸을 때 프랭키가 맨 먼저 느낀 것은 전신에 힘이 빠졌다는 것이었다. 클로로포름에는 낭만적인 요소라곤 하나도 없었다. 그녀는 딱딱한 마룻바닥에 눕혀져 손발이 묶여 있었다. 몸을 움직이려 하자 찌그러진 석탄통에 머리를 세게 부딪쳤다. 한참 동안 괴로운 몸부림이 계속되었다.

몇 분 뒤 프랭키는 앉을 수는 없었으나 사방을 둘러볼 수는 있었다. 그런데 가까운 곳에서 신음소리가 들려왔다. 프랭키는 주변을 살펴보았다.

그곳은 다락방 같았다. 유일한 빛이 지붕의 채광창을 통해 아주 희미하게 들어오고 있었다. 잠시 후면 완전히 어두워질 것이다. 깨진 그림 액자가 몇 점 벽에 걸렸고, 망가진 철제 침대와 부서진 의자 몇 개, 그리고 석탄통이 눈에 들어왔다. 신음소리는 구석에서 나는 것 같았다.

프랭키의 손발을 묶은 끈은 그리 단단하게 죄어 있지는 않아서 그녀는 게처럼 옆으로 움직일 수 있었다. 프랭키는 먼지투성이인 바닥을 천천히 기어갔다.

"바비!" 그녀가 소리쳤다.

바비가 그곳에 있었다. 그녀와 마찬가지로 손발이 묶인 채, 게다가 입에는 헝겊이 둘러 있었다. 바비는 그 헝겊을 느슨하게 하려고 애쓰고 있었다.

프랭키가 그를 도왔다. 프랭키는 어느 정도 움직일 수 있는 두 손을 사용하고서, 나중엔 이로 힘 있게 당겨 마침내 바비의 입을 막았던 헝겊을 풀었다.

"프랭키!" 바비는 뻣뻣하게 굳은 입으로 소리쳤다.

"만나서 다행이야. 하지만 우린 두 얼간이가 된 것 같은데."

"나도 그렇게 생각해." 프랭키가 침울하게 말했다.

"놈들이 널 언제 잡아왔지? 내게 편지를 보낸 다음이니?"

"무슨 편지? 난 편지를 쓴 적이 없는데."

"아! 알았다." 프랭키가 눈을 크게 뜨며 말했다.

"내가 멍청했어. 아무에게도 알리지 말라는 내용도 이상했어."

"프랭키, 내가 이렇게 된 과정을 말할 테니까 잘 판단해봐. 그리고 네 얘기도 듣자."

바비는 그레인지에서의 모험과 그 결과까지 자세히 설명했다.

"그래서 이런 끔찍한 곳에 오게 된 거야. 쟁반에 음식과 마실 것이 담겨 있었어. 난 배가 너무 고파서 그걸 조금 먹었는데 거기 수면제가 들어 있었나 봐. 곧 잠이 들고 말았어. 오늘이 무슨 요일이지?"

"금요일이야."

"그러니까 수요일 저녁부터 이제까지 정신을 잃고 있었구나. 이제 네 얘기를 들어보자."

프랭키는 스프래지 씨를 만나서 들은 이야기부터 시작해서 튜더 커티지의 현관문에서 바비의 모습을 봤다고 생각했던 것까지 자세히 말했다.

"그리고 클로로포름에 취한 거야. 그런데, 저 석탄통에서 몸부림을 쳤다니!"

"그래도 넌 잘해 낸 거야, 프랭키." 바비는 만족스러운 듯이 말했다.

"문제는 이제부터야. 지금까진 우리 나름대로 해왔지만 이제 사태가 달라졌어."

"네 편지를 보았을 때 로저에게 말했더라면 얼마나 좋았을까."

프랭키가 한탄했다.

"처음엔 어떻게 할까 망설였어. 하지만 네가 아무에게도 알리지 말라고 강조했기 때문에 그대로 했지 뭐야."

"그러니까 결국 우리가 이곳에 있다는 걸 아무도 모르는구나."

바비가 심각하게 말했다.

"프랭키, 너를 이런 일에 끌어들여서 미안해."

"우린 난감한 처지에 빠진 게 분명해." 프랭키가 우울하게 말했다.

"내가 알 수 없는 건 그들이 왜 우리를 바로 처치하지 않았을까 하는 점이야." 바비는 약간 장난스럽게 말했다.

"니콜슨은 사소한 문제로 시간을 낭비하며 우물쭈물할 사람이 아닐 텐데."

"무슨 계획이 있겠지." 프랭키는 몸을 떨며 말했다.

"그렇다면 우리도 계획을 세워야지. 여기서 빠져나가는 거야, 프랭키. 어떻게 하면 될까?"

"소리를 지르면 될 거야."

"그래, 누군가 지나가다가 듣겠지. 하지만 니콜슨이 너에게는 재갈을 물리지 않은 걸로 봐서 그 방법은 소용이 없을 것 같아. 네 손은 나보다 느슨하게 묶여 있으니까 내 이로 풀 수 있는지 한번 해보자."

이후 5분 동안은 전적으로 바비의 이에 희망을 걸 수밖에 없었다.

"책에서 보면 무척 쉽던데." 바비가 숨을 헐떡이며 말했다.

"진전이 없어."

"잘했어. 느슨해졌어. 잠깐만! 누군가 이리로 오고 있어."

프랭키는 몸을 굴려 바비로부터 멀어졌다.

계단을 올라오는 무거운 발걸음 소리가 들렸다. 문 아래 틈으로 빛이 새어 들어왔다. 자물쇠를 여는 소리가 나고 문이 천천히 열렸다.

"내 귀여운 두 마리 새가 어떻게 지내고 있지?" 니콜슨의 목소리였다.

그는 한 손에 촛불을 들고 있었다. 모자를 눈 위까지 깊숙이 눌러쓰고 두꺼운 코트 칼라를 세워 얼굴 모습은 가렸지만, 목소리만은 숨길 수 없었다. 눈동자가 두꺼운 안경 너머에서 빛나고 있었다.

니콜슨은 좌우로 머리를 흔들며 말했다.

"어리석은 아가씨. 그렇게 쉽게 함정에 빠지다니."

바비와 프랭키는 아무 말도 할 수 없었다. 대세는 완전히 니콜슨 쪽으로 기울어져서 무슨 말을 해야 할지 알 수가 없었다.

니콜슨은 촛대를 의자 위에 놓고, "자, 어디 편안하신지 살펴볼까."라고 말하며 바비의 손발을 살펴보고 고개를 끄덕이고 나서 프랭키에게 다가갔다. 그러고는 고개를 저으며 말했다.

"젊은 시절에 들은 말이 생각나는군. 손가락은 포크보다 먼저 생겼고, 이는 손가락보다 먼저 생겼다. 젊은 친구의 이가 꽤나 바빴겠군."

무거운 떡갈나무 의자가 등받이가 부서진 채로 구석에 놓여 있었다. 니콜슨은 프랭키를 그 의자에 앉히고 의자에다 단단히 묶었다.

"불편하진 않겠지? 그리 오래 걸리지는 않을 거야."

프랭키가 입을 열었다.

"우릴 어떻게 할 거예요?"

니콜슨은 문으로 다가가며 촛대를 집어들었다.

"아가씨는 사고를 너무 좋아해서 나를 화나게 만들었어요, 레이디 프랜시스. 사실 나도 그런지는 모르지만. 어쨌거나 나는 위험을 무릅쓰고 한 번 더 사고를 내야겠어."

"무슨 뜻이죠?" 바비가 물었다.

"말할까? 좋아, 그러지. 운전사와 함께 자가용을 타고 손수 운전을 하던 레이디 프랜시스 더웬트는 커브길에서 아차 실수를 하여 채석장으로 굴러 떨어진다. 차는 엉망으로 부서지고 레이디 프랜시스와 그녀의 운전사는 사망한다."

잠시 침묵이 흘렀다.

"그렇게 되지 않을걸. 계획이란 때로는 실패하는 수도 있으니까. 당신이 웨일스에서 했던 것처럼."

"모르핀에 대한 자네의 저항력은 참으로 대단한 것이었어—우리 입장에서 보면 유감스러운 것이었지만. 그러나 이번에는 걱정할 필요가 없을 걸세. 자네들이 발견되었을 때는 이미 완전히 죽어 있을 테니까."

바비는 자신도 모르게 몸을 떨었다. 니콜슨의 목소리에서는 섬뜩함이 느껴졌다—그것은 대사를 읊조리는 연극배우의 어조와 같았다.

'니콜슨은 지금 즐기는 거야. 진짜로 즐기는 거야. 할 수 있는 어떤 짓을 해서라도 저 즐거움을 누리지 못하게 해야지.' 바비는 이렇게 생각했다.

니콜슨이 평소의 어조로 말했다.

"자네들 둘은 실수를 하고 있었어, 특히 레이디 프랜시스는."

"맞아요. 아무에게도 말하지 말라는 약아빠진 당신의 가짜 편지에 있어서는 그렇죠. 하지만 당신의 지시에 불복한 게 한 가지 있어요. 난 로저 배싱턴프렌치에게 말했거든요. 로저는 당신에 관해 잘 알고 있어요. 우리에게 무슨 일이 생기면 그는 그게 누구 짓인지 알 거예요. 우릴 놔주고 빨리 이 나라를 떠나는 게 좋을걸요."

니콜슨은 잠시 가만히 있더니, "꽤 당당하군. 그러나 내게도 생각이 있지." 하며 문으로 다가갔다.

"모이라는 어떻게 했지. 이 나쁜 놈아! 그 여자도 살해했지?"

바비가 외쳤다.

"모이라는 아직 살아 있어. 얼마나 더 살아 있을지는 나도 모르지만. 상황에 따라 다르니까."

니콜슨은 그들을 놀리듯 고개를 숙이며 인사를 했다.

"다시 만나세. 내 계획을 완전히 수행하는 데에는 두 시간쯤 걸릴 거야. 그 동안 이야기나 하면서 즐겁게 지내기를. 필요하다고 생각되기 전에는 재갈을 물리지 않을 작정이니까. 알겠나? 소리를 질러 도움을 청하면 내가 와서 해결해 드리지."

그는 나가서 문을 잠갔다.

"이럴 수 없어. 이건 사실이 아니야. 이런 일이 일어날 수는 없어."

바비가 말했다. 그러나 앞으로 그들에게 일어날 일에 대한 느낌은 어쩔 수 없었다.

"책에서 보면 마지막 순간에 항상 구출되던데."

프랭키가 희망을 품으려고 애쓰며 말했다.

그러나 희망이 없었다. 프랭키는 완전히 희망을 잃고 있었다.

"이건 전부 있을 수 없는 일이야." 바비는 누군가에게 항의하듯 말했다.

"너무 비현실적이야. 니콜슨이란 작자 자체가 완전히 비현실적이야. 나도 마지막 순간의 구출을 기대하고 싶지만 누가 우릴 구해 줄 수 있겠어."

"로저에게 말했더라면." 프랭키가 비탄에 잠겨 말했다.

"다른 건 몰라도 니콜슨은 네가 로저에게 말했다고 믿고 있을 거야."

"아니야. 그건 통하지 않아. 니콜슨은 지독히도 영리하거든."

"맞아. 그는 이제까지 우릴 잘도 속여 왔어. 그런데, 프랭키, 이 사건에서 아직도 날 괴롭히고 있는 게 뭔지 아니?"

"뭔데?"

"지금 이 순간, 우리가 저 세상으로 내던져지려는 이 순간까지도 우린 에반스가 누군지 모르고 있잖아."

"니콜슨에게 물어보자. 너도 알겠지만 마지막 순간의 은혜라는 게 있잖아. 니콜슨도 거절하진 않을 거야. 나도 호기심을 만족시키지 않고는 죽을 수 없어."

그들은 잠시 말없이 있었다.

"도와 달라고 소리를 질러 볼까―마지막 기회로. 그게 유일한 방법인 것 같아."

"아직은 안 돼. 우선 우리가 지르는 소리를 누가 들을 것 같지도 않아. 니콜슨이 그렇게 허술하게 했을 리는 없어. 그렇지만 여기서 아무 말도 못하고 잠자코 앉아서 죽기를 기다릴 수는 없지. 그러니까 소리치는 건 마지막 순간까지 남겨놓자. 그래도 네가 곁에 있으니까 마음이 놓여."

이렇게 말하는 프랭키의 목소리는 약간 떨리고 있었다.

"내가 널 이런 지경에 빠뜨렸어, 프랭키."

"아! 아니야. 넌 나를 말릴 수 없었어. 내가 끼어들기를 원했던 거니까. 바비, 니콜슨이 정말 우릴 해칠 거라고 생각하나―우리를?"

"그럴 거야. 그는 능률적인 인간이니까."

"헨리 배싱턴프렌치를 죽인 것도 니콜슨이라고 믿니?"

"그럴지도―."

"그럴지도 몰라. 만일 실비아 배싱턴프렌치도 관련이 있다면."

"프랭키! 무슨 말이니?"

"알아, 그 생각이 떠올랐을 때 나 자신도 무척 놀랐어. 하지만 앞뒤가 들어맞는걸. 실비아는 모르핀에 대해 왜 그렇게 둔했을까―왜 자기 남편을 그레인지가 아닌 다른 곳에 보낼 수 없다고 그렇게 완강하게 버텼을까? 그리고 권총소리가 났을 때 실비아는 집 안에 있었어."

"그녀가 총을 쏘았는지도 모르지."

"아니야, 그건 분명히 아니야."

"아니야. 그랬는지도 몰라. 그리고 서재 열쇠를 헨리의 주머니에 넣으라고 니콜슨에게 주었던 거야."

"말도 안 돼. 그건 마치 뒤틀린 거울을 보고 하는 말과 같아. 올바른 사람도 전부 잘못된 사람같이 보이는 거야. 평범하고 착한 사람들까지. 범죄자들은 어딘가 특별한 데가 있어. 눈썹이라든가 귀 또는 다른 점아ㅡ."

"아니, 이럴 수가!" 바비가 갑자기 소리를 질렀다.

"왜 그래?"

"프랭키, 조금 전에 여기 왔던 사람은 니콜슨이 아니야."

"너 완전히 돌았구나. 아니 그렇다면 누구였지?"

"모르겠어. 그러나 니콜슨은 아니야. 어딘가 이상하다고 생각했었어. 꼭 집어 말할 수는 없었지만. 그런데 네가 귀를 언급할 때 실마리가 떠올랐어. 엊그제 저녁에 내가 창문을 통해 니콜슨을 봤을 때 특별히 그의 귀를 유심히 보게되었는데, 귓불이 뺨에 붙어 있는 모양이었어. 하지만 여기 왔던 그 남자의 귀는 그렇지 않았어."

"그렇지만 그게 무슨 의미가 있어?" 프랭키는 낙담한 듯 말했다.

"그는 니콜슨을 그대로 흉내 내고 있는 배우야."

"하지만 왜, 그리고 누가?"

"배싱턴프렌치, 로저 배싱턴프렌치! 우리 생각이 처음부터 옳았어. 그런데 멍청하게 딴 데 정신을 팔고 헤맸던 거야."

"배싱턴프렌치, 네 말이 맞아, 그가 분명해. 내가 사고라는 말로 니콜슨을 화나게 했을 때 옆에 있던 사람은 로저밖에 없었어."

"그렇다면 이젠 정말 끝장이구나. 로저 배싱턴프렌치가 기적처럼 우릴 구하러 나타나리라는 한 가닥 희망을 품고 있었는데, 이젠 그것마저 사라졌어. 모이라는 갇혀 있고, 너와 나는 손발이 묶여 있으니. 우리가 여기 있는 걸 아무도 모르는 거야. 게임은 끝났어, 프랭키."

바비가 말을 마쳤을 때 지붕에서 무슨 소리가 났다. 다음 순간 요란하게 부서지는 소리와 함께 채광창으로부터 뭔가 육중한 것이 아래로 떨어졌다.

너무 어두워서 아무것도 보이지 않았다.

"도대체 이게 무슨ㅡ."이라고 바비가 말하려 할 때 깨진 유리 조각들이 떨어져 흩어진 곳에서 누군가의 목소리가 들렸다.

"바, 바, 바비."

"이런 세상에! 배저구나!"

제29장

배저의 이야기

우물쭈물할 시간이 없었다. 요란한 소리는 이미 아래층까지 들렸을 것이다.

"빨리, 배저, 서둘러!" 바비가 낮게 소리쳤다.

"내 한쪽 신발을 벗겨. 아무것도 묻지 말고 잠자코 해. 신발을 저기 유리 조각 한복판에 던져. 그리고 침대 밑으로 들어가, 빨리! 내 말대로 해."

발걸음 소리는 계단을 올라오고 있었다. 열쇠를 돌리는 소리가 났다.

니콜슨—가짜 니콜슨이 촛불을 손에 들고 문 앞에 서 있었다.

그는 바비와 프랭키가 이전과 마찬가지 모습으로 있는 것을 보았다. 그런데 마룻바닥 한가운데에 깨진 유리 조각이 쌓여 있고, 그 가운데 신발 한 짝이 놓여 있었다. 니콜슨은 놀랍다는 표정으로 신발과 바비를 번갈아 보았다.

바비의 왼쪽 발에는 신발이 없었다.

"영리하군, 젊은 친구. 뛰어난 재주야." 그가 차갑게 말했다.

그는 바비에게 다가가 밧줄을 점검하고 몇 번 더 매듭을 지어 묶었다. 그러고는 바비를 이리저리 훑어보며 말했다.

"자네가 저 신발을 어떻게 채광창까지 던져 올렸는지 궁금하군. 도저히 믿을 수 없는 일이야. 후디니(유명한 곡예 마술사의 이름)의 기술을 빌렸나 보군."

그는 바비와 프랭키를 번갈아 보고 부서진 채광창을 올려다보더니 어깨를 으쓱하며 방을 나갔다.

"이제 나와, 배저."

배저가 침대 밑에서 기어 나왔다. 그는 지니고 있던 주머니칼로 두 사람의 밧줄을 풀어 주었다.

"이젠 살 것 같다." 바비가 손발을 뻗으며 말했다.

"휴! 몸이 뻣뻣해졌어. 어때, 프랭키, 저 니콜슨 말이야?"

"네 말이 맞아. 저건 로저 배싱턴프렌치야. 로저가 니콜슨의 역할을 하는 거야. 정말 기막힌 연극인걸."

"목소리도 그렇고 코안경까지."

"난 배, 배, 배싱턴프렌치와 옥스퍼드에 함께 다녔어." 배저가 말했다.

"기, 기, 기막힌 배우였어. 하지만 불량배였어. 수표에 자기 아버지 이, 이, 이름을 위조했었지. 그 아버지는 남들이 알까 봐 쉬쉬하며 숨겼어."

배저의 말을 듣는 바비와 프랭키의 마음속에는 같은 생각이 스쳐갔다.

그들에게 신임을 받을 만큼 똑똑하다고 생각지 않았던 배저, 그 배저가 지금 참으로 귀중한 정보를 제공하는 것이다!

"위조." 프랭키가 심각하게 말했다.

"네가 보냈다는 편지는 탁월한 것이었어. 로저가 어떻게 네 필체를 알았는지 모르겠어."

"로저가 만일 케이먼 부부와 관련이 있다면 에반스 건에 대해 쓴 내 편지를 보았겠지."

배저의 목소리가 푸념하듯 높아졌다.

"이제 우린 어, 어, 어떻게 하지?"

"너와 나는 이 문 뒤에 안전하게 숨는 거야. 그 작자가 돌아오면, 아마 금방 오지는 않겠지만, 우린 뒤에서 그를 덮쳐 버리는 거야. 어때, 배저, 해볼 테야?"

"아! 물론이지."

"프랭키, 너는 발걸음 소리가 들리면 의자에 돌아가 앉아. 그가 문을 열었을 때 네가 거기 앉아 있는 걸 보면 의심하지 않고 방 안으로 들어올 테니까."

"좋았어. 너와 배저가 그를 덮치면 나도 합세해서 그의 발목을 물어뜯어 주겠어."

"여자다운 방법이군." 바비가 찬성하는 투로 말했다.

"자, 이제 우리 모여 앉아서 자초지종을 들어보자. 배저가 어떻게 저 채광창을 통해 기적을 이루었는지 알고 싶어."

"그러니까 네가 떠, 떠, 떠난 뒤에 나는 곤란한 지경에 빠졌어."

배저의 이야기는 이렇게 요약되었다. 빚덩어리, 빚쟁이, 그리고 집달관—전

형적인 배저의 파국 대단원이었다. 바비가 주소를 알리지 않고 단지 벤틀리를 몰고 스태벌리로 간다는 말만 했기 때문에 배저도 스태벌리로 갔다.

"나는 5, 5, 5파운드 지폐 한 장을 너한테서 빌릴 수 이, 이, 있을지도 모른다고 생각했어."

바비는 양심의 가책을 느꼈다. 배저의 일을 도와주겠다고 런던으로 와서는 그는 프랭키와 탐정 노릇에 빠져서 배저를 버려두고 떠났던 것이다. 그런데도 성실한 친구인 배저는 한 마디 불평이나 비난도 하지 않았던 것이다.

배저는 비밀스런 바비의 용무가 위험에 빠지는 것을 원치 않았다. 그리고 초록색 벤틀리 같은 차는 스태벌리처럼 작은 지역에서는 쉽게 찾을 수 있을 거라고 생각했다.

배저는 스태벌리에 채 닿기도 전에 벤틀리를 발견했다. 어떤 술집 앞에 빈 채로 세워져 있었다.

"그, 그, 그래서 나는 널 놀라게 해주려고 작정했지. 차의 뒷좌석에 무, 무, 무릎덮개 같은 것이 보였고, 주변에는 아무도 없었어. 그래서 나는 뒷좌석에 타고 그걸 뒤, 뒤, 뒤집어쓰고 엎드려 있었어. 너를 부, 부, 불시에 습격하려고 말이야."

그곳에서 바깥 동정을 살피고 있던 배저는 술집에서 초록색 운전사복을 입은 사나이가 나오는 것을 보았다. 그런데 놀랍게도 그 사나이는 바비가 아니었던 것이다. 어디선가 본 듯한 낯익은 얼굴이긴 했지만 기억이 나질 않았다.

그는 차를 타고 몰기 시작했다. 배저는 곤란한 입장에 처하고 말았다. 그는 어찌할 바를 몰랐다. 사실대로 설명하고 사과한다는 것이 쉽지 않았다. 더군다나 시속 60마일로 차를 몰고 있는 사람에게 뭔가 설명한다는 것도 어려운 일이었다. 배저는 낮게 엎드리고 있다가 차가 멈추면 살짝 빠져나가기로 했다.

자동차는 드디어 목적지인 튜터 커티지에 도착했다. 사나이는 차를 차고에 몰아넣고 떠났다. 그런데 차고 문을 잠그고 가버렸기 때문에 배저는 갇힌 몸이 되고 말았다. 차고의 한쪽 벽에 작은 창문이 있어서 배저는 30분 뒤에 그 창문을 통해 프랭키가 다가오는 것과 부엉이 소리를 내며 집 안으로 들어가는 것을 보았다. 배저는 뭐가 뭔지 알 수 없었다. 그는 무슨 일이 벌어지고 있다는 의심을 하기 시작했다. 그리고 직접 알아봐야겠다고 생각했다.

차고 바닥에 놓인 연장으로 차고 문의 자물쇠를 비틀어 열고 조사에 착수했다. 아래층의 덧문은 전부 잠겨 있었다. 그래서 지붕 위로 올라가서 위층 창문을 통해 집 안을 들여다보기로 했다. 지붕으로 오르기는 쉬웠다.

차고의 벽에 파이프가 세워져 있었고, 차고 지붕에서 본채 지붕까지는 쉽게 오를 수 있었다. 지붕 위를 걷던 중 배저는 채광창에 이르렀는데 채광창이 배저의 몸무게를 지탱하지 못해서 결과가 여기에 이른 것이었다.

이야기가 끝나자 바비는 깊은숨을 내쉬었다.

"어쨌든 넌 기적과 같은 존재야. 하나밖에 없는 기가 막힌 기적이야! 네가 아니었더라면 프랭키와 나는 한 시간 내에 싸늘한 시체가 되고 말았을 거야."

바비가 존경심이 가득 찬 목소리로 말했다. 그리고 배저에게 이제까지 일어난 일에 대해 간단히 설명해 주었다. 바비는 말을 멈추고서 입을 다물었다.

"누가 오고 있어. 프랭키, 의자로 돌아가. 자, 이제 배싱턴프렌치가 기절초풍할 일이 벌어지는 거다."

프랭키는 부서진 의자에 힘없는 태도를 가장하고 앉았다.

배저와 바비는 문 뒤에 서서 준비했다. 발소리가 계단을 올라오고 문 아래 틈으로 불빛이 비쳤다. 열쇠 돌리는 소리가 나고 문이 활짝 열렸다.

촛불 빛이 의자에 축 늘어져 있는 프랭키의 모습을 밝혔다.

그들의 간수가 방 안으로 발길을 옮겼다. 그 순간 배저와 바비가 신나게 그를 덮쳤다. 그들은 신속하게 일을 해치웠다.

그는 깜짝 놀란 소리를 지르며 쓰러졌다. 그 바람에 방 저쪽으로 날아간 촛불을 프랭키가 집어왔다.

그 순간이 지나자 세 친구는 조금 전까지 그들 둘을 묶었던 밧줄에 단단하게 묶인 로저 배싱턴프렌치를 내려다보며 심술궂은 즐거움을 만끽하고 있었다.

"안녕하쇼, 배싱턴프렌치 선생." 바비가 말했다.

그의 목소리에 의기양양한 기쁨이 노골적으로 나타나 있다 한들 누가 뭐라 하겠는가?

"장례를 치르기엔 좋은 밤이올시다."

제30장

탈출

마룻바닥에 누워 있는 남자가 그들을 올려다보았다. 코안경이 날아갔고 모자도 마찬가지였다. 더 이상 가장할 필요도 없었다. 눈썹에 약간의 분장을 한 흔적이 있었지만 그 얼굴은 상냥하면서도 조금 우둔해 보이는 로저 배싱턴프렌치의 얼굴이었다.

그는 자기 본래의 테너 목소리로 말을 시작했다. 그것은 마치 기분 좋은 독백처럼 들렸다.

"무척 재미있군. 나는 자네같이 묶인 사람이 신발을 채광창까지 던져 올릴 수 없다는 걸 알고 있었지. 하지만 신발이 깨진 유리 조각 위에 놓여 있었기 때문에 당연한 원인과 결과라고 여겼던 거야. 그리고 그건 불가능한 일이라고 생각하면서도 불가능한 일도 일어날 수 있다고 여겼던 거지. 이제 내 머리도 한계에 이른 거구먼."

아무도 말이 없자 그는 계속했다.

"결국 자네들이 이겼네. 유감스럽군. 내가 두 사람을 바보로 만들었는데 말이야."

"그랬었죠. 바비에게서 왔다는 편지도 당신이 썼죠?"

"난 그 방면엔 소질이 있다오." 로저가 겸손한 체 말했다.

"그리고 바비는?"

바닥에 등을 대고 누워서 미소를 짓는 로저는 그들에게 사실을 알려 주는 게 상당히 즐거운 것 같았다.

"나는 바비가 그레인지로 갈 것을 알았지. 그래서 오솔길 옆 수풀 속에서 기다렸던 거야. 그가 서툴게 나무에서 떨어진 다음에 숨었던 장소의 바로 뒤에 내가 있었지. 그러고서 잠시 소동이 가라앉기를 기다렸다가 샌드백으로 그의 목덜미를 내리친 거야 그다음 내 차까지 끌고 가서 뒷좌석에 밀어 넣고 여기로 데려왔지. 그리고 나는 날이 밝기 전에 집으로 돌아갔던 걸세."

바비가 물었다.

"모이라는 어떻게 했지? 그녀를 유인했지?"

로저는 낄낄거리며 웃었다. 바비의 물음이 꽤나 우스운 모양이었다.

"위장은 무척 쓸모 있는 기술이라네, 존스군."

"나쁜 자식!" 바비가 소리쳤다.

프랭키가 끼어들었다. 그녀는 아직도 궁금한 게 많았다. 그들의 죄수는 친절하게 대답해 줄 것 같았다.

"왜 당신은 니콜슨으로 변장했죠?"

"왜냐고?" 로저는 마치 자신에 묻듯이 말했다.

"자네 두 사람이 속아 넘어가는지 아닌지를 보는 즐거움을 맛보기 위해서지. 자네들은 불쌍한 늙은이 니콜슨이 사건과 깊은 관련이 있다고 굳게 믿고 있었으니까."라고 말하며 그는 다시 웃음을 터뜨렸다.

프랭키의 얼굴이 상기되었다.

"왜냐하면 니콜슨이 잘난 체하며 자동차 사고에 관해 꼬치꼬치 캐물었기 때문이었지. 세부적인 것까지 상세하게 알려는 게 그 사람의 골치 아픈 취미이거든."

"그렇다면 니콜슨은 완전히 결백한 거군요?" 프랭키가 천천히 물었다.

"갓난아기만큼이나 결백하지. 그러나 그가 내게 큰 도움을 준 건 사실이야. 그는 당신의 차 사고에 내 관심을 돌리게 만들었으니까. 그래서 나는 당신이 보기처럼 순진한 아가씨가 아닐지도 모른다고 생각하게 되었지. 그리고 어느 날 아침 당신이 전화하는 곁에 서 있었는데 당신의 운전사가 '프랭키'라고 말하는 소리를 듣게 되었어. 난 귀가 무척 밝거든. 내가 당신에게 런던에 함께 가자고 했을 때 당신은 그러자고 했었지. 그런데 내가 마음을 바꾸고 안 가겠다고 하니까 당신은 마음을 놓는 것 같더구먼. 그 뒤에—."

로저는 말을 멈추고 묶인 채로 어깨를 으쓱했다.

"자네들이 니콜슨에게 신경을 곤두세우고 있는 꼴은 참 재미있더군. 그는 아무 죄도 없는 늙은이에 불과하지만, 겉으로 보기에는 영화에 나오는 단수 높은 수준급의 범죄자 같거든. 나는 자네들을 계속 속이기로 했지. 어쨌든 자네들은 사실을 모를 거라고 생각했으니까. 그런데 치밀하게 짜인 내 계획이 실패한 거야. 곤경에 빠진 지금 내 처지가 보여주듯 말이야."

"당신이 말해야 하는 게 딱 한 가지 있어요. 난 궁금해서 미칠 지경이에요. 에반스가 누구죠?" 프랭키가 물었다.

"아! 그걸 아직 모르고 있었나?"

로저는 웃고 또 웃었다.

"그것참 우습군. 사람이 이렇게 멍청할 수도 있다니."

"우릴 말하는 건가요?"

"아니, 이 경우엔 나를 뜻하는 걸세. 자네들이 에반스가 누군지를 모른다면 그걸 내가 말할 필요는 없지. 내 작은 비밀로 간직할 작정이야."

상황은 묘하게 돌아가고 있었다. 그들은 로저 배싱턴프렌치에게 역습을 가해서 형세는 역전되었지만, 우습게도 승리는 로저의 손아귀에 있는 것 같았다. 온몸이 묶인 채 마룻바닥에 누운 그들의 죄수가 상황을 지배하고 있는 것이었다.

"자네들, 이제 어떻게 할 예정인지 물어도 될까?"

아무도 그 생각을 못 하고 있었다. 바비가 머뭇거리며 경찰을 언급했다.

"가장 좋은 방법이지." 로저가 프랭키를 쳐다보며 말했다.

"전화를 걸어서 나를 경찰에 넘기게. 납치죄로 고발되겠지. 그건 나도 부정하지 못해. 죄를 인정해야겠지."

프랭키가 얼굴이 붉게 상기되며 말했다.

"살인죄는 어떻게 하고요?"

"이봐요, 증거라도 있나? 아무 증거도 없잖아. 잘 생각해 보면 자네들이 아무 증거도 갖고 있지 않다는 걸 알 걸세."

"배저, 넌 여기서 저 작자를 지키고 있어. 내가 아래층에 내려가서 경찰을 부를 테니까." 바비가 말했다.

"조심해. 우린 이 집 안에 저 작자의 일당이 몇 명이나 있는지 모르잖아."

"나밖에 없네. 이 일은 순전히 나 혼자서 한 거니까."

"당신 말은 하나도 믿을 수 없어."

바비가 퉁명스레 말했다. 그리고 몸을 굽혀 밧줄을 점검했다.

"꼼짝 못할 거야. 우리 함께 내려가는 게 좋겠어. 문을 잠그면 되니까."

"의심이 많군그래. 원한다면 내 주머니 속에 있는 권총을 꺼내 갖지. 기분이 한결 좋아질걸. 지금 내 형편에는 전혀 도움이 못 되는 물건이니까."

야유의 말은 들은 체도 안 하고 바비는 로저의 주머니에서 권총을 꺼냈다.

"고맙군. 무기가 있으면 기분이 좋아지는 게 사실이거든."

"잘 됐군. 그건 장전이 되어 있네."

바비가 촛대를 들고, 로저를 남겨놓고 그들은 다락방을 나왔다. 바비는 문을 잠그고 열쇠를 자기 주머니에 넣었다. 손에는 권총을 들고 있었다.

"내가 앞장설게. 일이 잘못되지 않도록 조심해야 해."

"기, 기, 기분 나쁜 자식이야. 그렇지?"

배저가 고개로 방 쪽을 가리키며 말했다.

"지독하게 뛰어난 패배자야."

프랭키는 아직도 저 비범한 젊은이—로저 배싱턴프렌치의 매력에서 벗어나지 못하고 있었다.

그들은 삐걱거리는 계단을 통해서 2층으로 내려왔다. 주위는 고요했다. 바비가 난간 위를 쳐다보았다. 전화기는 1층 홀에 있었다.

"먼저 방들을 살펴보는 게 좋겠어. 뒤에서 공격을 받으면 안 되니까."

배저가 방문을 차례로 열어젖혔다. 네 개의 침실 중에 셋은 비어 있었다. 마지막 네 번째 방 침대 위에 가냘픈 몸의 여자가 누워 있었다.

"모이라야!" 프랭키가 외쳤다.

그들은 한꺼번에 몰려 들어갔다. 모이라는 죽은 사람처럼 누워 있었다. 심장은 약하게 뛰고 있었다.

"자는 걸까?" 바비가 말했다.

"마취된 것 같아."

프랭키가 말하며 주위를 둘러보았다. 창가 테이블 위에 있는 작은 쟁반에 주사기가 놓여 있었다. 소형 알콜 램프와 모르핀 주사기도 있었다.

"괜찮아질 것 같지만 의사를 불러야겠어."

"가서 전화하자." 바비가 말했다.

그들은 아래층 홀로 내려왔다. 프랭키는 혹시 전화선이 끊어지지 않았을까 하고 걱정을 했지만 이상이 없었다. 그들은 경찰에 쉽게 연락할 수 있었다. 그러나 자초지종을 설명하는 일은 무척 어려웠다. 지방경찰은 장난 신고를 받고 출동한 적이 수없이 많았기 때문이다.

그러나 마침내 오겠다는 대답을 했고, 바비는 의사가 필요하다는 말도 한 다음 한숨을 쉬며 수화기를 내려놓았다.

10분 뒤 경위 한 사람과 순경 한 사람, 그리고 직업이 겉으로 역력히 드러나 보이는 나이 든 의사가 차를 타고 도착했다.

바비와 프랭키는 그들을 맞아 약간 피상적으로 들리는 설명을 한 번 더 한 다음 그들을 다락방으로 안내했다. 바비가 문을 열었다. 그리고 너무도 놀라 아무 말도 못 하고 문 앞에 서 있었다. 마룻바닥에는 밧줄이 한 무더기 쌓여 있었고, 부서진 채광창 아래쪽에는 침대 위에 의자가 놓여 있었다. 구석에 있던 침대가 그곳까지 끌어당겨 져 있었던 것이다.

로저 배싱턴프렌치의 흔적은 아무것도 없었다.

바비와 배저, 그리고 프랭키는 아연실색할 수밖에 없었다.

"후디니에 관해 말하더니 그 작자는 후디니의 할아버지뻘쯤 되나 보군. 저 밧줄을 어떻게 잘랐을까?"

"주머니칼을 가지고 있었던 게 틀림없어." 프랭키가 말했다.

"그렇더라도 그걸 어떻게 꺼낼 수 있었을까? 양손이 뒤로 묶여 있었는데."

경위가 헛기침을 몇 번 했다. 조금 전에 가졌던 의심이 되살아난 것이다. 경위는 그들이 짓궂은 장난을 했다고 단정한 게 분명했다.

프랭키와 바비는 그동안 일어났던 일을 열심히 장황하게 설명했지만, 이야기를 하면 할수록 더욱더 비현실적으로 들렸다.

의사는 그들의 구세주였다.

모이라가 누워 있는 방에 들어서자 그는 단번에 그녀가 모르핀이나 아편 조합제를 맞았다고 단언했다. 그는 모이라의 상태를 심각하게 보지 않았고, 네

댓 시간 뒤면 저절로 깨어날 거라고 했다.

그러나 근처에 있는 좋은 병원으로 그녀를 옮기는 게 좋겠다고 말했다. 다른 방법이 없었으므로 바비와 프랭키는 의사의 말에 따랐다. 그들은 경위에게 이름과 주소를 말했다. 경위는 프랭키의 이름과 주소를 영 믿지 못하겠다는 듯한 표정을 지었다. 그들은 튜더 커티지를 떠나도 좋다는 허락을 받고, 경위의 도움으로 마을에 있는 세븐 스타즈 여인숙에 투숙할 수 있었다.

장난을 친 범인들로 취급당하고 있다는 기분에도 그들은 각자의 침대에 누울 수 있다는 것만도 감사하게 여겼다. 바비와 배저에게는 2인용 침대가 있는 방이, 프랭키에게는 초미니 1인용 침대가 있는 방이 주어졌다.

잠자리에 들은 지 몇 분 뒤 바비의 방문을 두드리는 소리가 났다.

프랭키였다.

"이런 생각이 떠올랐어. 저 바보 같은 경위가 이 일을 전부 우리가 꾸민 거라고 생각하는데, 하지만 내가 클로로포름에 마취 당했다는 증거가 있잖아."

"그래? 어디에?"

프랭키가 자신 있게 말했다.

"석탄통 안에."

제31장

프랭키의 의문

모험 때문에 기진맥진했던 프랭키는 다음 날 아침 늦게까지 잠을 잤다. 그녀가 바비를 찾아 식당에 내려온 때는 열 시 반이었다.

"드디어 나타났군. 잘 잤니, 프랭키?"

"너무 기운차게 그러지 마." 프랭키는 의자에 털썩 주저앉았다.

"뭘 먹을래? 대구, 달걀 프라이, 베이컨, 그리고 햄이 있어."

"토스트와 차를 마시겠어." 프랭키가 바비를 진정시키며 말했다.

"너 좀 이상하구나, 왜 그러니?"

"샌드백에 얻어맞아서 그런가 봐. 뇌에 이상이 생긴 것 같아. 어쩐지 힘이 넘치고 기발한 생각들이 떠오르고 단숨에 달려나가서 뭐든지 해치울 수 있을 것 같아."

"그렇다면 달려나가지그래?" 프랭키가 힘없이 말했다.

"이미 달려나갔었어. 30분 동안 하몬드 경위를 만나고 왔어. 우리가 짓궂은 장난을 한 걸로 해놨어. 잠시 동안만."

"하지만, 바바―"

"잠시 동안이라고 했잖아. 우린 이 사건의 밑바닥까지 알아내야 해, 프랭키. 우린 지금 올바른 지점에 서 있어. 그러니까 이제부터 우리가 해야 할 일은 밑으로 파내려 가는 거야. 로저 배싱턴프렌치가 납치죄로 기소되게 할 수는 없어. 살인죄로 처벌되어야 해."

"우린 해낼 수 있을 거야." 프랭키가 다시 생기를 되찾으며 말했다.

"그렇지." 바비가 맞장구를 쳤다.

"차를 더 마시지그래."

"모이라는 어때?"

"상태가 좋지 않아. 심각한 신경불안 상태에 놓여 있어. 공포로 완전히 얼어버렸어. 그래서 런던의 퀸즈 게이트에 있는 요양소로 갔어. 그곳이면 안전한 기분이 될 것 같다는 거야. 여기에서는 겁에 질려 있었어."

"심장이 그렇게도 약할까." 프랭키가 말했다.

"로저 배싱턴프렌치 같은 냉혹한 살인자가 주변을 맴돌고 있다면 누구라도 겁에 질리겠지."

"하지만 로저가 죽이려는 건 모이라가 아니라 우리 두 사람이었어."

"로저는 도망치는 데 급급해서 우리 생각은 안중에도 없을 거야."

바비가 말을 계속했다.

"프랭키, 이제 우리 시작하자. 모든 것이 새비지의 죽음과 유언장에서 비롯된 게 분명해. 거기에 뭔가 잘못이 있는 거야. 유언장이 위조되었거나 새비지가 살해당한 거지."

"로저가 관련되어 있다면 유언장이 위조된 것이 확실해."

프랭키가 조심스럽게 말했다.

"위조는 로저의 전문분야인 것 같아."

"위조와 살인 두 가지 전부일는지도 몰라. 그걸 알아내야겠어."

프랭키가 고개를 끄덕였다.

"지난번에 유언장을 보았을 때 메모해 둔 게 있어. 유언장 서명 당시의 입회인은 요리사 로즈 처드리와 정원사인 앨버트 메러였어. 이 두 사람은 쉽게 찾을 수 있을 거야. 그다음에는 유언장을 보관하고 있는 '엘포드 앤드 라'라는 법률사무소인데, 스프래지 씨가 말했듯 상당히 신망을 얻은 곳이야."

"좋아, 거기부터 시작하자. 넌 법률사무소를 알아보는 게 좋겠어. 너라면 나보다 더 많이 알아낼 수 있을 테니까. 나는 로즈 처드리와 앨버트 메러를 찾아가야겠어."

"배저는 어떻게 하지?"

"배저는 점심 전에 일어나는 적이 없으니까 걱정하지 않아도 돼."

"배저의 사업을 도와줘야겠어. 그는 내 목숨을 구했잖아."

"또다시 그 꼴이 되고 말 거야." 바비가 말했다.

"참, 이것 좀 봐."

그는 지저분한 종잇조각을 프랭키에게 내밀었다.

사진이었다.

"케이먼이로구나." 프랭키는 즉시 말했다.

"어디서 생겼어?"

"엊저녁에 전화기 옆에 떨어진 것을 주웠어."

"그렇다면 템플턴 부부가 누군지 분명해지는구나. 잠깐만."

여급이 토스트를 들고 다가오자 프랭키가 사진을 그녀에게 보여주면서 물었다.

"이 사람이 누군지 알겠어요?"

여급은 사진을 보더니 고개를 갸웃거렸다.

"본 적이 있는 분인데 잘 생각나지 않는군요. 아! 알겠어요. 튜더 커티지의 주인이신 템플턴 씨예요. 템플턴 부부는 외국으로 갔다고 하던데요."

"어떤 분이었어요?"

"글쎄요. 잘 모르겠어요. 그분들은 이곳에 자주 오지는 않았어요. 이따금 주말에나 오곤 했지요. 템플턴 씨를 많이 본 사람은 없어요. 템플턴 부인은 아주 좋은 분이었죠. 하지만 튜더 커티지에서 있었던 기간은 얼마 되지 않아요. 한 6개월쯤 지냈죠. 부자인 어떤 신사분이 돌아가시면서 템플턴 부인에게 유산을 전부 물려주었어요. 그래서 두 분은 외국으로 살러 나갔죠. 그렇지만 튜더 커티지를 팔지는 않고 주말에 놀러 오는 사람들에게 빌려 주고 있는 것 같더군요. 제 생각엔 그렇게 많은 돈을 갖고 있으니 다시 이곳에 와서 살 것 같지는 않아요."

"그들에게는 로즈 처드리라는 요리사가 있었죠?" 프랭키가 다시 물었다.

그러나 여급은 요리사에게는 관심이 없는 것 같았다. 어떤 부자로부터 행운을 잡은 것만이 여급의 관심사인 듯했다. 프랭키가 묻는 말에는 확실히 모르겠다고 대답하고는 빈 접시를 들고 가버렸다.

"그렇게 된 거군." 프랭키가 말했다.

"케이먼 부부는 이곳에 오지 않기로 작정했어. 그러나 갱단의 편리를 위해 튜더 커티지는 팔지 않은 거야"

그들은 바비의 제의에 따라 일을 분담하기로 했다. 프랭키는 새로 산 옷으로 말쑥하게 차려입고 벤틀리를 몰고 떠났고, 바비는 정원사인 앨버트 메러를 만나러 갔다.

둘은 점심시간에 다시 만났다.

"어떻게 됐니?" 바비가 먼저 물었다.

"위조는 아니었어." 프랭키는 고개를 저으며 맥 풀린 목소리로 말했다.

"엘포드 씨와 한참 동안 이야기를 했는데, 그는 어젯밤의 우리 일을 알고 싶어 했어. 여기 있는 사람들은 별로 관심이 없는 것 같던데 말이야. 새비지 건에 관해 이야기를 시작하면서 나는 새비지의 친척을 만나고 싶은 사람이라고 그를 속였어. 그러면서 유언장이 혹시 위조가 아닌가 하는 의혹을 넌지시 비쳤더니 그는 펄쩍 뛰며 그럴 리가 없다는 거야. 필체에 의심을 둔다든가 하는 것은 말도 안 된다는 거였어. 엘포드 씨는 새비지를 두 눈으로 직접 보았고, 새비지가 유언장을 작성해야겠다고 하는 말도 본인에게서 직접 들었다는 것이었어. 그래서 엘포드 씨는 새비지의 유언장을 작성했다는 거야. 너도 알다시피 그 많은 서류와 서류—."

"난 그런 거 몰라. 나는 유언장을 만들어 본 적이 없거든"

"난 두 번 했어. 두 번째 유언장을 오늘 아침에 썼지. 변호사를 만날 구실이 있어야 했거든"

"넌 유산을 누구한테 물려주기로 했니?"

"너한테."

"그건 좀 모자란 생각인걸. 만일 로저 배싱턴프렌치가 널 해치우면 내가 한 짓이 되고 말 테니까."

"그 생각을 미처 못 했구나. 그런데 조금 전에도 말했듯이 새비지는 무척 신경질적이고 흥분해 있어서 엘포드 씨가 그의 요구에 따라 서둘러 유언장을 작성한 뒤, 요리사와 정원사가 입회하고 서명을 했다는군. 그리고 안전을 위해 엘포드 씨가 유언장을 보관했다는 거야."

"그렇다면, 위조되었으리라고는 생각할 수 없겠는데."

"그렇지. 본인이 서명하는 것을 직접 보았으니까 위조의 여지는 없는 거야. 새비지의 죽음이 자살인지 살인인지에 대해서는 아직 아무것도 알아낼 수 없었어. 새비지의 사망을 확인한 의사는 이미 죽고 없었어. 어젯밤에 우리가 만난 의사는 이곳에 온 지 두 달밖에 안 된 사람이라는 거야."

"이상하게도 여러 사람이 죽었군." 바비가 말했다.

"왜, 누가 또 죽었어?"

"앨버트 메러도 죽었더군."

"그 사람들도 살해당했다고 생각하니?"

"그건 약간 지나친 생각이야. 앨버트 메러의 경우는 제외해도 될 거야. 그는 일흔두 살에 죽었으니까."

"좋아, 그렇다면 그 사람의 경우는 자연사(自然死)로 해두자. 로즈 처드리에 대해서 알아낸 건 없니?"

"있어. 로즈 처드리는 템플턴 부부를 떠난 뒤 북부 잉글랜드로 가서 지내다가 다시 돌아와서 이곳에서 17년 동안 친하게 지내던 남자와 결혼했어. 그런데, 유감스럽게도 로즈 처드리는 약간 모자라는 사람인 것 같아. 기억력이 거의 없는 것 같았어. 너라면 어떻게 해볼 수 있을 텐데."

"그럼 가보자. 난 그런 사람을 잘 다룰 수 있거든. 그런데 배저는 어디 있지?"

"이런! 깜빡 잊고 있었군."이라고 말하며 바비는 방을 나갔다가 몇 분 뒤에 돌아왔다.

"여태 자고 있었어. 이제 막 일어났는데, 객실 담당 하녀가 네 번이나 깨웠는데도 아무 소용이 없었다나 봐."

"그럼, 우린 그 약간 모자란 사람을 찾아가자."

프랭키가 자리에서 일어나며 말했다.

"난 칫솔과 잠옷, 그리고 문명인이 갖추어야 할 몇 가지 필수품을 사야겠어. 어젯밤에는 완전히 야만인이 되어서 그런 걸 생각할 겨를도 없었어. 걸치고 있던 것들을 벗어 던지고 침대에 쓰러지고 말았거든."

"알 만해. 나도 그랬으니까."

"이제 떠나자."

지금은 프레트 부인이 된 로즈 처드리는 중국 개와 가구가 가득 찬 작은 집에서 살고 있었다. 그녀는 눈빛이 냉담하고 우둔하게 생긴 얼굴에 갑상선 비대증세가 역력한 뚱뚱한 여자였다.

"또 왔습니다." 바비가 명랑하게 말했다.

프레트 부인은 힘겹게 숨을 쉬며 그들을 무관심하게 바라보았다.

"우리는 당신이 템플턴 부인과 지냈던 생활에 관해 듣고 싶어서 왔어요." 프랭키가 설명했다.

"그러세요, 아가씨."

"그 부인은 지금 외국에서 살고 있다던데요?"

프랭키는 친척과 같은 친근함을 나타내려고 애쓰며 말했다.

"그렇다고 들었어요."

"그 부인과 오랫동안 함께 지냈다죠?"

"뭐라고요, 아가씨?"

"템플턴 부인과 오랫동안 함께 지냈다면서요?"

프랭키가 천천히 또박또박 말했다.

"그렇다고 할 수는 없어요. 겨우 두 달뿐이었으니까요."

"아, 난 그보다 오랜 기간인 줄 알았어요."

프레트 부인이 대답했다.

"그건 글레이디스였죠, 아가씨. 가정부 말이에요. 그녀는 6개월 동안 그 집에서 일했으니까요."

"일하는 사람은 당신과 그녀 두 사람이었나요?"

"그래요, 그녀는 가정부였고 난 요리사였어요."

"새비지 씨가 돌아가셨을 때 그곳에 있었나요?"

"무슨 말인지 못 알아듣겠군요, 아가씨?"

"새비지 씨가 돌아가셨을 때 그 집에 있었나요?"

"템플턴 씨는 돌아가시지 않았어요. 그런 말은 들은 적이 없는데요. 외국에 가셨다는데."

"템플턴 씨가 아니라 새비지 씨말이에요." 바비가 말했다.

프레트 부인은 바비를 멍한 시선으로 바라보았다.

"그 부인에게 유산을 전부 물려준 신사분 말이에요." 프랭키가 말했다.

프레트 부인의 얼굴에 뭔가 알겠다는 기색이 스쳐갔다.

"아! 맞아요. 그 신사분 때문에 검시 심문이 있었죠."

"바로 그 사람이에요." 프랭키는 기뻐서 소리쳤다.

"그분은 그 집에 자주 와서 머물곤 했었죠?"

"그건 잘 모르겠어요. 난 그때 막 그 집에서 일하기 시작했거든요. 글레이디스는 잘 알 거예요."

"그렇지만 당신은 유언장에 서명할 때 입회를 했었다면서요?"

프레트 부인은 다시 멍청한 표정이 되었다.

"그분이 종이에 서명하는 것을 지켜보았고, 그 종이에 당신도 서명했다죠?"

다시 무슨 말인지 알겠다는 듯한 눈빛이 되었다.

"예, 아가씨. 나와 앨버트가 했어요. 나는 전에 그런 걸 해본 적이 없어서 싫었어요. 그래서 내가 글레이디스에게 서명하는 게 싫다고 말했죠. 그건 진심이에요. 그랬더니 글레이디스가 말하기를, 엘포드 씨가 그 자리에 있고, 또 그분은 훌륭한 법률가이고 좋은 신사분이니까 괜찮을 거라고 하더군요."

"정확히 어떤 상황이었나요?" 바비가 물었다.

"예? 뭐라고요?"

"서명하라고 당신을 부른 사람은 누구였어요?" 프랭키가 물었다.

"부인이었어요. 부인께서 주방에 들어와서는 나에게 밖에 나가서 앨버트를 불러 함께 2층의 주인 침실로 올라오라고 하셨죠(그 침실은 전날 밤에 그분을 위해 부인이 내주셨어요). 그래서 올라가 보니까 그분이 침대에 앉아 있더군요. 그분은 런던에서 돌아와서 곧바로 침대에 드셨어요. 무척 아픈 사람처럼 보이더군요. 난 전에 그분을 본 적이 없었어요. 마치 유령 같은 모습이었죠. 엘포드 씨가 그 자리에 와 있었는데, 아주 친절하게 염려하지 말라고 하면서 그분이 서명한 곳 밑에 서명만 하면 된다고 말씀하셨죠. 그래서 나는 서명하고 그 뒤에 '요리사'라고 쓰고 주소도 썼어요. 앨버트도 그렇게 했죠. 그러고 나서 주방으로 내려올 때는 온몸이 떨렸어요. 내가 글레이디스에게 그렇게 시체 같아 보이는 사람은 처음 본다고 말하니까 글레이디스는 어젯밤에는 아무렇지도 않았는데 아마 런던에 갔을 때 무슨 상심할 일이 있었나 보다고 말하더군요. 그분은 아무도 일어나지 않은 새벽에 런던에 갔었거든요. 내가 서명하는 일은 정말 싫다고 하니까, 글레이디스는 엘포트 씨가 있었으니까 아무 일도 없을 거라고 말했지요."

"그러면 새비지 싸—그분은 언제 돌아가셨죠?"

"다음 날 아침이었어요. 자기 방에 아무도 못 오게 하고는 총으로 자살했죠. 아침에 글레이디스가 그분을 깨우러 갔을 때 이미 몸이 뻣뻣하게 굳어 있었고 편지 한 통이 침대 곁에 놓여 있었는데, '검시관에게'라고 쓰여 있었어요. 글레이디스는 무척 놀랐죠. 그러고 나서 검시 심문과 그에 필요한 몇 가지 처리가 있었죠. 그러고는 두 달 뒤에 템플턴 부인은 외국에 가서 살 거라는 말씀을 하시더군요. 그 부인은 북부에 있는 좋은 집과 많은 급료를 주셨고, 훌륭한 선물과 그밖의 것도 내게 주셨어요. 정말 좋은 부인이세요."

프레트 부인은 이젠 완전히 자신의 수다를 즐기고 있었다.

프랭키가 자리에서 일어났다.

"이야기를 해줘서 고마워요."

프랭키는 지갑에서 지폐를 한 장 꺼내며 말했다.

"작은 선물이에요. 시간을 내줘서 고마워요."

"천만에요. 고맙습니다, 아가씨. 잘 가세요. 그리고 부군께서도요."

프랭키는 얼굴을 붉히며 얼른 밖으로 나갔다. 바비는 잠시 지체한 뒤에 밖으로 나왔다. 그는 생각에 골몰해 있었다.

"프레트 부인이 알고 있는 건 전부 들은 것 같은데." 바비가 말했다.

"그래, 이제 결론이 났어. 새비지가 직접 유언장의 내용을 작성했다는 것에는 의심의 여지가 없어. 그리고 암에 대한 공포도 사실이었던 것 같아. 할리가(街)의 일류 의사를 매수할 수는 없었을 테니까. 그들은 새비지가 마음이 변하기 전에 그를 해치우려고 재빨리 유언장을 작성하도록 만든 것 같아. 하지만, 그들이 새비지를 죽였다는 사실은 아무도 증명할 수 없어."

"맞아. 템플턴 부인이 새비지를 잠들게 만들었다고 볼 수도 있지만 증명할 방법이 없어. 로저 배싱턴프렌치가 검시관에게 보내는 편지를 위조했을 수도 있지만, 그것도 이젠 증명할 수 없어. 그 편지는 검시 심문에 증거물로 쓰인 뒤에 없애버렸을 거야."

"그렇다면 우린 다시 그 문제로 돌아가는구나. 그들은 우리가 무엇을 알아낼까 봐 두려워한 걸까?"

"뭔가 이상하다고 느껴지는 게 없니?"

"없는데. 글쎄 한 가지 이상하긴 하지만. 템플턴 부인은 집 안에 가정부가 있는데 왜 사람을 시켜서 밖에 있는 정원사를 불러 입회하도록 했을까? 왜 그들은 가정부를 부르지 않았을까?"

"네가 지금 하는 말이 어딘지 이상하게 들리는데, 프랭키."라고 말하는 바비의 목소리가 너무도 유난스럽게 들려 프랭키는 놀라 그를 바라보았다.

"왜?"

"왜냐하면 내가 방금 프레트 부인에게 글레이디스의 이름과 주소를 물어봤는데."

"그런데?"

"그 가정부의 이름이 바로 에반스였어!"

제32장

에반스

프랭키는 숨이 멎는 것 같았다.

바비가 흥분한 채 말했다.

"넌 카스테어즈가 한 말을 그대로 한 거야. 알고 있니? 왜 그들은 가정부를 부르지 않았을까? 왜 그들은 에반스를 부르지 않았을까?"

"아! 바비, 우린 드디어 알아냈구나!"

"카스테어즈도 그런 의심이 생겼던 거야. 뭔가 알아내려고 조사하던 중에 우리와 똑같은 의문이 생긴 거지. 카스테어즈는 아마 그것 때문에 웨일스에 갔었나 봐. 글레이디스 에반스는 웨일스 지방의 이름이야. 그러니까 에반스는 분명히 웨일스 출신이겠지. 카스테어즈는 마치볼트로 에반스를 찾으러 갔던 건데, 누군가가 그를 미행하다가 죽였기 때문에 에반스를 못 만나고 만 거야."

"왜 그들은 에반스를 부르지 않았을까? 거기엔 어떤 이유가 있는 게 분명해. 별거 아닌 말이지만 중요한 의미가 담겨 있어. 집 안에 두 명의 하녀가 있는데 왜 밖에 있는 정원사를 불렀을까?"

"아마 처드리와 앨버트는 멍청한데 비해 에반스는 똑똑한 여자였나 봐."

"그뿐만이 아닐 거야. 엘포드 씨도 그 자리에 있었어. 그는 무척 날카로운 사람이야. 아! 바비, 거기에 문제의 열쇠가 있는 거야. 그 이유만 알게 된다면. 처드리와 메러는 되는데, 왜 에반스는 안 되었을까?"

프랭키는 갑자기 멈춰 서서 두 손으로 눈을 가렸다.

"떠오르고 있어. 뭔가 번득이는 게 있어. 곧 알게 될 거야."

프랭키는 몇 초 동안 죽은 듯 가만히 있더니 손을 떼고 바비를 바라보며 눈을 깜박거렸다.

"바비, 만일 집에 일하는 사람이 둘이 있다면 넌 누구에게 팁을 주겠니?"

"물론 집안일을 하는 가정부에게 주겠지." 바비는 놀라며 대답했다.

"요리사에게 팁을 주는 사람은 없으니까. 요리사의 얼굴조차 모르고 지내는 게 보통이잖아."

"그렇지. 요리사도 네 얼굴을 모르긴 마찬가지야. 특별히 살펴보기 전에는 서로 얼굴도 모르게 마련이야. 그렇지만 가정부는 식탁에서 식사 시중도 들고 아침에 너를 깨우고, 또 커피를 따라주기도 하지."

"그러니까 어떻게 되는 거지, 프랭키?"

"템플턴 부부는 에반스를 입회인으로 할 수 없었던 거야. 왜냐하면 에반스는 유언장에 서명하는 사람이 새비지가 아니라는 사실을 눈치채고 말았을 테니까."

"훌륭해, 프랭키. 그렇다면 무슨 뜻이지? 그건 누구였지?"

"두말할 것도 없이 로저 배싱턴프렌치였지! 모르겠니? 그가 새비지로 변장했던 거야. 의사에게 가서 암이라는 소동을 부린 것도 로저였어. 그리고 변호사를 부르고—그 변호사는 이전에 새비지를 본 적은 없지만, 새비지가 유언장에 서명하고 두 사람의 하인이 서명하는 것을 직접 봤다고 증언대에서 맹세할 수는 있는 사람이었지. 두 사람의 하인 중 한 사람은 새비지를 본 적이 없고, 또 한 사람은 너무 늙어서 눈이 어두웠으니까 새비지를 자세히 볼 수 없었던 게 분명해. 이제 알겠니?"

"그러면 진짜 새비지는 그동안 어디에 있었을까?"

"그는 아마 튜더 커티지엔 멀쩡하게 들어갔을 거야. 그런데 템플턴 부부가 그를 마취시켜서 아마 다락방 같은 곳에 숨겨 놓았겠지. 로저가 연기하는 열두 시간 정도 말이야. 그런 다음 그를 침대로 데리고 와서 클로로포름으로 마취시켜 놓았는데, 아침에 에반스가 그가 죽어 있는 것을 발견했던 거야."

"기가 막히는구나. 네 말이 틀림없어. 하지만 우리가 그걸 증명할 수 있을까?"

"그럼—아니야. 모르겠어. 로즈 처드리, 그러니까 프레트 부인이 진짜 새비지의 사진을 본다면, '이 사람은 유언장에 서명한 사람이 아니다'라고 구별할 수 있을까?"

"그럴 수 있을 것 같진 않아. 그 여자는 약간 모자라니까 말이야."

"그렇다면 또 한 가지 방법이 있어. 전문가에게 보이면 유언장의 서명이 가짜라는 것을 알아낼 거야."

"그 당시에는 그걸 확인하지도 않았어."

"왜냐하면 아무도 그걸 문제 삼지 않았거든. 서명이 가짜일지도 모른다는 생각은 조금도 하지 않았을 테니까. 하지만 이젠 달라."

"우리가 해야 할 일은 에반스를 찾는 거야. 에반스는 많은 사실을 알고 있을 거야. 템플턴 부부와 반년이나 같이 지냈으니까."

프랭키는 신음소리를 내며 말했다.

"일이 더 어려워지는군."

"우체국에서 알아볼 수 있을까?" 바비가 제안했다.

그들은 마침 우체국 앞을 지나가던 중이었다. 겉으로 보기에는 가게처럼 보이는 간이 우체국이었다.

프랭키는 잽싸게 뛰어들어가 작전을 개시했다. 우체국 안에는 책임자인 여직원 한 사람밖에 없었다. 그 젊은 여자는 호기심이 많아 보였다.

프랭키는 2실링짜리 우표책을 사며 날씨에 대해 이야기했다.

"이곳은 내가 사는 곳보다 날씨가 훨씬 좋은 것 같군요. 난 웨일스에 살아요. 마치볼트라는 곳이죠. 비가 얼마나 많이 오는지 아마 믿지 못할 거예요."

젊은 여자는 지난번 은행절 휴일에 비가 엄청나게 많이 내렸다고 말을 했다.

프랭키는 화제를 돌려 이렇게 말했다.

"마치볼트에는 이 고장 출신인 사람이 있어요. 혹시 아실지 모르겠네요. 이름이 에반스, 글레이디스 에반스예요."

젊은 여자는 조금도 의심 없이 말했다.

"알고말고요. 그 여자는 이곳 튜더 커티지에서 가정부로 일했었죠. 하지만 이곳 출신이 아니라 원래 웨일스 출신이에요. 이곳에서 일하다가 다시 웨일스로 돌아가서 결혼했죠. 로버츠가 현재 그녀의 이름이에요."

"맞아요." 프랭키가 말했다.

"그녀의 주소를 알려 주실 수 있나요? 그녀에게서 비옷을 빌렸는데 돌려주는 걸 깜박 잊었지 뭐예요. 주소를 알면 우편으로 부쳐 주겠는데."

"그러세요. 알 수 있을 거예요. 이따금 내게 엽서를 보내고 있거든요. 그녀와 그녀의 남편은 그곳에서 함께 일하고 있죠. 잠깐 기다리세요."

그녀는 한쪽 구석으로 가서 열심히 찾더니 종잇조각을 들고 돌아왔다.

"여기 있어요." 그녀는 카운터에 그 종이를 내밀었다.

바비와 프랭키는 그것을 함께 보았다. 거기에 쓰인 것은 바비와 프랭키가 꿈에도 예상하지 못했던 것이었다.

     로버츠 부인
     웨일스 마치볼트 시(市)
     목사관

제33장

오리엔트 카페에서

바비와 프랭키는 어떻게 우체국을 나왔는지도 몰랐다.

밖으로 나온 그들은 동시에 서로 마주 보며 웃음을 터뜨렸다.

"목사관이라니, 이럴 수가!" 바비는 숨이 넘어갈 듯 웃으며 말했다.

"그런데 난 전화번호부에 480명의 에반스를 찾았으니."

프랭키가 한탄하는 어조로 말했다.

"우리가 에반스를 모른다고 했을 때, 로저 배싱턴프렌치가 그렇게 재미있어 했던 이유를 이제야 알겠어."

"그들 입장에서 보면 무척이나 위태로웠지. 실제로 너는 에반스와 한 지붕 밑에서 살고 있으니 말이야."

"자, 다음은 마치볼트야." 바비가 말했다.

"무지개가 끝나는 곳 같은 그리운 고향집으로 돌아가는구나."

"그런데 우선 배저를 위해 뭔가 해줘야겠는데. 너 돈 가진 것 있니, 프랭키?"

프랭키는 핸드백을 열고 지폐를 한 움큼 꺼냈다.

"이 돈을 배저에게 줘. 이 돈으로 빚쟁이들과 문제를 해결하라고 하고, 우리 아버지가 그 수리공장을 인수해서 그에게 맡길 거라는 말도 전해."

"알았어. 이제 중요한 일은 우리가 빨리 떠나는 거야."

"그런데 우리가 왜 이렇게 서둘지?"

"나도 모르겠어. 어쩐지 무슨 일이 터질 것만 같아."

"참 이상하다. 자, 빨리 떠나자."

"배저에게 갔다 올게. 넌 차의 시동이나 걸어 놔."

"칫솔은 영영 못 사고 마는구나." 프랭키가 말했다.

5분 뒤 그들은 치핑 서머턴을 떠나 속도를 내서 달리고 있었다.

프랭키가 갑자기 말했다.

"바비, 이 정도의 속도로는 안 되겠어."

바비는 속도계를 보았다. 바늘이 시속 80마일을 가리키고 있었다.

"더 이상 어떻게 하지?"

"소형 비행기를 타는 거야. 미디셧 비행장이 여기서 겨우 7마일 떨어져 있어."

"넌 참 기가 막힌 여자로구나."

"비행기를 타면 두 시간 내에 집에 닿을 수 있어."

"좋아, 비행기를 타자."

모든 일이 꿈같이 이루어지고 있었다. 우리는 왜 이렇게 서둘러 마치볼트로 가려는 걸까? 바비는 알 수가 없었다. 프랭키도 모르는 것 같았다. 그것은 어떤 느낌 때문이었다.

미디셧 공항에서 프랭키는 도널드 킹이란 사람을 찾았다. 단정치 못한 젊은 남자가 프랭키를 보더니 내키지 않는 태도로 놀라는 체하며 다가왔다.

"안녕하세요, 프랭키. 1년 만에 만나는구먼요. 뭘 도와드릴까요?"

"소형 비행기를 타야겠어요. 조종할 줄 알죠?"

"그럼요. 어디로 갑니까?"

"집으로 빨리 가야 해요."

도널드 킹은 눈썹을 치켜뜨며 말했다.

"그것뿐인가요?"

"아니, 또 있어요. 하지만 우선은 집에부터 가야 해요."

"아, 좋습니다. 곧 준비하지요."

"요금은 수표로 내겠어요." 프랭키가 말했다.

5분 뒤 그들은 비행기를 타고 떠났다.

"프랭키, 우리가 왜 이럴까?"

"나도 도무지 모르겠어. 왜지 이렇게 해야만 할 것 같아. 넌 그렇지 않니?"

"이상하게도 나도 그래. 그렇지만 이유는 모르겠어. 로버츠 부인이 빗자루를 타고 날아가 버리는 것도 아닌데 말이야."

"그럴지도 몰라. 우린 로저 배싱턴프렌치가 지금 어디에 있는지 모르잖아."

"그렇지."

목적지에 도착했을 때는 어두워지고 있었다. 비행기는 그들을 파크에 내려주었다. 잠시 뒤 바비와 프랭키는 마칭턴 경의 클라이슬러 차를 타고 마치볼트에 들어서고 있었다.

그들은 목사관 정문에 차를 세웠다. 목사관 안뜰에는 고급 차를 돌릴 만한 공간이 없었기 때문이다.

차에서 뛰어내리며 바비는 속으로 생각했다.

'곧 알게 되겠지. 우리가 지금 뭘 하고 있는 걸까, 왜 이러는 걸까?'

어떤 날씬한 사람이 현관 계단에 서 있었다. 프랭키와 바비는 동시에 그 사람을 알아보았다.

"모이라!" 바비가 소리쳤다.

모이라는 몸을 돌리며 조금 비틀거렸다.

"아! 만나서 정말 기뻐요. 난 어떻게 해야 할지 모르겠어요."

"그런데 여긴 웬일이에요?"

"당신들과 같은 이유일 거예요."

"에반스가 누군지 알아냈습니까?" 바비가 물었다.

모이라가 고개를 끄덕였다.

"예, 말하자면 이야기가 길어요ㅡ."

"안으로 들어갑시다." 바비가 말했다.

그러나 모이라는 뒷걸음질 치며 말했다.

"아니, 안 돼요." 그녀는 허둥거리고 있었다.

"어디 다른 곳에 가서 이야기해요. 말할 게 있어요ㅡ집 안으로 들어가기 전에. 이 동네에 카페 같은 곳이 없나요? 우리가 이야기를 나눌 수 있는 그런 장소 말이에요."

"좋아요." 바비는 내키지 않는 듯 현관문에서 물러서며 말했다.

"하지만 왜ㅡ?"

모이라는 발을 구르며 재촉했다.

"내가 말하면 알게 돼요. 아, 어서 가요. 시간이 없어요."

바비와 프랭키는 모이라의 말에 따랐다. 도로를 중간쯤 내려온 곳에 오리엔트 카페가 있었다. 실내 장식에서 비롯된 것도 아닌 약간 거창한 이름이었다. 그들 세 사람은 차례로 들어섰다. 여섯 시 반으로 한산한 시각이었다.

그들은 구석진 테이블에 앉았고, 바비가 커피를 석 잔 주문했다.

"이제 말해 봐요."

"커피가 올 때까지만 기다려요." 모이라가 말했다.

종업원이 미지근한 커피를 가져와서는 맥 풀린 태도로 그들 앞에 놓았다.

"이젠 말해 봐요." 바비가 다시 말했다.

"어디서부터 말해야 할지 모르겠군요. 런던으로 가는 기차 안에서였어요. 정말 그렇게 놀라운 우연은 다시없을 거예요. 내가 통로를 지나가고 있는데—"

모이라가 갑자기 말을 멈추었다. 그녀는 카페 출입문을 마주 보는 자리에 앉아 있었는데, 상체를 앞으로 내밀며 뭔가를 바라보았다.

"그가 나를 미행한 게 틀림없어요."

"누가요?" 프랭키와 바비가 동시에 소리쳤다.

"로저 배싱턴프렌치예요." 모이라가 낮게 속삭였다.

"그를 봤어요?"

"문 밖에 있어요. 빨간 머리의 여자와 함께 있는 걸 봤어요."

"케이먼 부인이다!" 프랭키가 외쳤다.

프랭키와 바비는 얼른 뛰어 일어나 문쪽으로 갔다. 모이라가 말렸지만 그들은 아랑곳하지 않고 뛰어나갔다. 거리를 아래위로 살펴보았지만 로저는 보이지 않았다.

모이라도 밖으로 나왔다.

"갔어요?" 그녀의 목소리가 떨리고 있었다.

"아! 조심해요. 그는 무서운 사람이에요. 아주 위험한 사람이에요."

"우리가 함께 있는 한 아무 짓도 못할 겁니다." 바비가 말했다.

"힘내요, 모이라." 프랭키가 말했다.

"겁쟁이처럼 그러지 말아요."

"지금으로선 어쩔 도리가 없군." 그들은 다시 테이블로 돌아가 앉았다.

"하던 이야기를 계속하세요, 모이라." 하고 말하며 바비가 커피잔을 들었다.

그때 프랭키가 몸의 중심을 잃고 바비에게 쓰러지는 바람에 커피가 테이블 위에 쏟아졌다.

"미안해." 프랭키가 말했다.

그러면서 프랭키는 식사준비가 되어 있는 옆 테이블로 손을 뻗쳤다. 그 테이블 위에는 기름과 식초가 담긴 양념통들이 놓여 있었다.

바비는 프랭키의 이상한 행동을 계속 지켜보고 있었다. 프랭키는 식초병을 집어서 식초를 쓰레기통에 쏟아버리고 빈병에다 자기 잔의 커피를 따르기 시작했다.

"너 돌았니, 프랭키?" 바비가 놀라서 물었다.

"도대체 무슨 짓을 하는 거야?"

"조지 아버스낫에게 조사를 부탁하려고 이 커피의 샘플을 담는 거야."라고 대답하며 프랭키는 모이라를 쏘아보았다.

"게임은 끝났어, 모이라! 방금 문밖으로 뛰어나갔을 때 난 모든 걸 알아차렸어! 바비의 팔꿈치를 쳐서 커피를 쏟게 하면서 나는 당신 얼굴을 봤어. 배싱턴프렌치 어쩌고 하면서 우리를 밖으로 뛰어나가게 하고는 우리 커피잔에 뭔가를 집어넣었어. 게임은 끝났어. 니콜슨 부인인지 템플턴 부인인지 좋을 대로 부르시지."

"템플턴?" 바비가 소리쳤다.

"저 여자 얼굴을 잘 봐." 프랭키가 외쳤다.

"만일 아니라고 하면 목사관에 데리고 가서 로버츠 부인에게 저 여자를 아는지 한번 물어봐."

바비는 모이라를 보았다. 그의 뇌리를 떠나지 않던 생각에 잠긴 그 얼굴은 지금 분노로 가득 차 악마처럼 변해 있었다. 아름다운 입술 사이로는 상스럽고 소름끼치는 욕설이 연달아 쏟아져 나오고 있었다.

모이라는 핸드백에서 뭔가를 찾으려고 더듬거렸다.

바비는 넋을 잃고 그녀를 보면서도 아슬아슬한 찰나에 재빠르게 행동했다.

바비의 손에 권총이 닿는 순간 발사된 총알이 프랭키의 머리 위로 날아가 오리엔트 카페의 벽에 박혔다.

오리엔트 카페의 역사상 처음으로 종업원 한 사람이 신속한 행동을 했다.

종업원은 비명을 지르며 총알같이 밖으로 뛰어나가 외쳤던 것이다.

"사람 살려! 살인이에요! 경찰!"

제34장

남미에서 온 편지

몇 주일이 흐른 뒤, 프랭키는 편지 한 통을 받았다. 그 편지는 잘 알려지지 않은 남미의 어느 나라에서 온 것이었다.

프랭키는 편지를 전부 읽고 나서 바비에게 건네주었다.

편지에는 이렇게 쓰여 있었다.

프랭키에게

진심으로 축하합니다! 당신과 당신의 해군 출신 친구는 내 일생의 계획을 산산조각내고 말았소. 내가 그렇게도 훌륭하게 세웠던 계획을 말이오.

사건의 전말을 정말 듣고 싶소? 나의 친구 숙녀분께서는 내 정체를 너무도 완전히 폭로해 버려서(앙심을 품고, 하긴 여자들이란 항상 앙심을 품고 있는지도 모르지만) 나의 가장 위험한 고백도 더 이상 내게 해(害)가 되지는 않을 것이오. 나는 인생을 다시 시작하고 있소. 로저 배싱턴프렌치는 이미 죽었소.

나는 사람들이 말하듯 언제나 '잘못된' 존재라는 생각이 드오. 옥스퍼드 학교에서조차 나는 잘못된 짓을 했었소. 어리석었지. 곧 탄로 날 짓을 했으니까. 아버지는 나를 저버리지는 않았지만 그 대신 식민지로 나를 보냈소.

거기서 나는 모이라를 알게 되었고, 그녀의 일당과도 곧 친해졌소. 모이라는 대단한 여자였소. 이미 열다섯 살 때부터 범죄를 저질렀고, 내가 그녀를 만났을 때에는 더 이상 어찌할 수 없는 지경에 이르러 있었으니까. 미국 경찰이 그녀를 뒤쫓고 있었으니까 말이오.

우리는 서로를 좋아했고 결혼을 약속했소. 그러나 결혼하기 전에 몇 가지 계획을 수행하기로 했소.

그 계획에 따라 모이라는 니콜슨과 결혼했고, 결혼한 모이라는 다른 나라로 가게 되어 경찰의 추적을 따돌릴 수 있었소. 니콜슨은 정신병원을 개업하기 위해 영국에 도착해서 싼값으로 적당한 병원 건물을 구하고 있었는데, 모이라가 그레인지를 사들이도록 만들었던 것이었소.

모이라는 그때까지도 계속 마약밀매단과 손을 잡고 있었소. 그런 사실을 모르는 니콜슨은 그러니까 모이라에게는 매우 유용한 존재였소.

나는 두 가지 욕망이 있었다오. 메로웨이 저택의 주인이 되는 것과 엄청나게 많은 돈을 마음대로 쓰는 것이었소. 배싱턴프렌치 가문 중 한 사람이 찰스 2세 치하에서 막대한 권력을 쥐고 활약을 했었소. 그 이후로 우리 가문은 평범한 가문이 되고 말았소. 허나, 나도 그렇게 막대한 권력을 지닌 역할을 할 수 있을 것 같았소. 그러나 내게는 돈이 없었소.

모이라는 친척을 방문한다는 구실로 캐나다로 여러 번 여행을 했소. 니콜슨은 모이라를 사랑했기 때문에 그녀의 말은 전부 믿었소. 거의 모든 남자들이 그렇듯이 말이오. 모이라는 마약밀매와 얽혀 있었기 때문에 매번 다른 가명을 쓰며 여행을 했소. 새비지를 만났을 당시 모이라는 템플턴 부인이란 가명을 사용하고 있었소. 모이라는 새비지와 그의 엄청난 재산에 관해 잘 알고 있었기에 그의 관심을 사려고 전력을 다했소. 새비지는 그녀에게 매혹되긴 했지만, 상식을 벗어날 정도로 푹 빠지진 않았소.

그래서 우리는 음모를 꾸미게 되었던 거였소. 당신도 잘 알고 있을 것이오. 당신이 케이먼으로 알고 있는 남자가 템플턴 부인의 무덤덤한 남편 역할을 했소. 새비지를 튜더 커티지에 한 번 이상 오도록 만들어서 세 번째로 왔을 때 계획이 수행되었던 거요. 자세한 것까지는 말할 필요가 없을 것 같소. 당신이 너무도 잘 알고 있는 일이니까. 그 일은 총 한 방으로 끝냈소. 모이라는 그 돈을 챙겨 가지고 표면상으로는 외국으로 간다고 했지만 사실은 스태벌리의 그레인지로 돌아갔던 것이오.

그 사이에 나는 내 계획을 실천에 옮기고 있었소. 나의 형 헨리와 토미를 해치워야 했소. 토미에게 사용한 방법은 운이 나빴소. 두 번의 완벽한 사고가 실패로 끝났소. 그러나 형의 경우는 실패하지 않았소. 형은 사냥에서 당한 사고로 류머티즘에 걸려 고생을 하고 있었소. 형은 단순한 사람이라서 마약에 곧 중독되고 말았던 거요. 우리의 계획은 형을 그레인지에서 치료를 받도록 만들어, 그곳에서 '자살'하게끔 유도하거나 치사량의 모르핀을 먹게끔 하는 것이었소. 그 일은 모이라가 맡았고, 나는 아무 관계가 없도록 꾸몄소.

그런데 그때 어리석은 카스테어즈가 행동을 개시했던 거요. 새비지는 항해 중에 카스테어즈에게 보낸 편지에 템플턴 부인에 관한 이야기를 쓰고, 그녀의 스냅사진까지 동봉했던 것 같았소. 카스테어즈는 그 편지를 받고 사냥여행을 계속했었소. 그런데 영국에 돌아와서 그는 새비지의 죽음과 유언에 관해 듣게 되었는데, 도저히 믿을 수 없었던 거요. 사실로 들리지 않았던 것이오. 카스테어즈는 새비지가 죽음을 염려하지 않았다고 확신했고, 암에 대해서도 특별히 두려워했다고 믿지 않았소. 더군다나 유언의 내용이 새비지의 성격과는 전혀 어울리지 않았던 것이오. 새비지는 철저한 사업가였기에, 아무리 아름다운 여자와 사랑에 빠진다 해도 그렇게 막대한 유산을 물려준다는 것이 도저히 믿기지 않았던 것이오. 자선단체에 대한 것은 내 아이디어였소. 그렇게 하면 꽤 존경스럽고 덜 수상하게 여길 테니까.

카스테어즈는 사건을 파헤치기로 한 듯싶었소. 그는 곧 뒷조사를 하기 시작했소.

그 즉시 우리에게 운 나쁜 일이 생겼소. 어떤 친구가 점심식사에 카스테어즈를 데리고 와서 그는 피아노 위에 놓인 모이라의 사진을 보게 되었소. 카스테어즈는 새비지가 보내준 사진의 여자와 동일 인물이라는 것을 알게 된 것이었소. 그래서 그는 치핑 서머턴으로 가서 조사했소.

모이라와 나는 겁 먹기 시작했소. 난 사실 그럴 정도는 아니라고 생각하기도 했지만. 그러나 카스테어즈는 명석한 사람이었소.

나는 그의 뒤를 쫓아 치핑 서머턴으로 갔소. 그는 요리사 로즈 처드리를 찾지 못했소. 그녀는 북부로 떠나고 없었기 때문이오. 그러나 그는 에반스를 찾아내고 그녀의 결혼 뒤 이름을 알아내서 마치볼트를 향해 떠났소.

사태는 심각했소. 만일 에반스가 템플턴 부인과 니콜슨 부인이 같은 사람이라고 말하게 되면 일이 어려워지고 마는 것이었소. 에반스는 안채에서 지내기로 했기 때문에 우리는 그녀가 무엇을 얼마나 알고 있는지 짐작할 수가 없었소.

따라서 나는 카스테어즈를 없애기로 했소. 그는 우리에게 심각하고 귀찮은 존재였던 거요. 드디어 기회가 왔소. 나는 안갯속에서 그를 바싹 뒤쫓아가다가 가까이 기어가서 떼밀어 버렸던 것이오.

그러나 나는 그때까지도 안심할 수가 없었소. 그가 어떤 증거를 지니고 있는지 모르고 있었기 때문이오. 그런데 해군 출신인 당신의 친구가 내게 유리한 행동을 해주었소. 나는 잠시 동안 시체 곁에 혼자 남게 되었는데, 그 잠깐은 내 목적달성에 충분한 시간이었소. 카스테어즈는 모이라의 사진을 갖고 있었소. 아마 확인하기 위해서였겠지. 나는 그 사진을 꺼내고 그의 신분을 확인할 수 있는 편지나 소지품도 꺼낸 다음 갱단 중 한 명의 사진을 넣었소.

모든 일이 잘되어 갔소. 가짜 여동생과 처남이 경찰에 가서 신분을 확인했고, 만족한 해결이 되는 것 같았소. 그런데, 그때 당신의 친구 바비가 뛰어들어 훼방을 놓았던 거요. 카스테어즈는 죽기 전에 의식이 되돌아왔을 때 무슨 말을 했던 것 같소. 그 말 중에 에반스가 언급되었고, 에반스는 목사관에서 일을 하고 있었소.

우린 무척 당황했소. 정신을 잃을 정도였으니까. 모이라는 바비를 없애야 한다고 주장했소. 그래서 그 실패한 계획을 시도했던 것이오. 모이라가 직접 나서서 차를 타고 마치볼트로 가서 적절한 기회를 노려 바비가 자는 동안 모르핀을 맥주에 넣었던 거요. 그런데 그 젊은 악마는 죽지 않았소. 우리에겐 참으로 운이 나쁜 일이었지.

지난번에 내가 말했듯이, 나로 하여금 당신을 의심하게 만든 것은 니콜슨의 질문이었소. 그리고 어느 날 저녁, 나를 만나려고 살금살금 집을 빠져나오다가 바비와 마주친 모이라가 얼마나 놀랐겠는지 한 번 상상해 보기 바라오. 그녀는 바비가 그날 잠자고 있을 때 그를 자세히 보았었소. 모이라는 기절할 정도로 놀라고 겁을 먹었소. 그러나 바비가 의심하고 있는 사람이 자기가 아니라는 사실을 알고는 제정신을 차리고 연기를 했던 것이오.

모이라는 여관으로 바비를 찾아가서 터무니없는 이야기를 늘어놓았고, 바비는 순한 양처럼 그녀의 말을 전부 믿어 버렸소. 그녀는 앨런 카스데어즈를 옛 연인인 것처럼 하고 니콜슨에게 두려움을 느낀다는 것도 보태서 말했소. 그리고 니에 대한 당신의 의혹을 없애려고 애를 썼소. 나도 당신에게 모이라는 약하고 의지력 없는 어자라고 깎아내렸소. 눈 깜짝하지 않고 몇 명이라도 해치울 수 있는 모이라를 말이오!

우리는 불안해졌소. 돈은 이미 가졌고, 헨리 형에 대한 계획도 잘 진행되고 있었소. 토미를 제거하려고 서두를 필요는 없었소. 좀더 기다릴 수도 있었으니까. 시간이 되면 니콜슨도 쉽게 처치할 수 있었소. 그러나 당신과 바비는 골칫거리였소. 당신은 그때까지도 그레인지 저택에 의혹의 눈길을 보내고 있었소.

헨리의 죽음이 자살이 아니라는 사실을 알면 흥미로울 것이오. 내가 그를 죽였소! 당신과 정원에서 이야기하면서 나는 더 이상 낭비할 시간이 없다고 느꼈소. 그래서 곧바로 집 안으로 뛰어들어가 일을 해치웠던 거요.

그때 집 위로 날아가는 비행기가 내게 좋은 기회를 제공했소. 나는 서재로 들어가 글을 쓰는 형 곁에 앉아서, '여길 봐요ㅡ' 하며 그를 쏘았소! 비행기 엔진소리가 총소리를 삼켜 주었지. 나는 거짓 유서를 쓰고 리볼버 권총의 지문을 닦고, 형의 손을 권총에 대고 누른 다음 바닥에 떨어뜨려 놓았소. 서재 열쇠를 형의 주머니에 넣고 밖으로 나와서 서재 문에도 들어맞는 식당 열쇠로 밖에서 문을 잠갔소.

4분 뒤에 터지도록 조작해서 벽난로 굴뚝에 설치해 놓은 작은 폭죽에 대해서는 자세히 설명하지 않겠소.

일은 잘 진행되었소. 당신과 나는 정원에서 이야기를 하던 중에 '총소리'를 듣게 된 것이오. 완전한 자살이었소! 의혹을 보인 사람은 늙은 니콜슨뿐이었소. 그 늙은이는 지팡이인가 뭔가 때문에 돌아왔었소.

또한 바비의 기사도적인 모험은 모이라에게는 곤란한 것이었소. 그렇기 때문에 그녀는 튜더 커티지로 떠났던 것이오. 우리는 모이라의 부재(不在)에 대한 니콜슨의 설명이 당신들의 의혹을 살 것이라는 것도 알았소.

모이라가 본성을 보여준 곳은 튜더 커티지였소. 위층에서 들리는 소리에 그녀는 내가 당신들에게 당했다는 것을 알았소. 그래서 재빨리 많은 양의 모르핀을 자신에게 주사하고 침대에 누웠던 것이오. 당신들이 모두 전화를 걸러 1층으로 내려간 사이에 모이라는 다락방에 와서 나를 풀어준 거요. 그리고 모르핀의 효과가 나타나서 최면상태의 수면에 빠졌을 때 의사가 도착했던 것이오.

그러나 그녀는 또다시 신경이 곤두서기 시작했소. 모이라는 당신이 에반스를 찾아가서 새비지의 유언장과 자살에 관해 알아낼지도 모른다는 걱정을 한 거요. 또한, 카스테어즈가 마치볼트에 가기 전에 에반스에게 편지를 썼을지도 모른다는 생각으로 마음을 졸이고 있었소. 그런 이유로 모이라는 런던의 요양소로 간다고 말하고는 급히 마치볼트로 가서—현관 계단에서 당신들을 만났던 것이오. 그녀는 당신들 두 사람을 없애버리려고 했지만 무척 서툰 방법이었소. 그러나 나는 모이라가 해낼 것이라고 믿었소. 그녀는 일을 끝내면 런던의 요양소로 가서 잠자코 있으면 되었소. 당신들 두 사람이 사라지면 만사는 잠잠해지는 것이었으니까.

그런데 당신이 모이라의 정체를 밝혀내고 말았소. 모이라는 침착성을 잃었소. 그리고 재판에서 나를 끌어넣었소!

나는 아마 모이라에게 권태를 느끼고 있었는지도 모르겠소……

그 여자는 돈을 전부 차지했소—내 돈을 말이오! 그 여자와 결혼했더라면 나는 곧 싫증을 느꼈을 것이오. 나는 변화를 좋아하니까.

그래서 이곳에서 인생을 다시 시작하고 있는 것이오……

나는 당신과 당신의 못마땅한 친구 바비 존스에게 은혜를 입고 있소……

그러나 나는 잘 해 낼 거요!

어쩌면 잘못될지도 모르지만?

아직 개심을 하지는 않았소.

그러나 무슨 일이나 처음엔 성공하지 못하더라도 계속 노력하고 또 노력하기 바라오.

잘 계시오. 아니, 어쩌면 다시 만나게 될지도. 누가 알겠소, 안 그렇소?

당신의 애정 어린 적(敵)이며 뻔뻔스러운 악당

로저 배싱턴프렌치로부터

제35장

목사관의 뉴스

바비는 편지를 프랭키에게 되돌려 주었다. 프랭키는 한숨을 쉬며 편지를 받았다.

"로저는 정말 놀랄 만한 사람이야." 프랭키가 말했다.

"넌 언제나 그를 좋아했어." 바비가 냉정한 투로 말했다.

"매력 있는 남자이니까. 너는 모이라를 좋아했잖아."

바비가 얼굴을 붉혔다.

"사건의 실마리가 목사관 안에 있었다는 건 참 기막힌 일이었어. 너는 카스테어즈가 에반스, 즉 로버츠 부인에게 편지를 보냈다는 걸 알고 있었지?"

프랭키가 고개를 끄덕이며 말했다.

"카스테어즈는 로버츠 부인에게 만나러 오겠다는 것과, 경찰이 수배 중인 국제적 범죄자인 템플턴 부인에 관해 알고 싶다는 내용의 편지를 보냈어."

"그런데 카스테어즈가 절벽에서 떨어져 죽었을 때에도 로버츠 부인은 두 인물이 같은 사람이라는 연관을 짓지 못했던 거군."

바비가 씁쓸하게 말했다.

"그건 절벽에서 떨어진 사람이 프리처드라는 이름이었기 때문이지. 신원을 속인 것은 무척이나 영리한 짓이었어. 프리처드라는 사람이 죽었는데 누가 그를 카스테어즈라고 생각할 수 있었겠니? 보통사람이라면 그렇게 생각할 수밖에 없어."

"재미있는 건 로버츠 부인이 케이먼을 알아보았다는 거야."

바비가 계속했다.

"로버츠 씨가 케이먼을 집 안으로 안내하면서 누구냐고 물었을 때 로버츠 부인이 그를 언뜻 보게 되었어. 로버츠 씨가 케이먼이라고 하니까 로버츠 부인이, '이상하군요. 전에 내가 시중을 들던 남자분과 똑 닮았네요.'라고 말했다는 거야."

"너라면 알 수 있었겠니?" 프랭키가 말했다.

"로저 배싱턴프렌치조차 두 번이나 실수를 했어. 그런데도 난 그걸 눈치채지 못했어."

"뭔데?"

"실비아가 신문에 난 사진이 카스테어즈 같다고 하니까 로저는 많이 닮지 않았다고 말했다는데, 그 말은 곧 로저가 죽은 남자를 보았다는 뜻이야. 그리고 얼마 뒤에 로저는 나에게 죽은 남자의 얼굴을 본 적이 없다고 말했거든."

"그런데 넌 도대체 어떻게 모이라의 정체를 알았지, 프랭키?"

"그건 템플턴 부인의 인상에 대한 묘사 때문이었어. 그녀를 아는 사람들은 하나같이, '정말 좋은 부인이에요.'라고 말했거든. 그 표현은 케이먼이란 여자에게는 어울리지 않는 말이야. 어떤 하인이라도 케이먼 부인을 '좋은 부인'이라고 표현하지는 않을 거야. 그리고 우리가 목사관에 도착해서 모이라를 만났을 때 나는 갑자기 모이라가 템플턴 부인이 아닐까 하는 생각이 들었거든."

"넌 정말 똑똑해."

"실비아가 안됐어." 프랭키가 말했다.

"모이라가 로저를 끌고 들어가는 바람에 실비아는 공개적으로 곤욕을 치르고 있어. 하지만 니콜슨이 그녀 곁에 가까이 있으니까 괜찮겠지. 두 사람이 맺어진다 해도 놀라운 일이 아니라고 생각해."

"만사가 잘 해결된 것 같아. 배저는 수리공장을 잘 운영하고 있어. 너희 아버지께 감사드리고 있어. 그리고 나에게 굉장한 일자리를 마련해 주신 것도 감사하게 생각해."

"그 일이 굉장한 일자리니?"

"케냐에서 커다란 스쿠류를 타고 커피 농장을 관리하는 일 말이지? 물론 굉장한 일이고말고. 내가 꿈꾸어 온 그런 일이야."

바비는 잠시 말을 멈추었다가 힘들게 입을 열었다.

"많은 사람이 케냐로 여행을 한다는데."

"그곳에서 사는 사람들도 아주 많아."

"아! 프랭키, 너도 갈래?" 바비는 얼굴을 붉히며 말을 더듬었다.

"가, 가, 가겠니?"

"가겠어. 정말이야, 나도 갈 테야."

"난 언제나 널 진심으로 사랑하고 있었어." 바비가 숨 막힐 듯이 말했다.

"내가 형편없이 굴었다는 건 알아. 또, 그게 좋지 않다는 것도 알고 있어."

"그래서 지난번 골프장에서 그렇게 거칠게 굴었구나?"

"맞아. 난 그때 기분이 엉망이었어."

"흠, 그러면 모이라 건에 대해서는?"

바비는 어쩔 줄 몰라 했다.

"모이라는 나를 반하게 유도한 거야." 바비가 사실을 인정했다.

"하긴 나보다 아름다운 건 사실이야." 프랭키가 관대하게 말했다.

"그렇지 않아. 하지만 나를 사로잡는 그런 얼굴이었어. 그런데 우리가 다락
방에 갇혀 있을 때 너의 용감한 태도를 보니까 모이라는 내 마음속에서 사라
져 버리고 말았어. 그 여자가 어찌 되건 관심도 없었어. 내가 염려한 건 너였
어—너밖에 없었어. 너는 대단했어. 놀랄 정도로 대담하고 용감했어."

"속으로는 그렇게 용감하지 못했어. 무척 떨렸거든. 하지만 네가 나한테 감
탄하고 나를 좋아하길 바랐어."

"탄복했어. 그리고 널 좋아해. 이제까지도 그랬고, 앞으로도 항상 그럴 거야.
너, 케냐에 가는 걸 후회하지 않을 자신 있니?"

"좋아할 거야. 난 영국이 싫어졌어."

"프랭키."

"바비."

그때 도카스 회원들을 집 안으로 안내하던 목사가, "이 방으로 들어—"라고
말하며 문을 열었다가 황급히 사과를 하며 문을 닫았다.

"아, 저, 제 아들 녀석입니다. 저 녀석이, 자—, 약혼을 했습니다."

도카스 회원 중 한 사람이 그런 것 같다며 장난스럽게 말했다.

"좋은 녀석입니다." 목사가 말했다.

"인생을 심각하게 생각하지 않은 적도 있었지만, 그렇지 않다는 것을 나중에 보여 주었죠. 케냐에서 커피 농장을 경영할 예정이랍니다."

　회원 중 누군가가 옆 사람에게 속삭였다.

　"보셨습니까? 그 아들이 키스하는 아가씨는 레이디 프랜시스 더웬트예요."

　한 시간도 채 못 되어서 그 소식은 온 마치볼트에 알려졌다.

<끝>

■ 작품 해설 ■

《부머랭 살인사건(Why Didn't They Ask Evans?, 1934)》은 애거서 크리스티의 19번째 작품이자 14번째 장편이다.

이 작품은 독자들이 뽑은 애거서 크리스티 베스트 20 가운데 17번째에 오른 바 있다.

1930년대는 애거서 크리스티의 전성기라고 할 수 있을 정도로 작품 활동이 활발했다. 이 시기에 장편과 단편집을 합해서 모두 24권이 출간되었다. 그리고 그녀는 이때는 아직 희곡은 쓰지 않았으나, 그녀의 많은 작품이 개작되어서 런던 극장의 무대 올랐다. 이 시기의 베스트셀러로는 《목사관 살인사건》, 《엔드하우스의 비극》, 《부머랭 살인사건》, 《오리엔트 특급살인》, 《구름 속의 죽음》, 《ABC 살인사건》, 《나일강의 죽음》 등이 있다.

《부머랭 살인사건》을 읽어 본 독자들이라면 모두 느꼈겠지만, 종래의 다른 애거서 크리스티 작품과는 그 성격이나 맛의 차원이 다르다. 즉, 수수께끼 풀이에 중점을 둔 정통 추리소설과는 약간 차이가 있다. 크리스티 여사는 토미 베레즈포드 중위와 터펜스 카울리 양이 멋진 콤비를 이루는 '부부탐정(Partners in Crime)' 시리즈도 이 작품에서처럼 모험을 소재로 하고 있다.

크리스티 여사의 작품 중에는 웨일스 지방을 무대로 한 것이 많이 있는데, 그것은 웨일스 지방에는 옛날부터 유령의 전설 등이 많이 전해져 내려오기 때문에 추리소설적인 분위기를 한껏 살릴 수 있었던 탓이리라. 이 작품에서도 예외는 아니어서, 처음에 사건이 일어나는 날 저녁 무렵을 웨일스 지방의 음산한 분위기와 연관시켜 읽는다면 한층 더 그 묘미를 맛볼 수 있을 것이다.